寻找话语的森林 朱朱研究集

张桃洲 编

隐匿的汉语之光·中国当代诗人研究集

华文出版社

剧场的远音之光·中国当外国诗人研究集

本丛书无意于面面俱到，而仅关注那些我们认为重要的、有特色的中国当代诗人及其得到讨论的状况，旨在为进一步地探讨存留一份资料，或提供一条进入相关领域的线索。其间显然经过了审慎的拣选——既包括讨论对象（诗人）的选定，也包括研究篇目的选录，甚至还包括编选者的延请。

在这个喧嚣的年代，诗界从来不乏炙手可热、炫人眼目的弄潮儿，但我们的目光在其上不会停驻太久。我们更看重那些沉潜的、通过艰卓的探索为汉语写作——进而言之即汉语本身，做出贡献的诗歌写作者，愿意以某种方式向他们致以敬意。他们不事声张、摒弃夸饰的招摇，对诗歌保持着单纯的热爱以及足够的耐性和虔敬之心。他们的取向各异、风格悬殊，但有一个共同点就是：他们的写作彰显了一种布朗肖所说的写作的沉默与"无名"性质，能够经受哗声的销蚀和流俗的磨损。这也是本丛书名为"隐匿的汉语之光·中国当代诗人研究集"的由来。

在我们看来，诗人不应该随波逐流，成为文化时尚的合谋者、媒体舆论的传声筒，而是应该对这些保持必要的警惕和反思，同时对其身处的时代采取一种质询的姿态。后一点尤为重要，诗人以锐利的敏思切入历史与人性的深层议题，同他对语言的发明、诗艺的锻造一样，需要付出巨大的心智。本丛书对诗人的甄选即出于如许期待。

从新诗的百年历程来看，中国当代诗歌（特别是最近四十年的诗歌）已经显示了与现代时期诗歌有别的主题意向、形式特征及至写作意识。简而言之就是，不同于后者对"现代性"的探寻和展现，当代诗歌立足于当代的历史语境，呈现出某些可称为"当代性"的质素。这种"当代性"有其自身的问题阈和书写逻辑，也许较之现代诗歌更为复杂，但也背负着"当代性"特有的焦虑与压力。从诗学方面来说，当代诗歌发展了现代诗歌的部分路向，却在开辟当代诸多命题、凸显其"当代性"的过程中，抽空了问题得以生发、延展的路径，过于强化某些单一的层面，从而窄化了自身的可能性的向度，因此难掩其局限与危机。本丛书收录的研究论文，一定程度上回应了当代诗歌面临的这些理论话题。

本丛书以"研究集"取代一般谈及当代诗歌时习见的"批评集"，除了想要回避已经被污名化的"批评"这样的字眼外——其实毋需赘言，批评本身是不应受到排斥的，真正的批评无不包含深刻的洞见和强大的辐射力——还想着意强调论析当代诗人的文字中所应具有的历史眼光、探究成分和学术本色，并对严肃的讨论表示必要的尊崇。

2017年1月动笔，6月拟定
张桃洲　王东东

寻找话语的森林　朱朱研究集

第一辑　影

003　朱朱诗歌的具相方法

009　一头狮子的相互撕咬
　　　——朱朱的诗

017　寻找话语的森林
　　　——论朱朱诗歌中的词与物

049　《清河县》：朱朱所构筑的诗歌环型剧场

057　朱朱组诗《清河县》阅读随感

067　旁证的眼

075　观察者和他的分身术
　　　——读朱朱的诗

083　朱朱的散文诗

089　痉挛的园林
　　　——谈朱朱诗歌

115　"江南"和它的敌人

131　一个唯美主义者的变形记
　　　——论朱朱诗歌中感性的历史与伦理

145　当代诗中的"维米尔"

第二辑　耀眼的粒子

165　怀旧的叙事伦理
　　　——读朱朱的《故事》

173　一个他者自身的"故事"
　　　——谈朱朱 2000 年以来的诗

193　海量的陌生人
　　　——关于朱朱诗歌近作

205　命运"故事"里的"江南共和国"
　　　——论朱朱的近期诗歌

221　诗人的原型
　　　——读朱朱《故事》

229　"我会劝他们告别文学旅途"
　　　——拟八十年后鲁迅可能的一种回答

第三辑　流明

239　岬角

第四辑　挑灯

273　"杜鹃的啼哭已经够久了"
　　　——朱朱访谈录

285　当诗与艺术相互感染
　　　——《艺术家》专访中国当代艺术策展人朱朱

附　录　朱朱创作年表

寻找话语的森林　朱朱研究集

影

第一辑

寻找话语的森林　朱朱研究集

一

朱朱诗歌的绮靡和轻逸正在引起同行的注目。与20世纪90年代那些倾向于制造相对滞重的叙述性文本的诗人不同,他对诗歌的主要功能及语言和事物的关系持比较审慎的态度。在1991年初抵南京后完成的《小阁楼之书》中,他多少预示了日后逐渐明确的个人立场:"我洁净,没有叙事的必要。"我在这里引用这句诗,丝毫不意味着朱朱的写作是排斥叙述的,相反,叙述作为语言的元结构,不可能从话语中被剔除。我想要区别的是两种不同的叙述观点,前者明显地依赖叙述的完整性,后者相信我们周围的世界只能够片段式呈现。当一种戴上喜剧面具的、经过精心装饰的叙述,越来越败坏读者的口味时,朱朱诗歌的节制乃是一个适时的免疫力的例子。

诗歌的发生基于世界的不可言传的性质,一方面,词语在审美领域仅是某种模糊的识别标志罢了。另一方面,词语又是诗人面对的最大现实,因为诗人乃是"词语造成的人"。命名回应着物凭借词在诗中现身的本质需要,而词作为命名亦获得物性。朱朱虽然没有像瓦雷里那样声称自己是"词的唯物主义者",或抱持其他唯名论信条,但沉浸于具相无疑使他的写作更具工匠属性。那是一种感受力的渗透,视觉的持续的飨宴,或曰,词语的魔术。起初,吸引我们的主要是将视觉经验改造成一个为特定的气氛而服务的比喻,在当代诗人中,朱朱称得上是一位善用比喻的高手,纳喀西斯式的自我折射,常常带着躯体的清新感奋进入诗:

浴后是纯洁的,我们的身体
像非洲的青山,像手指从未触摸的
小小的鼻子,它刚被雕刻好
陷入了最初的寂静。

这几行诗说出了比它的字面含义更多的东西。濯洗的日常经验经由具象的超比例并置,像忽然的照面,使两个彼此悬殊的世界变成了一个视觉和弦,大自然和艺术在诗歌的瞬间净化仪式中,共同得到一具肉身,它裸露自己,怀着刚刚诞生的喜悦。已经有论者谈及朱朱诗歌的纯洁性,这是一种观看的哲学,一种对事物的原初状态的迷恋,对逝者的挽留,仿佛在观看中世界才变得自给自足,井然有序;这也是主要通过观看获得具象的方式,它是谦卑的、持续的,随时服务于所遭逢的各种人和境遇的,是对心灵秘密的探访。伴随着观看,秩序出现了,词融入物,并在物中留下痕迹。说观看并非只着重于视觉经验,它理所当然包括对有赖于表达的寂静的倾听。朱朱晚近的诗歌显示出一种明确的倾向性,就是尽可能潜入细微和晦暗的底层,再返回诸般感觉的抽象,即光的纯净之中。

朱朱的格外耽迷于躯体感受,即那种恰如当一个人"默默饮用"时,肉身的闲散与神思的高度亢奋之间距,以及始终将自己置于各种力的交汇点之冒险的乐趣,与超现实主义的美学特征非常相似,也与魏晋的唯美传统一脉相承。他的诗似乎总是漫不经心地写成的,意蕴在欲言又止的不确定状态中融入光束、色彩和质感。这是将世界当作它本来的样子来接受的肯定性态度,在此一世界中,事物的存在仿佛仅为了成为一个绝妙的比喻,一切都维系于目光,一切的颓靡都有待一道目光的拯救。这意味着,一首进入文字的诗首先是被目及的,同样,诗在写出以前已经存在于某处了,诗人不过将现成的材料改造成一个陌生化的文本罢了。

二

我们情不自禁地会被朱朱诗歌中的形体特征所吸引，形体作为可感的要素经常在现代诗中扮演深度意象这一角色，通过形体说话比事件的铺叙往往更具感觉的深度。随物赋形，观物而不物于物，是精神漫游的自由之境。佩索阿说过大意如此的话：我们所能抵达的仅仅是生活的表层。依我看，这是关于深度的至理名言。朱朱的诗歌图像经常以形体和背景互涵的对位法方式构成，例如，"我闲散的形体斜倚南京""我来填补白昼离去的空白"。此处得到一个称谓的"我"是无穷序列中的自我，也是一个几乎无名的他我，呼之欲出又保持着必要的距离和平衡。他的那些写南京的诗，展示一种将官能放大的技艺，而不局限于观察者所观看的角度。闲散的、怀旧的、漫步街头与湖畔时的情绪，在一瞥或一触中，变成"被磨成一束的速度之光"。或许意念的涌动与稍纵即逝才是真正令诗人焦虑的"光"的同源现象，词语的不在场通过周围世界强烈的现场性得到提示，我相信，的确存在着一种谐韵关系或类似光触媒的催生作用，使诗歌得以发生。有时我们震惊于词语一旦得到一个恰当的排列，就显示出了超越物质世界的万有引力法则的那种神奇的轻逸："整个下午我都被一双手移动着，像一艘船被停在舵桨上的燕子移动着。"类似的例子比比皆是，瞬间的颖悟将诗意置于言说与沉默的张力中，诗通过具象的破碎之幻想衔接说出了"世界不可能完整说出"这一主题。

因此，片段的呈现更本质无疑的是诗的言说方式，形式的不连贯就像意识本身那样，不断被下一个所替换，而无以窥见其向度。文本提供的仅是一个可以观望的意义的十字路口，前方根本没有必然性的归宿在等着我们。于是当我们读到"一条路终止它去墓地的旅程"，会心于那只有在把握住转机的决定性时刻才会出现的词的拯救的急迫，这句诗令人联想起德里达的书名《巴别塔之旅》那对写作之虚无的暗示。这条表达诗意言说之困难的路径终止于何处？——终止于意义之中途。这里出现了一种断裂，一种无以名状，然而，通往无地的路即言说之路，它亦是当下性的表征。这里除了词语之花即开即谢、时光递变的秘密循环与精神的回应，几乎没有路标，没有人迹，然而我们却能感到一种迷失的晕眩，小小的惊讶带来的阅读的酬劳。

三

语言作为传统承载着恩典，从某种意义上说，写作乃是对此恩典的回报。今天，汉语性正在成为一个重要的当代话题。朱朱是一个早慧的诗人，是汉语性实验的20世纪90年代的先行者之一，他短短的个人写作史参与到对当代思考的追寻中。《枯草上的盐》这部诗集是经过严格挑选的成果的一部分，从中我们可以看出他的想象力和朝向更坚实锐利的风格转变的轨迹。他的敏感在写作的层面上具体表现为对词的形体和声音的敏感，他那篇《答鲍夏兰女士，鲁索先生》的短文对此说得很清楚："当我在一首诗中写下一个词时，我会感到莫名地欢愉。因为在写下这个词时我也听见了这个词，看见了这个词，它不是被召唤进我的诗中，而是还原到它自身中。"还原即一种廓清，一种回溯和治疗，因为当代诗人面对的不是语言资源匮乏的问题，而恰恰是对此资源的滥用，是矫饰、影射、过度的反讽对语言的伤害。诗人对词语的个人化的运用在这个中心离散的时代本应导致责任的意识，一旦我们言说，同时就在允诺着什么。因此动机的纯正对于诗意的重建是至关重要的，至少在比喻的意义上我们面临传统与现代的对立及其转化。古诗精神中的朴素和温柔，不事繁复的极简主义曾经是汉语的光荣，现代性是否必须以牺牲此一光荣为代价，什么力量足以帮助我们抵御所谓的颠覆？

朱朱比他的同代人更知道节制的必要，他小心地避开铺叙和为文而造情的似是而非，尽量忠实于自己的感受力；往返于大自然和城市之间，他采集、冶炼，用物类的眼光观看，虽然难以每次做到预期的成功，但是却对想象之翼可以"展翅在最小的损失中"满怀自信。写作要避免堕入虚无，唯有不断超越，回到众流的源头，这也是不断地远离自我的回归运动。很可能命名了生活于其上的土地的人，"他在这块土地上却是一个无名的人"，而无名状态或许是写作者所能获得的最好的遮护状态，它对不受到写作惯性的干扰做出担保。我毫不怀疑任何继续写作的人会时常产生遗憾，如果他意识到一首进入文字的诗不过是元诗的无计其数的版本之一，而偶然性是它的慷慨的宿命。此即为何朱朱甚至羡慕起已经停止了写作的人的原因。停止写作至少逃避了为维护名声而伪造的处境，他对那类写作进行了反驳："但人们更愿意去伪造，厌倦于弥补。"

不过，对于年届三十的朱朱本人而言，写作似乎才刚刚开始。他的潜力和他的诗歌引起的阅读期待一样巨大，换句话说，他可以更从容地放飞辛苦的词语之飞禽，并指望它们用歌声弥补空间的破碎——

我的鸽子，飞啊，
去染上陌生人的气息。
弓，箭，靶子的气息，
蹲伏在更远，更开阔的地方。
——朱朱《绵软的地面》

2001 年 9 月 15 日
布宜诺斯艾利斯■

寻找话语的森林　朱朱研究集

> 向未知的深处探索以寻求新的事物。
>
> ——查理·波德莱尔

一

诗人朱朱的内心存在着某种冲突,犹如一头狮子的两个侧面:慵懒和敏捷。如果你在中午时分给他打电话,你听到的是一个犹在梦中的声音;而如果你在黄昏时分见到他,他极有可能驰骋在绿茵场上。四年前的那个春天,我们在南京第一次见面,我像他的其他一些朋友一样,被带到南京东郊一座大学的操场,一种符合他经济能力的款待。那是一个七对七或八对八的小场地,我们分别司职左右前锋,合力往对方球门灌进了十几个球。我对他不倦的奔跑、熟练的脚法和果断的射门印象深刻。

朱朱的敏捷赋予他一种简洁的方式,他看似单薄的躯体具有超常的爆发力,这使他在处理一些坚硬、发光的材料时显得游刃有余,如同保尔·瓦莱里所说的,"一种魔力或一块水晶的某种自然的东西被粉碎或劈开了"。事实上,写作对于诗人来说始终是一种词语的实验,在这个过程中,不知不觉地诞生了一些全新的东西:

一头狮子的相互撕咬
——朱朱的诗※

蔡天新

※ 本文系第二届"安高诗歌奖"的授奖词,原载《山花》2002年第3期。

突然，他就转过了涨红的烙铁的
脸！
那张要将我们赶进地狱与荒岛的
脸。
一旦说对了，
舌头就是割下的麦子。
　　　　——《秋夜》

在这首诗的最后一行，朱朱做了一个巧妙的隐喻，"舌头"作为主体与它的比喻式代用词"割下的麦子"做了替换，这种相似性的联想方式符合罗曼·雅可布森提出的具有普遍意义的语言学概念——等值原则，在朱朱的诗歌里俯拾皆是。

朱朱的慵倦或惰性促使他缓慢地思考问题，表现在谈话上是一种时间上的滞后，这无意中收到了逼迫对方注意倾听的效果；表现在文字上则让他得以比较从容地控制语言的节奏，进而获得一种抽象的特质。朱朱的许多诗歌像亨利·摩尔的雕塑一样，发挥了形式的深奥的潜力，借以表达情感的状态和品质。不同的是，他的诗歌主题大多不是人物，而是风景和小动物，《蚂蚁》《灯蛾》和《睡眠，我的小蜘蛛》是其中的典型例子。而在下面这首诗中，褐鸟的眼睛和鱼以不同的方式进入了琴房，似乎领略到了事物和人性的本质：

犹如一双褐鸟的眼睛
照亮山丘，
犹如白色夏天的鱼涌进岩石
女友在里边已敞开琴房。
　　　　——《琴房》

与此同时，也正由于朱朱拥有充裕的时间，使他对词语精挑细拣，这几乎在每一首诗中都有所体现。例如，"骑自行车的男孩，树影抽打着他的脸"（《幻影》），"报纸的阴影落向餐桌"（《克制的，太克制的》），"中午在青藤中 / 懒洋洋地卷曲"（《琴房》），"它（太阳）也在音乐里漂浮／像一层厚厚的脂肪"(《舞会》)。正如诗人宋琳在一篇评论中所指出的,朱朱比同代诗人更懂得节制,他用"绮靡"和"轻逸"两个词来刻画这种诗歌。

二

如何把两种截然相反的品质——缓慢和敏捷有机地融合在一起,这需要诗性的智慧的引导。对朱朱来说,他采用的手段之一是拼贴,这既是任何优秀的现代艺术家必须掌握的技艺,也是现代神话的绝妙的不可替代的隐身术。朱朱比较擅长的是把一件抽象的事物镶嵌到一个真实的画面中,例如:

多刺的骄阳啊,
蘸满紫色的毒汁,
扫过我们的脸。
——《秋日》

朱朱的诗歌,就像他的内心一样,大部分时候处于高度警觉的状态之中。当他开始写作时,中国诗歌和读者短暂的蜜月已经结束,他注定要面对大众视线的转移,面对前所未有的物质和精神压力。因此,偶尔,外表谨慎的朱朱也会显露出奥登式的机智和辛辣。例如,在一首受到普遍赞扬的诗中他写道:

贫困是他难言的宿疾,
勒索了他多少新鲜的血。
而帝国女儿们的爱是投资,
为了晚年的利息。
——《一个中年诗人的画像》

这种语言学上等值原则的使用实际上是拼贴艺术的另一种实践,

即一个画面和一件抽象事物之间的迅速转换,这也是清理我们纷乱的现实和表达繁复的思想的有效方法。正是凭借着这一点,在当前诗界宗派纷争、团体意识突出的背景下,朱朱依然能够保持着独立的人格和写作姿态。在我看来,最能体现朱朱拼贴技艺的是下面这首作于二十三岁的短诗:

小镇的萨克斯

雨中的男人,有一圈细密的茸毛,
他们行走时像褐色的树,那么稀疏。
整条街道像粗大的萨克斯管伸过。

有一道光线沿着起伏的屋顶铺展,
雨丝落向孩子和狗。
树叶和墙壁上的灯无声地点燃。

我走进平原上的小镇,
镇上放着一篮栗子。
我走到人的唇与萨克斯相触的门。

三

正是这两种特殊品质的组合使朱朱出类拔萃,在同代诗人中找不出几个对手。朱朱对当代汉语诗歌所做的主要贡献在于,他的作品里,诗歌的形象既不是为了发泄内心的压抑,也不是为了批评的需要营造的虚拟,而是作为语言的一种发现存在。正如法国哲学家加斯东·巴什拉所指出的:"形象如此辉煌地照亮了意识,以至于任何试图寻找先于它的潜意识的努力都是徒劳的。"用现象学的话来解释就是,诗人必须从形象最微小的变幻根源上阐明全部意识。此时此刻,有一句似曾相识的话涌动在我的舌尖:词语即目的。我甚至盼望着有那么一天,阅读诗歌不必另有所思，词语的组合所产生的形象便能显示出全部的意义。无论如何，朱朱的内省、节俭和克制，再次证实了我早年的判断——虚构比发现容易。

朱朱的独特个性也使自己付出了代价。在他的作品里（包括散文在内），我们很难发现忧郁的成分，就像华莱士·斯蒂文斯一样，他的诗缺乏"人类情感的紧迫性"——另一种打动读者的素质。斯蒂文斯只是到了去世以前，才逐渐开始赢得声誉，朱朱因此也失去了一部分的读者和好奇心，这是一位比较早熟的诗人。这种早熟既导致了他内心的冲突和矛盾，也使他在许多时候习惯保持缄默，在一首过分夸大的怀旧诗作中，他无意间泄露了这一秘密：

我考虑我和你的生活，用两种生活
布置一种生活，将两座城市
并为一座城市。
——《过去生活的片段》

而在另一首写于学生时代的诗作中，他直接引用了奥地利诗人里尔克的诗句，"两种秋天都感动着我们"（《最后一站》）作为题记。

虽然在一篇访谈录中朱朱曾经声称每年至少有一个月"奢侈"的旅行，我们也多次在杭州、无锡、成都等地见面（在拉萨则错过了时机），用他自己的话说，"过着一种复调的生活"，可以同时生活在几座城市里，他却对南京这座六朝古都情有独钟，他直接在标题中点名的诗至少有《石头城》《故都》《夏日南京的屋顶》《夏日南京的主题》。但是，更多的时候，正像那位退休的巴黎海关税务员亨利·卢梭一样，朱朱成了丛林中的一个梦游者，他躺在"世界上最美丽的东郊"的一张床上做梦，被人偷运到森林里，谛听妖魔的乐器演奏出来的声音，并把它们记录下来：

雨　中

拨动乐器，成群的林木倒映

两三个男人走远,细雨前后
水位的变化从容
我说。我笑。我从不触摸
雨中的鱼
雨中的柠檬黄
我找到了自己的弦
它在我的手拿不动的橡木里
聆听我的声音

2001年9月9日　杭州西溪■

寻找话语的森林　朱朱研究集

法国批评家让·里夏尔（J. P. Richard）的警句"观念不如顽念重要"[1]，曾经深深地打动了朱朱。我以为，由这句箴言般的断语开启的联想链，会将阅读引向朱朱在诗歌写作中所做的独特探索。在朱朱那里，诗歌的意义处于缄默和幽闭的状态，它们消融在纷繁错落的语词结构中，一如他本人自甘寂寞地隐匿于表面喧闹的诗人群体的边缘。这正是现代诗歌的命运：那些诗篇不会自行敞开，除非遭遇西默斯·希尼（Seamus Heaney）意义上的"挖掘"（digging），或者"卜水者"般的探测。

一、"诗是诗的主题"

朱朱的诗歌写作开始于他生活在上海的那个时期，当时他还是一所政法学院的一名学生，恰逢一场声势浩大的诗歌运动已接近尾声。这场运动散发的启迪与破坏参半的冲击力，在它后面一批诗人的写作中激起了回声，成为他们诗歌文本的一个注脚。后来者需要花费很大的气力，来修复那只盛满了语言碎片的箩筐。作为一位成长于20世纪90年代（其写作贯穿了整个20世纪90年代）的诗人，朱朱所要面

（1）　［法］里夏尔《诗与深度》，转引自［比］乔治·布莱著《批评意识》（郭宏安译），百花洲文艺出版社，1993年9月版，第198页。

寻找话语的森林
——论朱朱诗歌中的词与物※　　　　　　　　　　　　　　　　　　　　**张桃洲**

※ 原载《今天》2004年冬季号总第67期。

对的不仅是强大的中外现代诗歌传统,而且还有他置身的20世纪90年代驳杂的诗学情境。近一个世纪特别是20世纪90年代以来,文化、诗学上的困惑与危机,构成了朱朱这代诗人写作的背景。不管意识到这一点与否,这代诗人进入诗歌领地时或许都要经过一番自我询问:我是否会持久地写诗?我将如何开始、如何持续地写下去?对于这代诗人而言,他们即将承担的不只是外在的现实,更是诗歌本身。在此,"新异"可能构成了写作的一个动力,但更为根本的动力则来自内部。

在一首受到广泛赞誉,同时多少引起了争议和猜测的长诗《一位中年诗人的画像》(1995年)里,朱朱准确地勾画了(毋宁说揭示了)处于变换期诗人的尴尬境遇,诗中那位"中年诗人"所背负的屈辱和压抑,其实具有很大的普泛性:

启明星通宵燃烧,
这春秋,或者战国,
一代人缓慢地成长,
减弱了,甚至不抱希望,
没有明确的标志用于相认,
没有象征将品质衡量,
灼热的才能在世纪中冷却,
对付每一天的,是荒凉的思想。

与其说这首诗隐约包含着叛逆的意绪,不如说它通过描绘一个寓言式形象,折射了一代诗人所处的"语言本身的战壕",即一种诗歌成规和现实,在其中"像虫蛀过一样的空虚、黯淡、不堪守护,它的内部和现实的内部同源,不足以带给人安慰,没有强大的精神与主体力量支撑着这片天空"[1]。这也是后来他在解释这首诗的成因时所说的,"选择了一个这样的人,或者说选择了某个独特的角度来透视现实的艺术环境"[2]。透过这首诗多侧面的叙述撩开的一角帷幕,朱朱不无谨慎地

---

(1) 朱朱:《安·高夫人,或一首诗的命运》(2002年),未刊稿。
(2) 凌越:《词语之桥——朱朱访谈录》,见《晕眩》,解放军文艺出版社,2000年版,第205页。

表述了某种省思,显示他对中国现代诗歌过去与前景的透彻觉识。比如,"新诗,在它被称之为传统的那方面,类似于倒映星光的池塘,镶嵌画,在我们的回忆和想象力的填充之后才得以丰富起来的东西……缺少真正意义上完成了的个人形象,或者说它是一个由众多出自不同诗人的作品交织而成的一个'个人形象'"[1],便是他对中国现代诗歌做出的富于洞见的判断之一。

用朱朱自己的话说,写作《一位中年诗人的画像》时,他还处于诗歌的"第一阶段",写作的某种风格虽然已经呈现,但有待进一步强化、巩固,因而这似乎是一首溢出他早年诗歌"氛围"的诗。一位诗人写作风格的确立,如同一座雕像在精细的打磨中由混沌变得清晰。诚然,从朱朱"第一阶段"写作的整体风格(这一点后面将详细阐述)来看,《一位中年诗人的画像》的出现是令人惊讶的,它以叙述替代了抒情,粗粝、异质的词句,以及执拗、尖刻的语气,改变了惯有的纯净与细密——就像平缓的河流上突然涌起急遽的旋涡,结构却是严谨甚至完美无瑕的。值得留意的是,前面引述的诗节不经意地隔行用了"ang"韵,这种开敞的音调在朱朱的诗作里也十分少见,因为朱朱诗歌的音调在总体上是趋于抑制、低缓的。尽管此诗在主题上似乎占了上风,但我乐意将之视为施勒格尔(F. Schlegel)心目中的"既是诗,又是诗的诗"[2],理由是它除对诗歌内部历史予以反思外,更多的是关于诗艺本身的忧郁的缅想;它的呈梯状的行句,演奏着后来在《更高的目标》(1998年)等诗篇里一再回响的"诗是诗的主题"——当然,这一命题,正如我将要讨论的,还可在中国现代诗歌观念构建的视域内做出多重解释——的旋律。

如果说《一位中年诗人的画像》做出了关于当代汉语诗歌内部现实的观照,那么在长诗《鲁滨逊》(2001年)中,朱朱则通过展示一个孤僻的艺术家(其原型是一位幽居巴黎的前辈画家)的处境,从更开阔的范围思考了中国诗歌的现代性境遇:

---

(1) 臧棣、朱朱等:《重识中国新诗传统》,《扬子江诗刊》2003年第1期。
(2) [德]施勒格尔:《雅典娜神殿断片集》(李伯杰译),生活·读书·新知三联书店,1996年版,第95—96页。

在飞往旧金山的飞机上，我想
从此我就要画得更好了，
而太平洋就是见证人。不幸的是
我再也没有画过一幅画。

这不仅关乎艺术（诗歌）创造本身的问题，而且涉及艺术的自我与他者的关系的问题——具体到当代汉语诗歌而言，就是人们喋喋不休的诗歌的民族身份与国际化问题。显然，朱朱试图以《鲁滨逊》对西方经典文本《鲁滨逊漂流记》的改写，来回应这一无可避视的命题。事实上，对经典文本的解构式改写，成为现代诗人进行自我体认、表达艺术观念的有效策略，正如有人在评价沃尔科特（D. Walcott）对笛福（D. Defoe）的改写时说："这些颠倒视角的作品，于是形成了一种与以前不同的方式来读解现实。"[1]《鲁滨逊》虽然挪用了一个西方文本里的形象，但完成的是关于中国艺术（诗歌）境遇的陈述与反讽："我已经是一个计算旧时光的漏壶里残剩的沙，／已经是'无'的影子，／它的奴仆"。

《一位中年诗人的画像》里提出的关于诗歌境遇，或者说关于诗歌宿命的问题，数年后在他的《灯蛾》（2000年）一诗里得到了充满寓意的呼应和发挥。《灯蛾》重新塑造了那位变换期诗人的形象，不过他已蜕化为卡夫卡（F. Kafka）笔下那只甲虫的僵硬部分，被无情的岁月遗忘在"黑暗的墓道"，在遥遥无期的企盼中被风干、粉碎，"成为一个人形的拓片"。《一位中年诗人的画像》里"他缩小，在岁月中不停地迁徙，／遗失了细腻和优美，假想的手稿；从厌烦中开始，／从冰的理智里钩索温情，／他敏捷的抨击，敏捷的击打，／笨拙的身体紧贴桌面，／却难以建一座堡垒，用语言"所表现出的无助，在《灯蛾》中转变为一种被迫放弃后沉静的绝望：

那些我不想在第一时间带走的
东西将陪伴我，

---

(1) ［英］艾勒克·博埃歌：《殖民与后殖民文学》（盛宁、韩敏中译），辽宁教育出版社、牛津大学出版社，1998年版，第235页。

成为爱与诅咒的化身。

令人饶有兴味的,是《灯蛾》在整体黯淡布景下的光影与色块:黑暗映照了墓道里所有物件上的光斑,像虚空反衬了灯蛾努力的徒劳;"火把""釉彩""青苔色的绿水"等凸显的色块,加深了墓穴里的死寂。据我所知,这首诗的情景源自一个出于推断,然而显得确实的掌故:一群盗墓贼的最后一名,当所有应攫取的珠宝经由他的手被运走后,被同伙永远地尘封在墓道里,待到千年后重见天日时已化作一堆白骨。[1]而灯蛾的意象,则显然是一次艺术化转换的结果。这里,物象再次幻化为视角:这只轻盈、凝固的"灯蛾"扑闪着羽翅,它对时空的无尽穿越,被朱朱用来比拟诗歌写作的漫长、艰辛的行旅:

忽然我知道它是我,
我必须摆脱
这一个幻象。

这一比拟,在诗的末尾被突然嵌入的观察者加以明确,观察者使诗的语流为之一转(由"我"转向"他"),将叙述主体轻轻地抛在一边:

一只灯蛾
趋向于地下的光辉,
他的死历数了
同伴的邪恶
和地上的日全食。

"灯蛾"沉陷其中的"黑暗的墓道",构成了诗歌写作的隐喻式症

---

(1) 这使我想到爱尔兰诗人西默斯·希尼曾在一系列令人惊骇的与古代干尸的照面之后写下了《沼泽女皇》《格拉伯男尸》《惩罚》等诗篇,当然它们的主题与《灯蛾》毫不相干。另外,把《灯蛾》与《小瓷人》(1998年)这首短诗对照起来读是很有意思的,相比之下,同样是被遗忘在地下的"小瓷人",其命运却很不同:"我已经走进了泥土,/但人们将我挖出来。"

候。按照朱朱的设想,"黑暗的墓道"属于写作的第二阶段。当一位诗人已经走完奠定风格的第一阶段,"黑暗的墓道"无疑是一道必经的难关,同时也是一条万劫不复的危险准则。进入"黑暗的墓道"对于任何诗人来说,都是一场心智、耐力的考验。"灯蛾"的轻盈是脆弱的,"写作史上的巨人从来不给你一丝软弱的机会,你要每时每刻挣得你的自由"[1]。有案可查的诗歌及文学历史向人们显示,"黑暗的墓道"倾覆了多少富于才情的诗人和作者!

不过,一旦如此索解《灯蛾》包蕴的微言大义,这首诗也就随之遭到了瓦解。作为一种自我提示(在一定程度上),《一位中年诗人的画像》和《灯蛾》关于诗歌境遇或写作过程的省思,是以诗歌本身为主题的两个范例,这可被看作"诗是诗的主题"的表面含义。我不过想借此表明,朱朱进行的是一种有准备的写作,他直觉地悟察到诗歌写作陷入的困境。这是一种深刻的历史感。"诗是诗的主题"显然意味着,诗最终必须回归到它自身,哪怕再重大的主题也绝不应损害诗,这几乎是一条无形的律令。朱朱诗歌文本的屋宇,倚靠词句细节的缜密搭配、语气分寸感的悉心调控得以建立,一俟建立便保持着不容冒犯的完整。这种完整性是可予分析的,但只有还原到诗的完全结构,并游弋于它的生动气息里,"灯蛾"才能展示它在幽暗时空中轻盈而凝固的颤动。

二、"作为语言的一种发现"

在一些人的印象中,朱朱属于典型的江南诗人,这也许由于他的个人气质,或者说他的诗歌较多地处理了所谓江南场景。譬如,柏桦在他的回忆中,谈及江南名城扬州时顺便提到,"在苍凉的街市、在幽独的林庙、在旧日的深院,别梦依稀、风韵犹在……绿荫如盖、婉约有致,我蓦然想到一位出自扬州、大学毕业于上海的诗人朱朱,他纤细唯美的诗句应该含着扬州的身影吧"[2]。这样的判断似乎无可厚非,

---

[1] 朱朱:《遮阳篷——关于风格和停止写作的人》,见《晕眩》,解放军文艺出版社,2000版,第146页。
[2] 柏桦:《左边:毛泽东时代的抒情诗人》第五卷,《西藏文学》1996年第5期。

但遮蔽了一位诗人的独特性。

尽管朱朱一向致力于确立某种风格,但我宁愿把他视为舍弃风格的诗人。如果确如朱朱所说,"第一阶段"是一位诗人建基写作风格的时期,那么他本人是通过《枯草上的盐》(2000年)这部诗集完成了他的第一阶段,并坚固地确立了自己的风格的。这个过程大约经历了十年,要是不算此前更早的涂鸦期。以一种精细、冷峻的形体,克制、准确的表述,凝练、结实的节奏——如果这些可以统称为风格的话,朱朱将他的诗歌与同代诗人的作品区分开来。因此,依据这部诗集尤其是早年的《小镇的萨克斯》《幻影》《夏日南京的主题》《石头城》等诗作,人们很容易得出结论:朱朱是一位风格型诗人。实际上,更多情形下他警觉地规避着风格:"有些人,从写作的开始就敏感于风格,他们的脉络因而太明显了,如果不是天才性地解决这一点,即无比极端地解决这一点,他们就会从某一天开始将自己伪造";因而风格的实质是,"只有我们要自己有所转变时,我们才为'风格'迷惑"[1]。风格也许是十分必要的,可是,在朱朱"第一阶段"即一种整体风格形成过程的全部写作中,细微的变化(调整或充实)无时无刻不在发生:

我永远是未被创造出的男人,
不过多地猜测。
吃下石头。写出诗篇。
　　　　——《猜测》(1994年)

《枯草上的盐》并不是朱朱的首部诗集,但它的出版为这些不断变化做了一次完结,他感到"和过去的写作有了一次近乎生理上的割断"。而在此之前,在一年一本自印的小册子累积到一定厚度后,他于1994年出版了诗集《驶向另一颗星球》。这部诗集里的一些诗篇如《夏天和其他的季节》(组诗)、《序曲》,还留有朱朱年少时过于炫目、夸饰的印痕,一如诗集封面的那幅超现实主义绘画。及至《枯草上的盐》出版,《驶向另一颗星球》里超过半数的诗作未被选入(这自因其

---

(1) 朱朱:《遮阳篷——关于风格和停止写作的人》,见《晕眩》,解放军文艺出版社,2000年版,第144页。

严苛的尺度）[1]。从《驶向另一颗星球》到《枯草上的盐》，体现了朱朱在诗歌观念与实践上不断删汰、选择和自我改变的历程。这既是一位诗人确立风格的渐进过程，也是他抵制风格，从而摆脱风格的过程。

一直到今天，中国现代诗歌仍然难以消除两个明显的沉疴：对宏大的追随和对激情的放纵。前者表现为诗歌不恰当地担负了超乎自身承受力的重压，在遣词造句上往往流于空疏；后者表现为诗人随意、任性地宣泄情绪或言辞，导致语词的过剩与泛滥。前一点在近年来的"个人化"书写中有所校正，后一点则始终未得到遏止，且由于某种时尚的推动愈演愈烈。这两点，都关涉诗人对于自我的错误估价：要么拔高、要么贬损了自我的位置和可能的意义。这种误解延迟了诗人们对诗歌本性的觉悟，以致他们无法潜心地思索：在汉语的范围内，现代诗歌的真正秘密在哪里呢？——我想，朱朱的写作探入了现代诗歌的隐秘神经。在此我认同蔡天新在"安高（Anne Kao）诗歌奖"颁奖辞中指出的："朱朱对当代汉语诗歌所做的主要贡献在于，在他的作品里，诗歌的形象既不是为了发泄内心的压抑，也不是为了批评的需要营造的虚拟，而是作为语言的一种发现存在。"[2]

的确，"作为语言的一种发现"形成了朱朱诗歌的内核，或者说成为他"第一阶段"的醒目之处。事实上，对语言的关注承接着自波德莱尔（C. Baudelaire）以降的某种诗学观念［如瓦莱里（P. Valéry）的"诗歌具有改变语言功能的决心"］，它向来是现代诗歌的重心之一。一代一代现代诗人寻求着语言的突破。然而，在对待语言的态度上，一部分诗人滥用了语言的自足性，把诗歌仅仅当作不及物的词汇游戏；另一部分诗人过于轻视语言的表现力，写诗只是为了词语与情感的简单应对。或者，语言表面的光滑或绚烂，成了有些诗人追求的目标。无疑，"作为语言的一种发现"将会更新诗歌中的语言意识，"发现"意味着一种语言潜能的唤醒，显示写作已经触及语言最鲜活的区域，实现了对于语言的再度创造，以及对人的精神世界的重新构建，从而带来阅读上的惊异感。

---

(1) 这种严苛也表现在朱朱对诗歌的修改上。据我所知，他绝不轻易将诗作示人，他只有感到一首诗已充分成熟后，才肯拿出来发表。

(2) 蔡天新：《一头狮子的相互撕咬》，《山花》2002年第3期。

"发现"语言是一段艰辛的旅程。在一次友人间的闲谈中,朱朱说:你不能说我没有经历苦难,常常我陷入语词的苦难里,写诗面对的最大困厄其实就是如何调遣语词。[1]就像他笔下那位古怪的中世纪诗人维庸(F. Villon),朱朱不得不忍受语言的"饥渴"与"严寒":

漫长的冬天,
一只狼寻找话语的森林。
——《我是弗朗索瓦·维庸》(1998年)

借助于对这位法国诗人形迹的戏谑式仿写,朱朱呈现了在完成一首诗的过程中,为寻找语言所历经的灾难般体验——困惑,沮丧或者狂喜。这就是他自己谈到的"语词的苦难",必须以无尽的搜寻为代价,然后是"发现"的灵光的降临。"这漫天的雪是我的奇痒""全部的往事向外膨胀""模拟暴风发出一阵嚎叫"这些奇特的诗句本身,就是在语言上的再度创造,相称于瓦莱里对维庸诗歌的由衷赞叹:"令人难以忘却的警句层出不穷,每一句都是一个新发现,一个堪称古典的新发现。"[2]

对于朱朱而言,"作为语言的一种发现"的另一层含义,就是"写水晶的诗""能够有一次超尘世的凝视"(《更高的目标》)。这是指语言聚合为诗歌所具有的形体特征与内在质感。倘若依照卡尔维诺(I. Calvino)所做的"晶体派"和"火焰派"[3]的划分,朱朱的诗无疑属于前者,因为卡尔维诺说:"具有精确的小平面和能够折射光线,晶体是完美性的模型。"这里特别要指出,不应在一般的意义上理解"水晶的诗"和"超尘世的凝视",如果联系这两个词组出现在朱朱那首诗中的

---

(1) 在另一种场合,朱朱如此描述了自己的"语词的苦难":"为一首诗的完成,我像鼹鼠一样藏匿在书房里,或者是在周围的头颅已经深垂在胸前的夜行火车上,我焦灼于'欲有所言,却又永远找不到相应的词语'的苦境之中。我始终在出错,我瑟瑟发抖,我没有发出的声音已经在途经的山川、城市、海水和美丽的女人的身体上留下了啃痕,我相信有一天它将会转化为文字,使我在这座世界上的呼吸得以缓和、被谅解。"引自《诗歌会带给我自尊、勇气和怜悯》——朱朱访谈录》(汪继芳),见《断裂:世纪末的文学事故》,江苏文艺出版社,2000年版,第148页。
(2) [法]瓦莱里:《文艺杂谈》(段映虹译),百花文艺出版社,2002年版,第18页。
(3) [意]卡尔维诺:《未来千年文学备忘录》(杨德友译),辽宁教育出版社,1997年版,第49页。

具体语境的话——诗本身包含了对其流俗意义的否定。毋宁说,"超尘世的凝视"表明语言的功能已被改变(但我并不认为朱朱会过分相信所谓诗人是"通灵者"的浪漫主义说法),"水晶"的形象则显示语言特性在诗歌中的被敞亮;经过细细的雕琢和熔铸,诗歌已成为关于语言的音韵、色泽、样态等特性的追忆:

语言,语言的尾巴
长满孔雀响亮的啼叫。
——《沙滩》(1994年)

在此,语言(不仅是诗里写到的语言,而且是写这首诗的语言)被赋予了充满动感的状貌,它在诗歌中的生动的、明亮的部分,被凸显出来。与此相对应的是:

写作,写作,
听沉向黑暗的沙……
——《下午不能被说出》(1992年)

暗含着可以把捉的细碎质地、宁静的心境与时间的流动感,"沉向黑暗的沙"这一短语,让我想到另一个关于朱朱诗歌语言形体的比喻,那就是他自己诗集(同时也是一个组诗)的标题——"枯草上的盐"。这两个短语具有等值的力量,都在隐喻的向度和实际视觉效应的双重感受上,彰显了诗歌写作的真正含义。一些诗歌的碎片和语言形体被比喻为"枯草上的盐",这既表明了一种偏于精致的美学趣味,又体现了趋于内敛、孤僻的价值取向。从中国现代诗歌的发展脉络来看,朱朱的诗歌语言将精细的刻绘功能臻于极致,一定程度上抵达了自20世纪20年代穆木天以来,诗人们无限向往却又无力实现的诗歌理想境界:

我喜欢用烟丝,用铜丝织的诗。诗要兼造型与音乐之美。在人们神经上振动的可见不可见,可感不可感的旋律的波,浓雾中若听见若听不见的远远的声音,夕暮里若飘动若不动的淡淡光线,若讲出若讲不出的情肠才是诗的世界。[1]

这无疑是现代汉语表现力的极大丰富。

三、"展翅在最小的损失中"

出于对语言的不同寻常的敏感,也许由于常年居住在江南都市的郊区,朱朱在诗歌中表现出对大自然的光线、声响和节奏的强烈感受。大自然的这些属性,"那种古老的抒情灵感与净化的风暴",激发了他自己的语言。

这个"为经验所限制的观察者",他总是敏于对自然界光影的捕捉:

……此刻的阳台,
像缩小在一个模糊光斑里的冬天。
——《即兴》(1994年)

云影对于峰峦,
正如树荫投向行人。
——《曼陀罗河》(1995年)

他的诗句充满了太多的光:"多刺的骄阳啊/蘸满紫色的毒汁"(《秋日》),而且光变幻着太多的形象:"一夜的雪积满梢头,阳光像丰满的百合。"(《我梦见一头狮子的相互撕咬》)借助于阳光的天然魔力,"观察者"既发现了为万物赋形的方式:"阳光中落叶犹如黑色的线""阳光慢慢渗透灰色的调子"(《飓风》),又得以跟踪万物的生长、消逝乃至变形:"夜,吸尽了桦皮和铁皮弧心里蓄积的光"(《绵软的地

---

[1] 穆木天:《谭诗》,1926年3月《创造月刊》第1卷第1期。

面》),"低低盘旋的月光／吮空了水中的贝壳"(《在玛瑙的眼睛里》)。显然,变化多端的光有其特殊的延展路径,"光不在玻璃上返回,／而是到来"(《和一位瑞典朋友在一起的日子》);更多时候,是光本身出现了变形,"庭院外变细变尖的光线／像一排木桩"(《父亲的回忆录》),或者呈示为一种幻象:"天使将尘埃,鸟,街道／磨成一道幽深的光束。"(《天使》)此外,光线强弱和对比的变化,同样牵动着"观察者"感觉的迁移:

> 太阳下才有这样的玫瑰,
> 它是被怀疑的锦缎;
> 才有这样的蝴蝶,
> 展翅在最小的损失中。
> ——《煽动》(1998年)

在最末引述的那首诗里,还有类似的句子:"太阳剪着我们身上的羊毛""玫瑰"与"蝴蝶"("蝴蝶"让人想起关于语言的比喻)因太阳照射而变成两个完全相对的意象。上述在阳光与物象之间,或阳光催发下物象自身出现的变形,为种种巧妙的譬喻所强化,堪与"印象派"绘画高手相比肩,"落叶犹如黑色的线"或者"变细变尖的光线像一排木桩",我不知道除此以外是否能够找到更为贴合的句子,来表现阳光下落叶的迅速沉降或傍晚时分光线逐步变化的情状。这也许就是人们常说的通感带来的效果,它激活了语言的经络:"阳光"这个有些泛滥的语词,在通感的点化下闪耀着异彩。有时,在"观察者"眼中,还会出现这样的情景:"阳光。阳光／像一座活跃的建筑 一座歌剧院"(《颤栗者》),具有动态的空间和声音同时被阳光包容进去。在很多情形下,阳光发挥了某种过滤器的功用:使一部分暗淡下去,沉睡在"观察者"的视域之外,同时如语言一般将进入"观察者"视野的事物照亮,使其敞开了自身的秘密:"山坡上是刺目的光线／仿佛夏天的幻影,正要驱散／夏天"(《幻影》);甚至,光线穿透了"观察者"的身体和意识,一个显著的例子是,在《慢一拍》里,光线的变幻导致色调渐次由"黄色—绿色—白色—蓝色"的转换,显然"折射着心灵的

变化":

> ……或许,是蓝色——
> 是一辆蓝色的客车。又一辆客车
> 驶来,南方的人流像
> 蓝色的草坪正将它覆盖。

在光线的映衬下,自然界万物展示了斑斓的风致。与此紧密相连的是,朱朱表现出卓越的对细微声音的甄别能力。任何声音往往都是与大自然的气息混合在一起的,这就需要凝神去谛听与分辨,从中抽绎出一种独特的旋律:"拨动乐器,成群的树木倒映""我找到了自己的弦/它在我的手拿不动的橡木里/聆听我的声音"(《雨中》)——像里尔克(R. M. Rilke)所尊崇的奥尔弗斯那样,当他歌唱时倾听者的耳中会升起"一棵高树"。奥尔弗斯毕竟代表了一种稀有的天籁之音。在寻常的世界中,当一切处于混沌的状态时,灵敏的耳力是一种殊异的禀赋,它是各种感官的应和与贯通:

> 染上了石灰的树叶
> 发出一个女人的
> 绸衣的呢喃
> ——《海边的你》(1997年)

视觉与听觉(还有对滑腻"绸衣"的抚触)之间获得了巧妙的衔接、转换,它们共同形成的奇妙感受,被从一片茫茫然的背景中剥离开来。

从心理机制来说,对声音的分辨,既是听觉神经高度集中的结果,又是倾听渴欲的向外延伸:"在远去的世界中,有人越来越清晰/有人用风的铲翻动房屋"(《下午不能被说出》),只有保持潜心的姿势,才能"听沉向黑暗的沙"。当然,这种"听"根本上是一种语言的"听",或者说感官的"扩张—倾听",最终表现为发自语言内部的"扩张—倾听"。但是,众所周知,现代汉语已不具备塑造声音的优势,它不像俄语[1]、法语或其他西方语言那样,带有明显的音响的印记。因此,诗歌通过对声音的敏锐分析和吸纳(同时还有上述对光线的捕捉),会改变语言的性能;在诗歌语言的肌理中,有一只内置的窃听器,听觉对诸如"飞燕草的触须在天空中被风吹得像铁环叮当作响"(《无题》)的抓取,其实是语言伸出了触手。

基于这点,我以为朱朱的写作为当代汉语诗歌增添了一种特别的韵律,一种在"雨后的秋天将云影推移"的反复回旋下生成的"自由赋格曲"。当然,这种韵律是内在于语言本身的,像一股潜流贯穿语词的溪水,恍若"翅膀悠悠合上/的声音"(《故都》),同时,又仿佛"一支灰蒙蒙的罗曼曲"(《一位中年诗人的画像》);在诗中,朱朱通过有效的克制,保持着一种均匀的语感速度,语句清澈,声调坚脆而平静:

突然听见钟声——
这些寒冷,琐碎的寒冷,
正牵动莫名的快意
——《故都》(1991—1993年)

经由语言的"光合作用"及通感而进行词句的重组与嫁接,成为朱朱诗歌的重要技法。其要点在于,词语在一种突如其来的交错和撞击中,仿佛获得了一次再生,诗句也焕发出前所未有的新意;所获致的主要成果是,在他的诗歌里奇妙的譬喻比比皆是:"在黑夜渐渐显露的光辉中/街心的孩子们/像惊讶中忘记叫喊的花朵"(《扬州郊外的黄昏》);"剧场外的空气是一座山谷涌起的鸟群"(《秋夜》);"展翅在最小的损失中"(《煽动》)……在这些"错置"过程中,语词坚硬的"物质化的外壳"被去掉了,其含义与功能得到了重置。如果追溯这种技法在中国现代诗歌中的来源,似可认为它是20世纪30年代朱自清所

---

(1) 诗人们会借重语言的音调形成自己的特色。比如,阿赫玛托娃认为,茨维塔耶娃的诗"常常是从高音C写起的";布罗茨基进一步指出,"这就是她的声音特征,她的话语几乎总是开始于八度音阶的'彼'端,开始于最高音区……她的音色如此悲凉,悲凉得足以保持上升的感觉。见布罗茨基著、刘文飞等译《文明的孩子》,中央编译出版社,1999年版,第141页。

概括的"远取譬"[1]的合理扩展，但远比后者更丰富多样，更有质感。

显然，"错置"不同于以往诗歌中的意象叠加方式：后者看重的是意象间的相似性或者趋近性，强调意象的相互关联；而错置充分尊重了意象的独立性，并将意象铺衍成意境，即一种具有高度整体感的场景："人的意识是他角膜里的虹彩，／焦灼地探访旷野的杂物。"(《人的意识就是飞蛾》)这正如《交谈始终令人困惑》里所言："尽管陈旧，我的视线内／事物都有联系。"错置有时表现为标题与正文的错位，像《克制的，太克制的》《希腊》等诗篇，沿着标题的惯常意义无法获知关于主题的任何消息，或任何进入诗境的通道，这就在标题与正文之间构成了一种紧张关系；但当阅读最终完成，标题所隐含的意义指向得到了正文的确认，"一根清晰的轴旋转着／形成统一"。有时，错置在静与动对比的张力中（如《马厩》），或在一种跳跃、综合的铺叙中（如《最后一站》）得以完成，并赋予了诗篇某种意犹未尽的感染力。

就一首诗而言，"错置"会赋予其浓厚的超现实主义意味或情境。典型的如《石头城》，以"一封唐朝的信／送到我手中"为发端，将读者带入了一个似真似幻的世界，穿梭于历史的想象（2～4节）与现实的观察（第5节）之间的场景无疑是超现实的，二者形成了一种交错关系。《夏日南京的屋顶》的全篇也是由超现实的细节描绘所构成。而局部的超现实主义景象，如"光环丢弃在草丛，／相遇修理工"(《曼陀罗河》)的猝然连接，"犹如白色夏天的鱼涌进岩石"(《琴房》)和"他骑着自行车，穿过了我的手指"(《幻影》)中动宾结构（"涌进岩石""穿过手指"）的不和谐搭配，"耳朵像一座别墅，／在要一杯／没有尝过的酒"(《戴耳环的女人》)的感觉沟通，以及"熨好的裤子像宪法，无可挑剔"(《克制的，太克制的》)把私人事件与公众语境进行戏谑式转换，等等，不胜枚举。这种超现实的错置具有一种"强制"的准确性，所带来的奇异效果如同：

---

[1] 朱自清认为"远取譬"的意义在于"发现事物间的新关系，并且用最经济的方法将这关系组织成诗；所谓'最经济的'就是将一些联络的字句省掉，让读者运用自己的想象力搭起桥来"。这是极有见地的。见《新诗杂话》，生活·读书·新知三联书店，1984年版，第8页。

……用两种生活

布置一种生活，将两座城市

并为一座城市。

——《过去生活的片段》（1993年）

  令人目不暇接的错置，或许是语义晦涩的根由，但也造就了朱朱诗歌简约与繁复相交织的句法。这显然是一对"矛盾"：简约显示了向内收缩的力量，是经过对语词删削而生成的一种凝练、适度的句式（如"写作，写作，／听沉向黑暗的沙"），而繁复则由聚合、丛生的词句引起，显示了蓬勃、向外伸展的趋向（如"在另一个梦中他走下楼梯之下的楼梯"）。这同样是一种交错，一种交错的调谐。有时，为取得简约与繁复的平衡，朱朱甚至不惜动用生僻的词汇和艰涩的句型。这里不能不提及翻译诗文对朱朱诗歌的渗透。[1]如今，恐怕没有人敢于断然否认翻译对中国现代语言及文学的滋养。毋庸置疑，现代汉语的生成与扩展过程本身，包含了对各种翻译文字的包容、化解与吸纳，黄灿然所说的"译文中那股把汉语逼出火花的陌生力量"[2]始终发生着积极效力。而中国现代诗歌在这一过程中，更是潜移默化地接受了节奏、语气等的影响。在朱朱诗歌中，"像长久置放在空气里的果肉，／南方被经过了，／太阳将它留在自己的眼中"（《为一颗心祈祷》）里的被动句式，"当我爱，是的，墙壁上的／侍女微笑着行走"（《灯蛾》）里的插入语，以及《过去生活的片断》里大量否定词"不"的运用，体现了翻译诗文熏染下诗歌方式的变动。反过来，这些受过翻译影响的诗歌写作，无疑会充实、拓展现代汉语的功能。

  所有这些，即为寻求语言的旋律与大自然的旋律相互应和所做的努力，隐含着朱朱关于现代诗歌的某种认识："今天，我们必须承认设计的效用，就像我们认识到一切具备原创性的诗人的魅力；一首诗，一种预先的准备与写作进展中出现的意外因素的结合，一种自我的心

---

(1) 正如所有优秀的中国现代诗人的作品一样，朱朱诗歌中的外来影响是明显的，他灵活地吸收了如史蒂文斯、塞菲里斯、蒙塔莱、博尔赫斯、特朗斯特罗姆、勒内·夏尔、布罗茨基等众多诗人的诗学营养，将之化为一种创造性的动力。兹不赘述。

(2) 黄灿然：《译诗中的现代敏感》，见《必要的角度》（论文集），辽宁教育出版社，2001年版，第162页。

灵模式的不断的扩展式重复,是我称之为'设计'的那种东西。"[1]这是一种融汇了构想的心智与即兴的灵感的诗学,也许有助于改变当代汉语诗歌已滑入臃肿、疲沓和散漫的境况。显然,写作虽说部分出自对语言的近乎天性的感觉,但绝非像有些人臆想的那样,是无须训练与节制的天马行空。

四、"死有它飘零不定的速度"

对新异的语言表达方式的探求,往往与某种独特的精神取向牢固地联结在一起。在朱朱的诗歌中,突兀而别致的词语组合与句式安排,不仅是个人气质偏好的流露,而且更显示了一种对世界进行沉思的经验图式。在此,词语深深浸染了思想的色调:它们是细碎的、切近的,也是深远的、沉降的。在仍然收录于《枯草上的盐》的那批最初的作品里,有一首出于对博尔赫斯的迷恋、以个人臆想笔法描绘风景幻象的诗,呈现了空间的旷远与寂寥:

那是南方。火车在一个寂静的货站
停住
谁也不知道这是终点。岁月
已将自己彻底忘记
　　　　——《最后一站》(1990年)

当然,这里面还有时间的悠久。这首诗看似描写风景,实则表达了某种情绪或心境:"绝望只能消失,只能被沉默/沉默地容纳。有/呈现在没有之中。"诗的基调是低沉的,充满了一种处于空茫境地的虚无感。我以为,透过辽阔的空间,这首诗从另一面昭示了写作的本质:

---

(1) 汪继芳:《"诗歌会带给我自尊、勇气和怜悯"——朱朱访谈录》,见《断裂:世纪末的文学事故》,江苏文艺出版社,2000年版,第146页。在另一处朱朱说"进入到真正的写作过程里,词语之间的构成关系仍然是意外的、难以把握和超出控制的",这似可看作对上述见解的补充。

"熟睡的语言"被唤醒之后,冰冷的笔触向何处归依?倘若确如形而上的谈论,写作是对抗时间侵蚀的一种方式,那么它也可用来抵制现实与内心的虚无——

……有
呈现在没有之中

对于朱朱而言,诗歌写作的确始终伴随对虚无感的克服。对应着诗行间略显迟疑的语气,他常在写作中感受的是"苏醒时一阵虚弱"(《曼陀罗河》)。虚无感既是一种挥之不去的体验,也是一种看待世界的方式:"再一次,我的岁月又空落得什么都可以盛放/我的衰老被抵消着,/被诅咒着,以一块酒杯中的冰,/面对镜中我燃烧的形象。"(《夜归》)它是一种顽固而古老的"空"的理念,同时包含空间之"空"和时间之"空";因此,对它的超越性阐释必然包含着悲悯,他如此谈论骄阳:"你不是霜的文字,脆弱又含有人性?"(《秋日》)在前面引述的诗作片段中,光与影的氤氲之气显示了写作的临界状态:由灵感的促动而开始的漫无止境的静候、寻觅或抉择。

不过,写作中这种经验习性的培育与其说受惠于朱朱生活的城市,不如说源自他习惯于居留的市郊。前者为他的写作提供了一种风俗或情调的背景,后者则给予他进行形而上冥思的空间。在一篇短文中,朱朱写道:"市郊……它既是诗人能够辨认的城市母体上的胎记,又是陌生和遥远的先兆;一个既是流失又是返回的缺口,实际上,市郊——它正是每个城市对自身的记忆"[1];而在另一处,他直接道出了市郊的意义:

写一座城市史,也许应该为它的郊区变迁留下更多的页码,当市区与市区的区别变得越来越模糊(也许有重叠的一天)的时候,郊区和郊区的比较似乎变得越来越有价值。这一发现对人同样适用。[2]

---

(1) 朱朱:《作为线索的空间》,见《晕眩》,解放军文艺出版社,2000年版,第141页。
(2) 朱朱:《夜晚小径的十条道路·郊区史》,见《晕眩》,解放军文艺出版社,2000年版,第47页。

某种浮荡在朱朱诗歌中的幽微气息，的确是他居住的那座南方城市所独有的："一座古都，一种缓慢的节奏。"但这些幽微的气息并非直接从城市的体内分泌出来，而是来自他对城市物象的想象性偏离："一张蜘蛛的／黑色大网里，黄昏正在／孤立的黑暗中／上升。"（《故都》）于是，朱朱试图用一种更加古朴的艺术信念，来挽救日渐分崩离析的城市景象："但你是在为它偿还着债务的太阳，／我的墓穴上的太阳。"（《小瓷人》）更多时候，他是站在市郊的阔大的空寂里，审视城市的喧腾的身影："最倨傲的城市，／你让我听见血在鸣响"（《过境（Ⅱ）》）——市郊无疑是一处特殊的立足地，一道无形的界限：所有的景象从这里生成，又在那里消逝。同时，它是一面双向的透镜：在这里，城市轮廓与大自然风景相交会，对应着现代与传统、经验与超验的混杂。

就像波德莱尔眼中的"漫游者"，出没于市郊那片幽暗的、令人迷离的丛林，朱朱无疑有更多的机会反顾、整理由城市引发的思绪。往往，他作为"公务员"穿过街市归家时见到的匆促的生活景象，激起了一阵难以言述的悲悯："她们在诅咒，忙碌中／逐渐地沉寂——"（《公务员》）另一些时候，当他散步在"城边的路"，那些空蒙景致所隐匿的意绪袭来，一如他在散文《城边守望》里的表述：

……水鸟掠过城墙的缺口，山尖上的日冕闪着信号般的银光，某种肉眼看不见的美和神秘，迅疾而丰富地传递着。

市郊的两面形成了互文，它们渗透着"某种先在于我身体中的影响，我们祖先的忧郁，那敏锐于朝露般无常又未臻至幻灭的、清醒的悲观"[1]，同时包含了对于日常生存的关怀。

由虚无感滋生的悲悯，可以追溯至朱朱早年的《颤栗者》："每一个活着的人。光芒只应照耀在他们的／不幸上"；在写于同一时期的《扬州郊外的黄昏》中，悲悯潜藏着更为深沉的"死亡"诱因："将青春专注于死亡／那喧响之中始终／静寂的面容／微光之中始终到达的召唤。"悲悯是立于更阔大的视点上对于虚无的穿越、升华，体现了一位

---

(1) 朱朱：《晕眩·自序》，见《晕眩》，解放军文艺出版社，2000年版，第4页。

诗人心智的成熟。而对于诗人来说，另一个严峻的主题，当然便是与虚无如影随形的死亡，因为"我们轻视的虚无，／已将生死置换"（《过境（Ⅰ）》）。在朱朱的诗歌中，虚无感成为死亡感的最终归宿："通往这里的每条路上，／都有死者打着薄冰似的旗帜，／阴暗的甲胄带走最后一线天光"（《过境（Ⅱ）》）；"人们要一种装饰的、啃啮的和被允诺的／具体胜过要一首抽象之诗的／不移动的深色底座：／死亡"（《瘟疫》）。

既然虚无天然地被认作是死亡的源头，在我看来，问题的关键不在于诗歌中是否出现了死亡，而在于它是否被纳入了一个如艾略特（T. S. Eliot）所说的"更大的经验整体"，进而通过诗歌将之转化为关于生存奥秘的发掘；在根本上，死亡所带来的不应是放纵般的宣泄，而是对生命奢欲的克制和对终极意义的探询。在朱朱那里，"死有它飘零不定的速度"（《扬州郊外的黄昏》）绝非一种可有可无的轻逸感受，而是某种深入骨髓的生存反应：死亡的速度可以快到"我一想到死亡就会死去"（《戴耳环的女人》），也可以延缓为一个不可抗拒的抗拒进程："月亮里肯定有让每天变得更美丽的耐心，／照向我们对死亡的逐渐倾斜。"（《湖上》）朱朱诗歌对于死亡的处理表现出少见的分寸感。一种方式是，站在将来或现在的立场，把过去从自己的体内分离出来，以洞察死亡的全过程："我摸着的窗玻璃／变成死亡光裸的毛皮，两层／柠檬黄，从我体内／长出"（《窗口》）；另一种则相反，由已经死亡的自我向前漫游到起点，逐渐展现那一惊心动魄的体验的发生与聚拢，从而形成了多多式的"从死亡的方向看"，明显的例证是《灯蛾》《合葬》等。而后面一种方式，越来越成为朱朱诗歌独有的方式。朱朱诗歌对死亡的如此处理，其理由正如西·普拉斯（S. Plath）所说，"不得不把那可怕的小寓言重新表演一遍，才能摆脱它"[1]。但好奇的观众走到木偶戏帷幕的背面，仍然无法搜寻到一出戏的谜底。

然而，不可否认，背负着"寻找记忆中的无名之物"（《过境（Ⅰ）》）的痛苦，诗人对于虚无和死亡的强烈感受，最终归结为对诗歌本身的铸造：

---

(1) 这是美国女诗人普拉斯在准备BBC的诗歌朗诵时，针对她的诗作《爸爸》（Daddy）做出的解释。

> 强大的风
>
> 它有一些更特殊的金子
>
> 要交给首饰匠。
>
> 我们只管在饥饿的间歇里等待,
>
> 什么该接受,什么值得细细地描画。
>
> ——《厨房之歌》(1998年)

这里,诗歌再一次奏响关于"诗是诗的主题"的旋律。对于一部真正的诗歌作品而言,主题并不是外在于词句的缀饰,而应该内化为诗歌形体的一部分;它既加入诗人心性与人格的锻炼,又参与了诗歌的塑形。也许,在一个旁观者眼里,诗歌写作远离了凡俗的生活,或者是与生活对立或背道而驰的:"我们离街上的救护车/和山前的陵墓最远,/就像爱着围裙上绣着的牡丹,/我们爱着每一幅历史的彩图。"这其实是一种根深蒂固的偏见。出于对这一偏见的无声的反拨,"诗是诗的主题"最彻底地贯彻着"无用之用"这一远古的思想:"我们要更镇定地往枯草上撒盐,/将胡椒拌进睡眠。"由此,发生在厨房里的最寻常的情景,同样构成了关于诗歌写作本性的含蓄表述:

> 诗的写作本身,即获得满意的表达的那个过程本身,就已经充满了道德关怀。我们不妨设想一下,它首先涉及的是奢侈与节俭之道,正如一位诗人的妻子有一天在厨房里感叹的,"写诗是一个大到无边的奢侈",但另一面,它在对词语的使用上又会是最节俭的,几乎带有苦行主义的精神——一旦意识到你拥有着这样悖谬的事实,你又怎么能不为之颤栗呢?[1]

那些"在饥饿的间歇里等待"的诗人,的确懂得"什么该接受,什么值得细细地描画"。他们供奉的"更特殊的金子",是"一些持久闪光的、予人安慰的物"。

---

(1) 木朵:《杜鹃的啼哭已经够久了——诸子百家8:朱朱》,见"诗生活"网站(www.poemlife.net)。

五、"一些更特殊的金子"

因此，是否可以说，朱朱诗歌提供的正是一些"物"，或更确切地说，是"物"的一些呈现方式，以便于人们更好地理解和认识"物"。在诸如"楼梯上""小镇的萨克斯""沙滩"，以及"睡眠，我的小蜘蛛""小瓷人""灯蛾""烙印"等标题之下，"物"以不同的姿态敞开了自身，彰显着自我与世界、词语与意义的联系。语言由于物的敞开而获得更生动的形象。卡尔维诺指出："词汇把可见的踪迹和不可见物、不在场的物、欲求或者惧怕的物联系了起来，像深渊上架起的一道细弱的紧急时刻使用的桥一样……恰当地使用语言就能使我们稳妥、专注、谨慎地接近万物（可见的或者不可见的），同时器重万物（可见的或者不可见的）不通过语言向我们发出的信息。"[1]

按照里尔克的说法，"物"是一种特殊的存在，它蕴含着来自日常生存的经验和记忆："这物，无论怎样无价值，早已准备好你们和世界的关系，它把你们带到事与人的中间；而且由于它的存在，它的任何外观、它的最后毁灭或神秘的消逝，你们已经经历了一切人性，直至进入死亡的最深处。"[2]对此，海德格尔（M. Heidegger）解释说，"物"的本源含义是"聚集"，它将天、地、神、人汇聚在一起，使它们彼此趋近、相互映照，共同构成"世界"（Welt）；艺术的功用是对"物"的持存，还原"物"的神秘本性，即"物"之为"物"的"物性"；而艺术的真正的价值在于，在展示"物"对天、地、神、人的"聚集"的同时，还能保持艺术质料的原初状态。[3]因而，对于一件诗歌作品而言，其价值应体现在：一方面力图丰富地呈现"物"的物性，另一方面在"运用"词语的过程中并未让词语丧失自身，而是使词语更成其为词语。以此来考量朱朱诗歌中物的特性，这一点表现得尤为鲜明。

在朱朱的诗歌中，"物"作为结构诗篇的视角发挥着作用，这意味着，"物"显示了他对世界的一种观看——质言之，与世

---

(1) ［意］卡尔维诺：《未来千年文学备忘录》（杨德友译），辽宁教育出版社，1997年版，第54页。
(2) ［奥］里尔克：《艺术家画像》（张黎译），花城出版社，1999年版，第163页。
(3) ［德］海德格尔：《艺术作品的本源》，见《林中路》（孙周兴译），上海译文出版社，1997年版，第4页以下。

界的静默无声的交往。这令我想到朱朱所钟爱的思想家瓦尔特·本雅明（W. Benjamin），他们的忧郁气质有近似之处。正如桑塔格（S. Sontag）指出的，具有与"物"一样沉重特质的本雅明"觉察到，忧郁症患者与外部世界的深切交往，往往发生在与物之间，而不是与人之间；这是一种真正的交往，能够揭示出意义来。准确地说，患忧郁症的人因为一直被死亡所追捕，所以他们才最懂得怎样阅读世界；或者说，这个世界只对细察详审地阅读它的忧郁症患者呈现自身，其他人则无此机缘。越是没有生命力的事物，就越需要更加有力、更加敏锐的头脑去思索它们"[1]。在物的内里凝结着一种幽谧的力量，朱朱诗歌中的物的复杂图景及其对物的富于独创的透视，对接着他与世界的多向度的关联。这也就是我一开始所说的写作的内部动力，它构成朱朱诗歌的内在理路。

然而，人们在现实生活特别是艺术创造中，与"物"的关系往往是微妙的。在此，那种理想化的以词及物的意愿，同某种经典现实主义的观念一道，将受到质疑。在词语与"物"之间产生了某种令人惊诧的互逆，越发精细地描绘，越发让人产生虚幻感："我们观看一个物件，单独面对它，然后试图以最客观、最中立的方式为自己描写它，于是它便逐渐占据了全部地盘，变得硕大无比，挤压我们，压迫我们，进入我们体内，夺取我们的位置，使我们无比狼狈。要不就是完全相反的现象，我们死盯着这个物体，久而久之，它不是变为一种魔鬼，而是变为我们无法理解的、虚幻的、非现实的东西。"[2]最终，词语本身的客观性（或真实性）引起了怀疑。

我认为朱朱的《青烟》（2001年）给出了一个范例，提醒写作者进入词与物的并非单一的关系。在画家与模特儿的交叉观视中，《青烟》提供了一种观看的诗学。画家"盯住自己的画布"，他关注的是模特儿的姿势、神情以及由此衍生的意味。模特儿起初的观看是僵硬的，她被迫呆坐在那里，"一只苍蝇想穿透玻璃飞出，最后看得她想吐"；

---

(1) ［美］苏珊·桑塔格：《〈单向街〉英文本导言》，见《本雅明：作品与画像》（孙冰编），文汇出版社，1999年版，第248页。

(2) 这是在法国哲学家米歇尔·福柯（M. Foucault）主持的一次讨论会上，一位参加者的发言。见《福柯集》（杜小真编选），上海远东出版社，1998年版，第31页。

随后,她"透过画家背后的窗,可以望见外滩";末了,"她感觉自己／不必盛满她的那个姿势,或者／完全就让它空着",甚至可以跑出那个"表情的模壳",使自己游离于绘画的现场,并得以反观那幅源于她的画像。显然,模特儿和画家关于艺术真实的看法是不对等的,她疑惑于"画中人既像又不像她"。不过,有一点是确实的:

唯独从她手指间冒起的一缕烟
真的很像在那里飘,空气中飘。

也许,《青烟》接近卡尔维诺理解中的卢克莱修的《物性论》:"关于不可见物和无限的、不可预期的或然性的诗——甚至是关于空无的诗。"[1]画家反复涂抹的那缕青烟正是这样一种"物":它具有可见的形状、色彩乃至动态,但它的若隐若现和若有若无,使之趋于无形;它成了一种介于有与无之间的悬浮物。而画家即使"不停地涂抹",似乎也难以准确地描画出这种物的虚无缥缈感。这一最后揭示的细节,同时揭示了艺术创造(写作)在表达词与物关系时面临的难题。

六、"我的笔在记录寻找一种形式"

整部《枯草上的盐》的重心,更多地倾斜于对语词自身潜能的挖掘。一首诗所带来的震撼,很大程度上来自语词自身的力量,因为,在一首诗营造的氛围中,语词的光泽、气味和质感已得到留存。可是,随着这部诗集的出版,朱朱所期望的某种潜在的变化浮出了地表,久久蕴藏于写作中的变异因素,终于促成了他的迁移——一种"实质性的进展"。仿佛一次必经的蜕变,诗歌写作中的"黑暗的墓穴"降临了,"灯蛾"如何在孤寂的阵痛中获得新生?就这样,一部新的杰作——《清河县》得以在《枯草上的盐》付梓之际完成。这的确是一个醒目的标识,一块具有转折意义的"界石",表明朱朱的诗歌写作进入一个

---

(1) [意]卡尔维诺:《未来千年文学备忘录》(杨德友译),辽宁教育出版社,1997年版,第6页。

更高的阶段。在这一过程中,语言的质地获得了重造,已由坚脆变得柔韧。

毫无疑问,《清河县》对朱朱而言是一种全新的写作,至少可以说,它开辟了朱朱诗歌写作的崭新方向。当然,这一方向的形成有其丰厚的基础:《清河县》所显示的实质性跨越酝酿于那些不时闪现在《枯草上的盐》里的变异因子,这部作品聚敛了他以往诗歌里的变化星子,并将后者催生为一团熊熊的火焰。事实上,每一位诗人都会把前期的某些因子(哪怕习性)延续到后来的写作中,其间包含着诗学传承与衍变的秘密路径。可以看到,在20世纪90年代的复杂语境里,中国诗歌尚未放弃谋求诗学革新的努力,遗憾的是,包括"叙事""及物性""身体写作"等在内的新一轮试验,都被淹没在种种花样翻新的概念化倡议中。我一向感兴趣的是,从超出一般技艺范畴的角度来说,究竟有哪些变异因素能够激励诗歌的创新;那些变异因素如何被带入了新的写作中;这种"被带入"的过程以及个人化经验,是否会对中国现代诗歌的构建带来启示?

一些可能的变异端倪,在作于20世纪90年代初的诗篇中就已出现,及至后来,某些趋向得到了强化。前述的《窗口》及组诗《小镇的巴洛克》里的《轻佻的家谱》等诗篇,展示了处于分离状态的自我观视,这一展示通过跳跃而明晰的细节刻画得以完成;而《湖上》《更高的目标》等给人的印象是,诗中的场景、物象"在表面上"变得明朗了,稍稍松开了"错置"绷紧的词句之弦;《父亲的回忆录》引入了一种温和的叙述语调,但这样的叙述有别于早期偏于叙事的诗篇所恪守的抒情调式,因具有明显的"回忆"姿势而更加看重叙述形成的氛围。格外值得一提的是,从20世纪90年代中期起较为集中的散文写作,也对朱朱诗歌写作方式的变化产生了影响,散文不仅提供了一种婉转句法、一种类似穿针引线的本领,而且通过舒缓、松弛和扩散等途径参与了诗歌语言的重塑。[1]

由六首独立诗篇组成的《清河县》,仍然是基于语言向度的展开。不过,在这部作品中,语言的重心和功能已经出现了转移:由对语词

---

(1) 这些,都在《清河县》及同一时期的《合葬》《灯蛾》《青烟》等篇章中得到了体现。

搭配的锤炼转向了对语词与经验关系的多层次表达；基于语词横向联系而生成的片段句式，也让位于在纵向的层层深入下展开的全景句式；随之而来的，是语词所包蕴的金属般的清脆渐渐消退，转而呈现为一种丝线般的绵密。因此，《清河县》起码在下述的一点上，属于人们所期待的具有典范意义的"有效的文本"："它不仅侧重于对语言潜能的深入挖掘，展现出一种不断超越的语言的可能性，而且更重要的是，它是充满经验的而非单一的抒情，并具有开掘读者经验的能力。"[1]它是语言及其与经验关系的双重探险，将更新我们的语言图景和对世界的认识。

从表面上看，《清河县》是对于一段人所熟知的历史故事的改写或重写。值得留意的是，它所依据的长篇叙事作品《金瓶梅》本身，是对另一部长篇叙事作品《水浒传》里某一段落的改写或重写。因此，在这三份文本之间，构成了一种特殊的"镜像"关系：叠合或穿插；它们各自的叙述方式——或者说"虚构"事件的语言程式之间的差异，体现了汉语本身强大的可塑性。从语言程式来说，《清河县》将两部古代作品蕴藏的"近代性"萌芽，发展为一种极富表现力的"现代性"（即使在当代汉语诗歌中，其"现代性"也无可替代）。显然，《清河县》与其说是对一则历史故事的改写或重写，不如说是诗歌想象力对时空的重构；它在再度"虚构"那件风尘往事的过程中，通过富有解构意味地穿行于原有的情节框架和观念逻辑之中，通过一种现代经验，改变了古典语言的内在质地。同时，它在结构上回应了中国当代诗歌关于长诗的探索。这是汉语自我改造和转换的一个范例。

这里，我不打算讨论《清河县》在外形上的"类-诗剧"（Pseudo-poeticdrama）样式（即对于诗剧的假借），尽管诗前的"对位表"和诗中人物分别以第一人称口吻进行表述，让人很容易想到一部"多幕剧"。但这部作品对于"剧"的借鉴，尤其是在人称方面的出色运用，则是值得详细剖析的。可能谁都会注意到，这部作品的主体部分（2—6首）均以"我"的陈述为线索而展开，每一个"我"（代表不同人物）

---

(1) 程光炜：《90年代诗歌：另一意义的命名》，见《学术思想评论（第一辑）》（赵汀阳、贺照田主编），辽宁大学出版社，1997年1月版，第210页。

都担任一个陈述形象,但其陈述的背后至少隐藏着另一些人物的影子。可是,一个本应立于前台的关键人物("潘金莲")却没有被赋予"我",而同样只是作为隐藏的影子得以现身(《顽童》《洗窗》《武都头》中的"她");不过,她被置于三个重要人物[1]之目光的焦点,得到了几束强光的共同照耀,因此她的面目比所有陈述者的面目要清晰得多。这些人物和影子的交叉与叠合,构成了一种新的"镜像"关系,"我"的设定既提供了影子投射的平台,又具有双面筛选或过滤的作用。

"我"的设定使诗中所有人物的陈述具有了独白性质,成为一种朝向虚空的回忆之内的倾诉。回忆为陈述者安上了一种特殊的视力和维度,那些过往的碎片显然经过了回忆的拣选。甚至,回忆为不同的陈述者匹配了相宜的语速、视点和色调(格外与众不同的是"武大郎"的陈述,采用了绵长的句式——最长达 27 个字,以及谐庄混合的语气)。这样,复述或重新追溯故事的来龙去脉是没有必要的,重要的是全部故事已化作语言的材料,为了凸显那些散落的经验亮点,语言不得不往返于现实与回忆之间,一次次在二者间的狭长栈道上燧出火花。

从一开始,回忆就设立了一种便于摄取"镜头"的装置:

我们密切地关注他的奔跑,
就像观看一长串镜头的闪回。

这一装置的设立,由"我们"对关于"他"(郓哥)的陈述的强行进入而得以完成。这一装置的设立是极其重要的,《清河县》的结构正是由于不时有一个潜在的叙述者——不妨称为"元叙述者"(Metanarrator)——的强行进入,才最终确立(与此相似的有《灯蛾》等)。"元叙述者"造成了双重性的主角,使"我"的人称属性游移于

---

(1) 这三个人物与"她"(潘金莲)的关系是可予探讨的:这三个人物与她的命运息息相关,指向了她命运的三个侧面——生、欲、死,从而成为她全部生命形式的背景。不过,诗作在处理"她"与"他们"(特别是武松)的关系时,有意维持了一种复杂的暧昧,使一切既无可避免又充满了偶然性。

"元叙述者"与陈述者之间,既是书写者又是被书写者;"元叙述者"有助于回忆之矢的分岔,元叙述与陈述者独白之间形成的张力,使后者显出复调——多重声音的交织与叠合的意味。正如朱朱本人谈及这一人称的运用时所说,"文学中'我'的使用即一种出自单方意愿的双向运动,在他者的面孔上激起一个属于我的涟漪,自我的意识因而得以净化"⁽¹⁾。在作为"引子"的《郓哥,快跑》中,"我们"最终退回为一组静物:"我们是守口如瓶的茶肆,我们是 / 来不及将结局告知他的观众",迎来了角色的粉墨登场。

回忆总会在语言的砧板上,留下那些过于强烈的经验印痕。比如,在"西门庆"(《顽童》)的记忆中,"像敷在皮肤上的甘草化开"的"雨"曾勾起他的浮想联翩:"雨有远行的意味, / 雨将有一道笼罩几座城市的虹霓""雨大得像一种无法伸量的物质"。雨作为一种缠绵的刺激物,一种引来浮靡的"灵感"的介质,铺天盖地地倾覆了他的回忆感官,以及他"挥霍"的情欲:"起落于檐瓦好像处士教我 / 吟诵虚度一生的口诀。"而在"武大郎"(《洗窗》)的回忆里,"力"具有激发想象与幻觉的朴素能量,在"力"与身体之间有一种纠缠,阐释着"洗窗"这一动作蕴含的生存领悟:"当她洗窗时发现透明的不可能 / 而半透明是一个陷阱,她的手经常伸到污点的另一面去擦它们 / 这时候污点就好像始于手的一个谜团";但他最后发现,支撑一切的"力"不过是"空虚""一个很大的空虚",于是他的生命遁入了"一张网结和网眼都在移动中的网"中。

与此同时,回忆试图保持经验的原初状态的芜杂,让所有细节、隐秘不加掩饰地呈现出来;语言参与了经验的持存、滞留和重估,使之变得真实可触。"武松"(《武都头》)作为英雄形象的背后,是他陷入了难以挣脱的两难:一边是"她的身体就是一锅甜蜜的汁液 / 金属丝般扭动 / 要把我吞咽""我被自己的目光箍紧了, / 所有别的感觉已停止。 / 一个巨大的诱惑 / 正在升上来"。另一边却是"血亲的篱栏。 / 它给我草色无言而斑斓的温暖"。于是,他在这局促的境地里

---

(1) 木朵:《杜鹃的啼哭已经够久了——诸子百家8:朱朱》,见"诗生活"网站(www.poemlife.net)。

"感到迷惘、受缚和不洁",仿佛"被软禁在 / 一件昨日神话的囚服中",虚空与恐惧构成他全部经验的内核:"我只搏杀过一头老虎的投影"。语言迅捷地捕捉到这一虚幻的闪念,并将人性的幽深的底部予以揭示。与一位硬汉的脆弱相似,"王婆"(《百宝箱》)这具枯叶般的躯干,也陷入了她自己虚拟的温情与冷酷的争执:"这活腻了的身体 / 还在冒泡泡,一只比 / 一只大,一次比一次圆。"那尘封她枯萎、死寂的青春的百宝箱,实际上是由贪欲与邪恶构筑的"隐性的中心":

太奢侈了而我选择可存活的低温
和贱的黏性,
我选择漫长的枯水期和暗光的茶肆。
我要成为
最古老的生物,
蹲伏着,
不像龙卷风而像门下的风;
我逃脱一切容易被毁灭的命运。

最后,回忆掀开了经验所寄生的整个暗影,并对之做了全景式的敞露:"东京像悬崖 / 但清河县更可怕是一座吞噬不已的深渊, / 它的每一座住宅都是灵柩 / 堆挤在一处,居住者 / 活着都像从上空摔死过一次, / 叫喊刚发出就沉淀。"(《威信》)这些梦魇似的景象,刺痛了一个失势者的惊恐的眼膜。透过他那歪斜的、充满悚惧的眼光,总领全篇的"清河县"才展现出其真实的面目:它不是空虚与罪愆的"避难所",而是一座喑哑无声的舞台,所有的男女、贵贱、尊卑、强弱,都在这座舞台上筹划或表演着一幕幕幻影般的悲喜剧。那些悲喜剧的主题根植于人性深处,展示了生存之厄的恒常——"清河县"的边线一直延伸到现在,它既代表着民族的精神幻象,又构成现代世界的原型图景。这种恒常性表明,无论世事如何变化多端,积淀在人性底部的"原型"——集体意识不会发生改变。正是这一意识的漫长通道软化了语言的尖刺,使之获得了一种内在的锋利与柔韧:"笔尖的毫毛 / 硬如刀锋。"丰沛的语言的韧性,施与了写作者"像一根纤维思考"的能力,"在线团中／变成对一个酣畅的句子的追求,／一个关于虚空的注脚"(《合葬》),从而建立起与任何主题的可能的对话。

我认为,从整部《清河县》来看,贯注于"清河县"这个万劫不复处所之中的,除人性的卑怯与残酷外,还有一股隐蔽的"阴性—母系"文化的脉流。无论是在众多目光聚焦下的"她"("潘金莲"),还是如幽灵一般"横穿整个县"的"王婆"(她被视为"文明的黑盒子,活化石"),以及令"陈经济"感到恐惧并极力抗拒的"子宫",无不体现了这一"阴性—母系"文化的强盛的吸附力:"直到我的声音变得稚嫩,最终／睡着了一般,地下没有痕迹。"在这股"阴性—母系"文化的脉流中,掺杂了过多的邪恶、乖戾的因子,它显然蕴含了一个民族悠远而沉重的文明的特征。因而,对传统文明中的种种痼疾进行审慎的批判,成为这部作品的深层题旨。

富有意味的是,由于天生的"俄狄浦斯"情结,朱朱从多方面表现出的态度,都是对于母系及其喻指的古老文明的依恋,因而《清河县》做出的批判体现了一种真正的内在性。与此相应的,是对与母系处于对立统一的另一极(依据那种自然的"阴—阳"观念)——父系的反抗和拒斥,倘使确如伊格尔顿(T. Eagleton)借助于弗洛伊德(S. Freud)的学说指出的,父系是政治统治与国家权力的化身,[1]那么,正是在这样的两极对立之中,才呈现出俄狄浦斯式的面目;然而,当具有强权色彩的父系在客观上一定程度地弱化下去,反抗者的另一种复杂的思绪被勾起了,那是一种倾力观照现实而时刻会发出真切的反应的情感能力。在此我愿意指出一件与这一主题相称的作品——历时两年才定稿的长诗《皮箱——献给我的父亲》(1999—2001年)。如果说《清河县》表达了对民族文明的既眷恋又挣脱的批判态度,那么《皮箱》则以微型史诗的形式,力图展现20世纪后半叶中国的现实特性和境遇。这两件作品衍生出的关于文明与现实的思索,在具有韧性的语言的编织中,形成了一个相互对照的回环。"皮箱""一只从没有在我眼前打开过的／它坚硬的壳／沉如一块墓碑,焊在冰层中",就在"半个世

---

(1) 参阅[英]特里·伊格尔顿:《历史中的政治、哲学、爱欲》(马海良译),中国社会科学出版社,1999年版,第145页以下。

纪,终于它的音量被调至最低"的背景和反复的"他再次睡去,将头靠在我的胸前"的情景的烘托下,交织成这一曲无声的四重奏。这首诗的结尾处写道:

打开箱子就像打开一个真空,
我啜泣在这个爱的真空,
除了它,没有一种爱不是可怕的虚设。

"爱的真空"所勾勒的"空"恰恰彰显了现实的最大特征,一种除此以外已别无选择的"虚设",这其实是一个古老民族在现代社会中无法挣脱的悖论性命运。"爱的真空"为一只历经岁月沧桑的皮箱所呈现——再次映衬了朱朱诗中词与物的鲜明特征。正如《金钩子》里表白的,"并非我愿意远离你们,爱和恐惧/但我已有足够的力量",或《父亲的回忆录》里充满温情的寻觅,"我的笔在记录寻找一种形式,/并且跟踪它的每一次变化""爱的真空"毕竟是唯一可依凭的现实。于是,对虚无和死亡的克服最终转化为爱的礼赞:"爱是唯一可以信赖的源头,是那种不朽的轻逸……唯有爱是一种真正令人激动的节奏,一切可以作为动机,但只有爱能够引导你合上节拍,启动真正的激情和想象",而"杜鹃的啼哭已经够久了,我们该为她的苦难发明出一种朝向幸福和明亮而开敞的声音"[1]。无疑,那是语言自己的声音:

词语们同源于所有语种那背后的
寂静,而那寂静是一种声音,
授权给我们。

——《信号·合译》(2003年)■

---

(1) 木朵:《杜鹃的啼哭已经够久了——诸子百家8:朱朱》,见"诗生活"网站(www.poemlife.-net)。

寻找话语的森林　朱朱研究集

朱朱以《金瓶梅》《水浒传》为原型解构创作而成的组诗《清河县》，对我而言，是个令人吃惊的存在。据我所知，大多数中国当代诗人，擅长语言的不擅长结构，擅长结构的不擅长语言。而能在一首诗歌中，把精巧的结构与精致的语言熔于一炉的当代诗人实在比较罕见。《清河县》的语言之美，我就不多谈论了，因为有太多的人谈论过它。我更想探讨的是它那互为镜像环而如圆的、有趣的、古罗马竞技场般错综复杂的环型结构。

在我看来，这首诗是个奇妙的环型剧场。剧场的中心是一直不曾在诗歌里正面出现，却一直在、一直不曾消失过的性感女郎潘金莲。潘金莲是诗的核心，诗的磁石，是她所散发出的美的光亮吮吸着诗歌的语词与男人们的目光。她既在，又不在。环绕在她四周的是因她的美貌而点燃的欲望火焰。它们鲜花般绽放，又鲜花般泯灭。几个男人与一个名叫王婆的老年女人构成了观看的第一重圆。他们既是金莲之美的观赏者，又是整个事件的参与者。圆环的外围是读者，是观众，是"我们"。在《郓哥，快跑》里，"我们"被诗人如此描述："我们密切地关注他的奔跑／就像观看一长串镜头的闪回。／我们是守口如瓶的茶肆，／我们是来不及将结局告知他的观众的。"显然，我们是环型剧场中端坐的一员。郓哥的奔跑产生了我们，我们知道即将发生些什么，我们亦期待发生些什么，我们希望整个故事重演一遍，我们都是

《清河县》：朱朱所构筑的诗歌环型剧场 ※   马小盐

※ 原载《延河》2011年第2期。

窥隐狂患者。我们处于"看"的最外围，我们是二重观看者：我们看这六个角色，并看这六个角色所看。我们打算再度目击美如何因欲望而被毁灭，再度目击桃花下总是埋着尸体的惨烈。当然，我们看到的不仅仅是这些。在看《清河县》这一现代诗剧的同时，我们的内心亦在复看《金瓶梅》与《水浒传》，我们陷入了古典与现代、历史与现实的多重观看之迷局。

颇多评论家认为，《郓哥，快跑》因没有用第一人称"我"来叙事，该独立于组诗的另外五部分。我认为这是一个错误的看法。在我看来，恰恰是《郓哥，快跑》构成第一重观看之圆的起点，亦是将"我们"引进整首诗歌的楔子。正因《郓哥，快跑》里无"我"，才产生了我们。我们是诗歌里郓哥的孩子，郓哥的血液在我们的身上流淌，我们与郓哥同构，我们和郓哥一样是好事者、窥看者、道德审判者、告密者。但郓哥亦独立于我们，他要以断头的激情去上演一场亘古以来在中华大地上一演再演的戏，他是这场戏的导火索。而我们，有时候会通过郓哥而让这六个角色分类附体，有时候却仅仅是个连郓哥都不去做的看客，这是我们与郓哥之间的距离。郓哥是我们的镜子，而我们所看到的郓哥却奔跑着去找寻他的镜子。武大郎是郓哥在这首诗歌里的同类项，他因无法亲自去报复（欲望无能）西门庆，而想假借他人之手来充当复仇使者。正如武大郎因性无能（欲望无能），却占据着如花似玉的美娇娘，他们二人面对着同样的难题：他们面临着一个以他们的能力所无法解决的强大欲望对象。

西门庆是个性顽童，"是一个饱食而不知肉味的人／是佛经里摸象的盲人"。在去药店的路上雨下了起来，发出龙鳞般的亮光。他在这隐喻之雨里看到一扇窗，一个鲤鱼般期待雨水滋养的镶嵌在画框里的女人。他因她"轻呷"的目光，鱼唇般翕动的目光，发出这样的申请书："姐姐啊我的绞刑台／让我走上来一脚把踏板踩空。"这是一句深得性三昧的诗意语言，更是吁请来一场浩大云雨的性语言。从弗洛伊德的性心理角度看，这句诗显然比海子已经在民众间传的烂俗的诗句"姐姐，我今夜只想你"来得更为深刻，亦更符合性顽童的思维方式。贪婪的性顽童西门庆，他的猎物是潘金莲，他的镜像却是王婆。正如郓哥会奔跑着去找武大郎，西门庆亦会摇着扇儿去会王婆。西门庆与王婆，彼此互为镜像。前者对女人贪得无厌，后者对金钱聚敛无度。这两粒糜烂的果实，都被自身强烈的欲望所驱使。他们必然会在欲望的魔力里相逢、交换、狼狈为伍，共谋勾当。

《洗窗》这一节，是组诗里长句最多的一节，而这一节的"我"却是武大郎。诗句之长与武大郎的身材之短形成了强烈的反差，却与站在旧椅子上武大郎眼中的潘金莲的美之形象相符合。武大郎在看，看一尊美的雕塑如何洗窗：她伸手，她揩拭，她站立，她下蹲，她牵引着全城的目光。这个美的占有者，手握椅柄欣赏着他的女郎。他认识到，这个女人所拥有的美，是一种巨大的能量。当她下蹲，旧椅子会因"受压而迅速地聚拢，好像全城的人一起用力往上顶"。他知道，她的美，不是他所能独自占领，更不会单单属于他一个。她将属于很多人，她比他更属于这个城。《武都头》这一节塑造了一个因欲望的压抑而心理阴暗地进行弑父活动的男人。武松，他不是个英雄，而是一个性压抑患者。他所要杀戮的不是老虎，而是他的兄长，他的哥哥。他看到了故事的开头，更预料到了结局。他洞悉了一切，但伦理道德的篱栏，令他无法下手采摘他所喜爱的果实。于是他一边讴歌哥哥："我知道我的兄长比我更魁伟／以他逶迤数十里的胸膛／让我的头依靠／城垣从他弯曲的臂膀间隆起／屏挡住野兽"，一边策划着远行："我必须远去而不成为同谋／让蠢男人们来做这件事。"他是整个事件暗中潜伏的导演，他知道一切都会发生，即将发生，必然发生。至此，西门庆—武大郎—武都头三个圆弧上的观看者，形成了一个互动的欲望三角洲，三角的核心直指潘金莲，她是这三个男人的美梦，更是这三个男人的噩梦：西门庆愿为她上性的绞刑架，武大郎深知她不会仅仅属于他，武都头冒着违背良心的谴责，等待着别的蠢男人来杀兄奸嫂，他好粉墨登场：

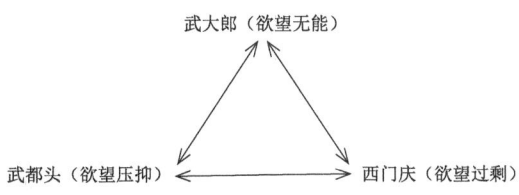

《百宝箱》分了四小节，是组诗中花费笔墨最多的一组。这是唯

——组以"我"之面目出现的女性形象,且是一个贪婪的以蜘蛛的姿态存活的老女性形象:王婆。第一节中的王婆是一个嗜好观看龙卷风,想旋起新风暴的老女人。第二节的王婆像一只黑蜘蛛,她将黏液铺展在整个县城,没有人能逃过她蛛网的神经末梢。第三节的王婆因年轻打虎英雄的绛红色肌肉,欲望激荡,乳房鼓胀,宛若回归青春。第四节的王婆在整理百宝箱,箱子里"有无数金锭和寿衣/还有我珍藏的一套新娘的行头"。这组诗歌里的王婆,不是一个单一的形象。她既是王婆本人,又是老年潘金莲的再现。王婆既是西门庆的镜像,更是老年潘金莲的镜像。在王婆的身上,我们看到那站立在圆的中心,永远不老的美之女神,年老时的贪婪、行止与模样。如果说郓哥是我们与剧场的第一脐带,那么王婆与老年潘金莲的镜像则是我们入侵圆心的第二脐带。我们就这样被链接起来。朱朱曾在一个访谈里说:"王婆是我们这个民族的原型之一。她所意味的比这多得多——文明的黑盒子,活化石,社会结构最诡异的一环,乃至于你可以说她们所居的是一个隐性的中心。"是的,王婆是一个隐性的中心,更是一个阴性的中心,一条建立在我们与潘金莲之间的阴性脐带。百宝箱不是百宝箱,而是一个物化了的子宫,一个吸纳一切阳性世界的物质性子宫。它的引力,宛若潘金莲所占据的圆心,在吸纳男人世界中的一切目光。女人,美丽的女人,丑陋的女人,阴性的女人,她们在,她们一直在,无论她们肉身翠绿青葱还是朽坏腐败。

如果说西门庆是第一重观看之环上的欲望之父,王婆则是该环上的欲望之母。作为一个阴性的、贪婪的、与整个阳性世界既媾和又对抗的、老年潘金莲形象的代言人,王婆不但与前文中出场的武都头、武大郎构成一个欲望三角,更与郓哥以及后文即将咿呀登场的陈经济构成一个全新的三角形:

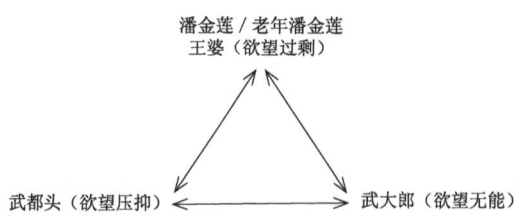

```
             潘金莲 / 老年潘金莲
              王婆（欲望过剩）
                    ▲
                   ╱ ╲
                  ╱   ╲
                 ╱     ╲
  陈经济（欲望压抑）◀━━━▶ 郓哥（欲望无能）
```

作为组诗的尾歌，《威信》中的主角是陈经济。有访谈者曾这样询问朱朱："陈经济(《威信》)作为组诗的结尾，出于怎样的一种考虑？"朱朱如是告答："《威信》置放于篇末，可以说是一个不是结尾的结尾，它表明在预感到一种状态即将消失的那个当时我所能给予的反应；和此前的部分相比，它有些异常，我以为这近乎树木的纹理发生的断裂。"是的，陈经济的出现是个异常，更是个因引进新文本纹理而蓄意造成的对传统线性阅读方式的断裂。诗人实际上想构筑一个这样的三角构架的互文文本：

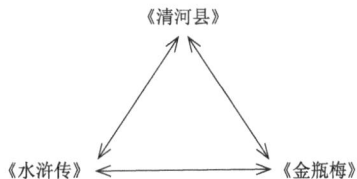

如果组诗《清河县》在王婆那里戛然而止，我们完全有理由仅仅将《水浒传》作为互文文本，而非多了《金瓶梅》这一面镜子，要知道组诗六部分中的人物，前五部分既在《水浒传》中出现过，又在《金瓶梅》中出现过，唯有陈经济单单在《金瓶梅》里存活。但是陈经济的出现，不单单是为了多一个互文文本。对组诗的整体结构而言，陈经济一方面与武松互为镜像：他们都是性压抑患者。他痛恨西门庆，却娶了他的女儿。他贪婪西门庆的小妾，却讳莫如深。他十分惧怕西门庆和潘金莲，尤其是潘金莲，她是他的恐惧之源："我害怕这座避难所（清河县）就像／害怕重经一个接生婆的手／被塞回进胎盘／她（潘金莲）会剥开我的脸寻找可以关闭我眼睑和耳朵的机关／用力地甩打我的内脏／令这些在痉挛中缩短／而他（西门庆）抱着双臂在一旁监视着。"那美艳不可方物的女人，对陈经济来说，是一座无法自拔的炼狱。他知道她的美像磁石一样吸引着他，更会像粉碎机一样来粉碎他，粉碎他的五官，粉碎他的内脏，粉碎他的性命。而他的妻的父啊，却站在一旁监视着他，他与武都头一样活在被压抑的欲望深渊。他与武都头只有这样的区别：他没有戮父的胆量，而武都头有，他仅仅想揍西门庆一场。另外，陈经济是构成第一重观看之圆上的重要一环，只有陈经济的出场，圆环才能与郓哥的火焰重合，才能与郓哥、西门庆构成一个新的欲望三角洲，在更大的结构上形成一个生生不息的欲望之环：

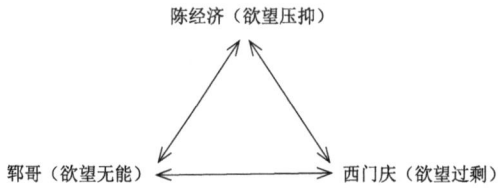

朱朱的组诗《清河县》是一首多声部诗歌。这首诗歌的有趣性不但在于六声齐发，更在于它制造了六个不同的发声人物，六种戏剧性场景，并用这六个支点制造了繁复而轻盈的镜中之镜，环中之环。法国结构主义大师列维·施特劳斯喜欢玩三角魔术，但真正的大玩家却是博尔赫斯。博尔赫斯玩的是圆，是环。因为博尔赫斯和达·芬奇一样，知道圆是所有结构里最奇特的结构：它可以包含三角形、四边形、五角形、六边形等形状。朱朱显然也是博尔赫斯众多的信徒之一，当朱朱说："每一条街道都住着一个王婆，虽然他们喝的是可口可乐。"我就知道，我没有分析错。这首诗的结构，具有建筑学方面的雄心。它所要构筑的是一个古罗马竞技场般的环型剧场：一个双重观看的剧场，一个历史循环的剧场，一个中国人无法逃离的宿命剧场。我们，读者，观众，郓哥以断头的激情诞生下的孩子，是潘金莲，是西门庆，是武大郎，是武都头，是王婆，更可能是陈经济，抑或是郓哥。我们奔跑，我们通奸，我们告密，我们争名夺利，我们是各种各样的欲望囚徒，我们就是他们……我们，圆上的一点，剧场中的一员，在诗歌之镜，情欲小说之镜，暴力小说之镜，三面镜子明亮的秋波里，环绕着目睹到了我们自己。■

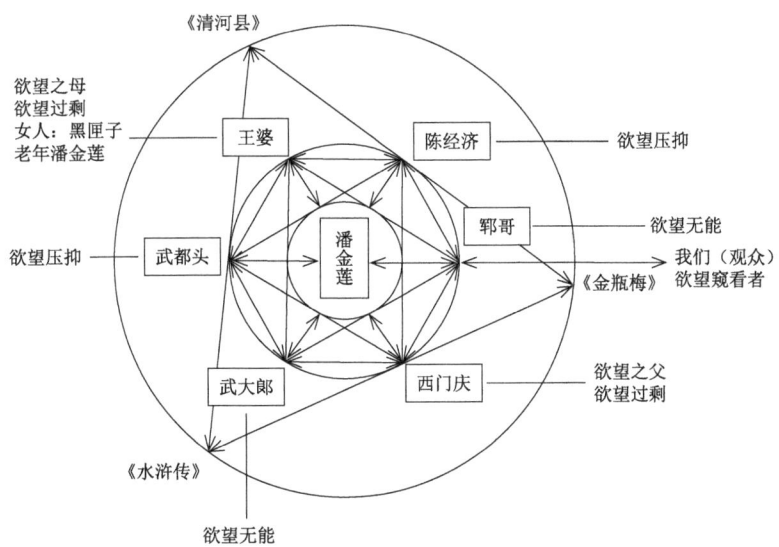

《清河县》全局结构

寻找话语的森林　朱朱研究集

小引

　　王敖寄来朱朱的《清河县》前后两组诗，说是将在他的敖学院公号上发表，希望我读后写两段短评。打开附件一看，前一组诗，我早在 2001 年春季号的《今天》上读过。那时候我总会按期收到这本编辑发行在美国的文学季刊，至今还有二十多册旧刊保存在家里的书架上。岁月倏忽，记忆淡薄，回顾所读该刊中的诗歌作品及其作者，多随逝水年华流失殆尽，独有这组诗作以及那一期中有关作者的评论和访谈还有些残存的印象，可在此略陈梗概，追述其仿佛。现在就让我紧跟着郫哥拔腿奔跑中带动的那"一长串镜头的闪回"起步下笔，把我温故而知新的阅读随感草写如下。

一、《清河县 I 》

　　这是一组亮出旧瓶的牌号来勾兑新酒的诗句练习，注明在篇首的人物名称表先声夺人，摆出排演一幕旧戏的开场，读者一过目即知晓朱朱试图改写的互文出自哪个原型文本。出场人物不管以多么异样的"我"声长篇独白，扣在他们脸上的面具始终都导引着我们阅读理解的趋向。他们的"我"属于作者安插在他人面孔后各说各话的抒情自我，这些断续的独白让诗人获得了一种把富有新奇感的表达肆意尽兴融入重组叙事断片的自由，同时也把他偏好的物件描写和情景摄取推向动态的视境。经此他—我重叠的语调—混合，通常那类容易显得空泛的抒情和拉杂烦冗的描写就都被分散开来，随机组成了叙事化的诗行。我的读解原则是，仅把故事的原型文本作为不即不离的参照，尽量领会诗作中戏拟性佳句妙喻的言外之意，力避道德讽喻说陈言的影响，更不搞后现代批评理论的用语搬弄。

这一组情欲的诗意变奏始于西门庆的雨中行走。雨从开头的星星点点下起，下到篇末的淋漓、滂沱，它润湿了诗句的语感，密布下一团"云雨情"之旅的气候。冒雨冶游的西门庆在朱朱笔下被戏称为"顽童"。顽者，冥顽、顽皮也。雨淋出了他身上雨意，也逗引出他猎艳的注视正巧与"一个女人"目成的机缘。她是在开窗收取晾晒的衣服时被瞅见的，窗口恰如装上艳照的相框，把她的上半身当街突现给顽童的色眼："绿花的红肚兜""裸露的臂膀"。窗口的框范也暗示到框外被遮蔽的身体部位，下半身的缺席强烈地激发了顽童得寸进尺的贪求："可以猜想她那踮起的脚有多美丽／应该有一盏为它而下垂到膝弯的灯。"顽童的"顽"就顽在他的贪求更偏重肉欲：他自称是"饱食而不知肉味的人"，是"佛经里摸象的盲人"。他仗着自己既强壮又富有，只贪求更多地占有，根本顾不上讲求品位。他包天的色胆哪怕舍命冒险，也一定要贪求到底。

武大郎的自述却写得比较含晦涩，拖沓的长句子让人感到自述者陷入了一种缺乏生气的黏连。与顽童在窗外渴求侵入的境况不同，守在女人身边的武大郎显得迟钝而被动。他整个人缺乏主体表述的意识，恍若那女人的身外之物，始终都保持对她仰视的姿势，直到篇末，才用了一个"我"字的主语。情景中心是站在椅子上的"她"，你自然可以对号故事原型入座，把这个"她"与前一篇窗口出现的女人——潘金莲联系在一起。此联系不言自明，需要往下寻思的是如何整合作者故意弄得模糊的描述断片，从散乱的诗行中定影出武大郎与潘金莲各自所处的体位。如果把门确定为丈夫把守的入口，窗就是妻子向外窥视的瞭望口了。"洗窗"的一连串动作在此可被视为一个试图从所陷入的丈夫怀抱里挣脱出去的努力。那"踮起的脚尖向上传送着"的"力"一直在驱动此挣脱的趋势,伴随着他们"难言的兴奋"和"眩晕着,俯视和仰视紧紧地牵扯在一起"的场景,她的扭动领起力与身体的合作。武大郎本人无论身高和地位都只能与椅子相伦比,他能仰视到她的"膝弯和腹股沟",还有"腋部"、汗湿的双腿,以及她身上的其他部位……作者似乎在用立体主义绘画的布局勾绘他臆想的裸体画面,虚笔拼凑出一个潘金莲采取女上位的床上镜头。椅子与武大郎的身体浑然同一,人体与物件几乎彼亦此。这就是说,潘金莲把骑在她身下的男人当作椅子来支撑那"贯穿于她身体的力",并凭借"向上传送"的势头,自拔出一定的距离,以便在他们"牵扯在一起"的时刻,尽量赎取她擦亮窗户,向外一瞥的快感。

　　武都头的自白颇具戏谑意味,组诗颠覆了故事原型中光棍好汉的厌女症(misogyny)形象,写出了他在情欲煎熬中的苦况。就《水浒传》作者塑造的那几条好汉来看,一是把他们的不好女色渲染成英雄本色,二是把他们滥杀淫妇的凶残表彰为锄奸的壮举。这组诗却把好汉武松的形象改写得似是而非:既铺陈他如何招架不住女色的诱惑,又强调他冲不破伦理的约束,以致两者的张力贯穿了一个人在性压抑下艰难挣扎的不同场景。冷面只是他的假面,闲置的打虎哨棒明显直喻了他那徒然亢奋的器官,再加上"污迹四溅的内裤"被翻检出来作为物证的噩梦困扰,英雄面临美人关的尴尬和无奈被诗人的嘲讽编排到不厌其烦的程度。但"血亲的樊篱"已立下绝对的禁区,连孟子都准许的特殊亲近,武松的梦魂也不敢伸手一碰。这组诗最终为我们提供了一个"尤物猛于虎"的案例:怯场的打虎英雄甘愿放弃为兄长报仇,他宁可选择灰溜溜出走的结局。

　　以上三节诗作均以三个男人意念中的潘金莲为中心,抒写了舍命入侵、麻木守护和焦虑出逃的三种情欲状况。在王婆出场的诗行中,情景从此前的浓艳调子转向晦暗和散文化,从吸睛的美色转向一个被定性为"三姑六婆"的丑恶人物。但朱朱笔下的王婆却别有其新意,并没重弹"邪恶"说的老调。在与木朵的对谈中,他提到金克木对"三姑六婆"人物纯负面的论断。金以"邪恶"定性王婆,甚至以满怀义愤的口气斥其为中国"历史上最邪恶的"老太婆。金的说法实属老一代学者庸俗社会学的道德判决，朱朱虽没直接否定金的说法，但对金的简单化论断并未表示完全认同。他把金所强调的"邪恶"归结为"社会结构最诡异的一环"，试图在他叙事重组的诗行中为此类人物"还原一个完整而真实的形象"，而非刻意描绘那被过分强调的"邪恶感"。

与此前的情色描写形成明显的对比，作者对王婆的"去情色"描写呈现出老年妇人色衰爱弛，情欲荒废的被弃置状况。看到街道上欢迎打虎英雄归来的盛况，王婆"干瘪的乳房／鼓胀起／和鼓点一起抖动"，但人们蔑视她"观赏时的贪婪"，要让她"缩进店铺的深处去"，扎紧她那"粗布口袋般的身体，／并且严防泄露出瞳孔里剩下的一点反光"。传统文学只把香艳趣味倾注到佳丽或尤物之类的年轻女性身上，而对中老年妇人，特别是边缘处境的寡居妇女，均持审美歧视的态度。好比戏剧舞台上的丑角，阴谋诡计和肮脏的事务，全都摊派到这类失去性感和生育能力的老妇人头上。

"三姑六婆"属于明清小说中常见的类型化反面人物，有关她们的"邪恶"，我顺便在此稍做申辩，对朱朱所谓"社会结构中最诡异的一环"做些实质性的补充说明。何谓"三姑六婆"？按照陶宗仪的解释："三姑者，尼姑、道姑、卦姑也；六婆者，牙婆、媒婆、师婆、虔婆、药婆、稳婆也。"（《辍耕录》）前者属于儒家主流信仰所排斥的民间异教徒，后者属于下层社会中自食其力的职业妇女。她们均以各自特有的技能为闺中客户提供所需的专项服务。在男女大防壁垒森严的前现代中国社会，"三姑六婆"之流的中老年妇人以其女性身份获取了出入各阶层人家闺房的方便，因而被许可从事非男性所能接手的专业服务。在谋取各自专项营生的同时，她们也充当了闺中人与家门外世界沟通的中介，做了不少为闺中客户传递消息和出谋划策的事情。她们与闺中人建立的私密关系有可能帮助痴心女子或出轨妇人突破防线，干下有违礼教的风流韵事，乃至惹出情杀案件。因此在大量的明清小说中，作者惯于把"淫媒"的角色锁定在她们身上。"淫媒"之所以被视为邪恶，是因其触犯了传统礼教的大忌，在社会舆论上向来招致强烈的挞伐，此类人物在小说戏曲中被丑化的现象颇似基督教的中世纪欧洲妖魔化女巫。她们作为淫媒的刻板形象，反映了父权制社会主流文化的性取向策略，但未必完全符合那一批最早的职业妇女从业谋生的实际情况。其所以显得复杂而"诡异"，是由于受男女大防的严密限制，难以直接互通情缘的男女不得不在中介的撮合下暗中交往，有时落得弄巧成拙，酿成祸生不测的结局。这一话题要展开讨论，会离题太远，我只能在此点到为止。

二、《清河县Ⅱ》

初读《清河县》组诗的续篇，我才发现这一组诗完成于前一组的十二年之后，或者说它的构思和写作延续了十二年之久。读完全篇，我的观感是，每一节诗中的每一行文字都显示出"十年磨一剑"的淬砺和精锐，就我个人读过的现代汉语诗歌而言，至今还很少见过如此令人惊艳的佳作。与前一组诗作间或有生涩费解之处的散漫状况相比，这一组情欲咏叹调的诗性品质显然更加纯粹，特具冲击力。全诗节奏明快，词句洗练，以核心人物放肆的内心独白唱出了一个女人在情欲上薄命、致命和拼命的最强音。

潘金莲这个人物自从在《水浒传》中登台亮相，几百年来，一直被改写和重写，成为一个文艺母题的富矿，其淫妇形象的艺术再生力与唐璜那种永远的花花公子形象在西方艺坛上的持久影响可谓旗鼓相当。唐璜的形象由最初堕落的好色之徒历经改编，逐渐演变成勇于冒险的大众情人，焕发出痴心女子迷恋的浪漫风情。潘金莲的淫妇形象虽经欧阳予倩和魏明伦精心做翻案文章，却终未摆脱被不同改编者作为色情符号推销的角色。近二三十年来，此角色在媚俗的影视演出中被反复炒作，完全弄成了迎合大众窥淫欲望的视觉消费。

用诗歌这一特殊的文体改写潘金莲，笔者尚未在朱朱的这组诗作之外读到其他类似的作品。诗歌与小说以及戏剧、影视创作的差异，在于它并不把过多的性格描绘和行动当作内在的目标，因而为抒发非情节、非沉思的激情拓展了更加灵动的空间，其传达情欲声音的力度颇接近音乐。这强音动人情思，触发联想，其直接诉诸感兴的韵味更适于反复咏叹，模糊意会，几无咬文嚼字作深度阐释的用武之地。组诗中的潘金莲被改写成一个从故事原型的社会、伦理脉络中蝉蜕出来的情欲发言人，她把她情欲匮乏的苦况一口气怨诅到底，更以情欲受难者的勇气承担起无视善恶正邪之分的罪责，其我行我素的口气一上场即摆出明确的自我定位，预先就排除了拿她做道德批判或色情消费的任何可能。随着诗行的推进，她激越的声音就像作者放出的一架无人机飞入所设定的区域，迎着她遭遇的不同对象，肆意给出她谑浪嘲讽的反应。

男人的情欲驱动倾向于进犯和更多的占有，女人的情欲接受则有所选择，并非人尽可夫。这一互相配合的趋势有类于动物中经搏斗而赢得交配权的雄性总是要把它的优良基因尽可能多地施与雌性，以利其强势的遗传，而雌性则照例对优胜者的进犯报以迎合，从而把败斗者排斥到局外。所谓男女双方的般配与投合，其实就是从这个生物学的基础上发展起来的。在前现代社会中，妇女的命运基本上取决于婚姻，一个女人一旦受包办买卖婚姻的约束而嫁给不般配的男人，她便被锁定在薄命的怨诅中熬其无聊的一生了。正如潘金莲所诉说："我活着，就像一对孪生的姐妹，／一个长着翅膀，一个拖动镣铐，／一个在织，一个在拆，她们／忙碌在这座又聋又哑的屋檐下。"正是潘金莲形象的这一原型背景，造成了她因不甘薄命而拼命去做致命诱惑的恶缘。对不般配的丈夫，她由怨恨而生诅咒，由诅咒而萌杀心，因此她一上场就摆出供认不讳的姿态，以放肆的坦白祭奠她遇害丈夫的亡灵，说什么"我从前的泪水早就为／守灵而滴落……我／这个荡妇，早已在白色的丧服下边，／换好了狂欢的红肚兜"。在朱朱笔下，她甚至以类似于卡门的泼辣和撒野咏叹她那肆意挑衅的放荡，一股子"我要诱惑我怕谁"的气势。特别是针对来自郓哥的刺探监视，以及身边妇女群怀疑和敌视的目光，她均发出反唇相讥的不屑和嘲弄，甚至用以毒攻毒的方式耍弄跟踪她的小密探说：

我让你看这个

熟透的女人每一寸的邪恶。

我将吊桥般躺倒，任凭

你往常慌乱的目光反复践踏，

任凭你锋利的舌头刺戳着
比满篮的梨还要多汁的身子。

大量的现代汉语诗歌作品最不耐读的短处就是充斥芜词累句,很少能贡献出令读者过目成诵的警策佳句。朱朱这组诗作弥补了此种常见的缺陷,触处都涌现出可让人反复咏叹的诗行。比如,潘金莲回忆她与西门庆打得一片火热的情景的诗句是:

梦见去年的冬天,我像炭盆般
被你用一把火钳拨弄,焰心
……
直蹿房梁,将这里变成
一座燃烧的监狱,板壁薄如
发烫的炉灰
……
让我相信女人是一座天然的富矿,
全取决于男人的开采

如,潘金莲怨诅她寡居处境的诗句是:

为纪念一个死者而让所有活着的人
活在阴影里……谁暗中触碰燧石,
谁仿佛就会遭受永生的诅咒。

在这一含不尽之意见于言外的慨叹中,读者的反应就不局限于寡妇对亡夫的怨诅,而有可能联想到危害面更大的阴影。

没有围墙隔阻,也就无所谓红杏出墙的诱惑。从某种程度上说,正是囚禁逼出了越轨,看守惹来了偷香。于是防线一旦消失,即使像潘金莲这样的尤物,也再难以"重燃盗火者的激情"。"尤物"本指珍奇之物,用于贬义则特指美艳而惹祸的女人,"信知尤物必牵情,一顾难酬觉命轻"(王次回)。"夫有尤物,足以移人。"(《左传》)"大凡天之所命尤物也，不妖其身，必妖于人。"(《莺莺传》)就组诗中潘金莲发出的声音来看，要冲破她薄命的困境，也只有持续地发挥她作为尤物的诱惑，才能从施展诱惑的行动中确认她的自我，补偿她的匮乏，从而证实她的价值了。薄命的经历早已侵蚀她的爱心，她承认她"已经不爱任何人"，因此宣称她只爱"被贪婪地注视，被赤裸地需要"。因此对已经转移"性趣"的西门庆，她仍呼唤道："来我的身上穷尽所有的女人吧。／我的空虚里应有尽有。"因此她大胆炫示她致命的诱惑，自夸说："我有母马的臀部，足以碾死／每个不餍足的男人。"因此她嘲讽小叔子武松畏缩不前，说他"满身的筋络全是教条而肌肉全是禁区"，还不嫌羞耻地自诉，说她把武松"那根始终勃起的哨棒儿，以往的静夜里／曾经多少次以发烫的面颊紧紧依偎。"面对武松"从不痉挛的道德"，她甚至撒泼耍赖说："杀了我，否则我就是你杀死的。"对于"被注视、被需要"的际遇，她执着到拼命的地步，以致宁可以被杀的下场置换她被弃置不顾的现状。

然而界限、隔阂、障碍、险阻始终把她重重包围，面对"被推远的围墙仍旧是墙"的现实，她走到了跳崖以"殉情欲"的末路。即使在此绝望的一刻，她仍不放弃她致命的努力，对身后的世界发出了最后的怨诅：

> 我想要死得像一座悬崖，
> 即使倒塌也骑垮深渊里的一切，
> 我想要一种最辗转的生活：
> 凌迟，每一刀都将剜除的疼
> 和恐惧还给我的血肉，
> 将点燃的引信还给心跳，将
> 僵冷的标本还给最后那个瞬间
> 它沿无数个方向的奔跑——

短跋

以上两段随感已写得超长,除了完成敖学院的要求,也算是我对作者朱朱一个应有的回应。好多年前,他托王敖带给我他新出的诗集《皮箱》,其中即收有组诗《清河县》的前集。我并非职业评论家,但对于收到的赠书,阅读后若有感可发,总会争取把所思所感写出来回报作者。"嘤其鸣矣,求其友声。"见仁见智,不求甚解。是为跋。

2017 年 4 月 17 日■

寻找话语的森林　朱朱研究集

当一个人写作，不再仅仅和活着的人有关，而是与很多死亡的人紧密相连的时候，他的困境也就来了。这种困境不是道德上的，而是语言学意义上的：他将如何言说，如何描绘构想的事物。因为文学，或者说美学的空间是有限的，仅凭天赋、雄心，而没有强大的批判力，其作品是经不起"缓慢而处处有抵抗的阅读的"。瓦雷里论述"波德莱尔的位置"时谈到，当时的大师拉马丁、雨果、维庸，在波德莱尔看来"似乎塞满了名誉的整个空间，而且一个使他绝了形式世界的路；一个使他绝了画境的路，另一个使他绝了深度的路"。因此，波德莱尔的命题是："如何成为波德莱尔。"

必须撇开多年来中国新诗界浮华、粗糙的争论和所谓的弑父情结，朱朱的成长并不基于对这种现象的认同，一个在利己主义阅读中享乐的人，他的生长更原始，更内在，也更具免疫力："每一副庞大的骨架在我的面前陷入了瘫痪，我的大脑等待的是'空穴来风'。"20世纪90年代中期，朱朱也自觉地面临波德莱尔的命题。在那首《一位中年诗人的肖像》里，袒露了他的焦虑、叛逆、矛盾和青春的骚动，诗中的形象充满象征和意指，怀疑伴随着隐秘的嫉妒和野心在诗中展开，那个中年诗人不是一个，是几个，也许是并不成立的一群，但他们占据了让人仰视的位置。朱朱为他们找到的归宿是"风暴之后闲置"的"一座偏僻的博物馆"。

朱朱20世纪60年代末出生于扬州，一个在中国被绵延的封建帝国视为享乐美学的目的地：所谓"腰缠十万贯，骑鹤下扬州"。或者风流杜牧云："十年一觉扬州梦，赢得青楼薄幸名。"大学期间，他在上海度过，读的是政法学院。我不知道，朱朱缜密的思维是否与他学法律有关，但明确的是，他并不关注意识形态的"政法"，他只关心美学上的"政法"。现在，他居住在南京，"一座亡灵居住的城市"，不仅窗外尘埃里有六个国都的盛衰，还有日本人在此屠杀了三十万中国人的惨案。但是，无论扬州、上海还是南京，三者都是江南水网里的一部分，最富庶的杭州湖平原上的鱼米之乡。现在，又都属中国经济最活跃的长江三角洲。谈论这些是重要的，里面包含了汉语地理学意义上的两个优势：文化和物质。从文化上讲，江南是阴性之地：丰富、敏感、细腻、优雅，也不乏简朴、干净的力量，林语堂说江南人"头脑发达，喜爱诗歌……是晋代末年带着自己的书籍和绘画渡江南下的有教养的中国大家族的后代"。当现在人们终于认识到"一粒露水的闪光才是真理"之时，文学史早就证明这片繁荣、发达、富裕之地所具备的滋养力，远远超越中国别的地区。然而，江南的胜利是隐形的，话语权仍在首都北京。江南的暧昧与尴尬在于它既非中心，也非边缘，而是所谓的"灯下黑"，是一颗身份模糊大隐于闹世的心脏。植根于这片肥沃之中，朱朱的谨慎和骄傲使他远离喧嚣，远离那些日常、平庸的以诗歌名誉打的群架，他的独立性与天才得以在诗歌文本中保存：

不，我不愿讲述一个传奇，

它枯燥像一部现代影片，女教师们，

请教我如何写水晶的诗，

诗是诗的主题，

写一种神经质的魔术，它撑起你们圣诗上的穹窿，

我要得到你们的办法，

能够有一次超尘世的凝视。

——《更高的目标》

这几行诗很明确地表明了他的诗观："诗是诗的主题"，诗不是传

奇,不是"一部现代影片"。他在向女教师请教的时候,让我们联想到里尔克的声音:"少女们,诗人要向你们学习,学习如何表达你们的孤独。"但朱朱要复杂些,这里的女教师是指爱米莉·勃朗特和茨维塔亚娃。前者是《呼啸山庄》的作者。一位19世纪中叶英国牧师的女儿,一生足不出户,不接触异性,性格叛逆,蔑视世俗法则,而又崇拜自然的神秘通灵者,三十岁就夭亡了。茨维塔亚娃则命运坎坷,历遍情感,未满五十岁自杀身亡,是20世纪上半叶俄罗斯社会非凡的知识女性。她们的形象分别代表了"修女"和"荡妇",都是非常"神经质"的女性,作品的主题也皆为"爱情与死亡"。从这些背景里我们可以看出,朱朱选择这两位女性作为他诗学"更高的目标"蕴含隐喻,因为她们"悲惨的命运反过来证明了她们精神的高度自治"(布罗茨基语)。诗确实是一块水晶,并且质地纯洁、透明。第三行里,朱朱用谦卑的口吻向他心目中的女性求教,我们可以深切地感受到朱朱对女性的膜拜。然而下一句,速度变快了,简洁,不容置疑,朱朱说出了诗的核心问题。底气如此充足,很显然,朱朱认为这表示了他们三个人的共同态度。朱朱的自我反省是一流的,他意识到,诗既有"洁"的一面,也有"不洁"的一面,因此,还需要"一种神经质的魔术",才能撑起"圣诗上的穹窿"。到第六行,朱朱几乎用命令的语调要求这两位"永恒的女性"带领他抵达诗"更高的目标":"一种超尘世的凝视",也仿佛是天使的一瞥。请注意"凝视"一词,从心理学角度讲,朱朱是一位眼睛或视网膜的诗人。

20世纪末,朱朱写了一首令我震惊,之后又让我战栗不已的诗,因为他看到:

"瘟疫"这个词
是血红的
公鸡的肝脏般的花粉
转向时格外迅速
越分裂就越强大
像……42℃的天竺葵
——《瘟疫》

语言的最高层面是超然的，它发出神谕。希尼把诗人比作卜水师，他有感知与唤醒事物的超能力。在这里，朱朱手上的水晶球不再变魔术，而是巫术般显示出未来的景象。关于诗歌的谶言我不敢过度诠释，但我是相信者。大家知道，在朱朱完成这首名为《瘟疫》的诗几年之后，2003年，一场席卷整个亚洲，让全世界为之恐慌的瘟疫"非典"到来了。病毒和症状与朱朱看到的景象如此接近，而我们当时的现实又如何呢？

第一年，
消息被封锁。
医生说："是，大人，没有瘟疫。"
他悲哀于走出这座门有人会向他投石块，
有时人们要一个病因胜过
要找回他们的生命。
人们要一种装饰的、啃啮的和被允诺的
具体胜过一首抽象之诗的
不移动的深色底座：
死亡。

一般看来，朱朱的作品在努力摒弃道德感。但很显然，他的道德感更深刻，揭示了真相。回到"更高的目标"里两位写"爱情与死亡"的缪斯，朱朱写作的主题与她们极其相似：情欲和亡灵。

朱朱是一个用女性质地的文体为汉语招魂的人。在他的两本诗集《枯草上的盐》和《皮箱》里，都披露出这种心灵现实。然而，在一个容易引发冲动的领域，朱朱优雅、适度，甚至精致地对诗歌持职业态度。他的精神气质里有一种现代的理性。我们受到的告诫是与阅读对象保持距离，巴尔特提倡的却是作者要在写作过程中保持中立。朱朱深受法国文学思想的影响，在某种程度上，朱朱是"零度写作"的支持者。他非常谨慎地不流露出个人的情感，他注意力集中于思维在语言中的发展。他对语言结构的探讨像个科学家，但他不实验，他思维清晰，用词准确，他所做的是在"语言极限"的边缘拓展诗的疆域。这也说明了为什么朱朱懂得要把诗集越写越薄,因为获得完美是一个缓慢的过程。

只有站在时间立场谈论一位同时代人,其论述才不至于影响客观性。因为,我相信,"作品比人更真实"。虽然农业社会的气质仍然武装着我们当代的主流诗歌,但显然,朱朱诗的背景皆置身于城市之中。比起乡村,城市的伦理学更复杂而紊乱,各种生命感觉交织在一起,很难辨别力量的向度。城市为朱朱诗中的戏剧化提供了舞台,或者说,朱朱诗的戏剧化因素是因城市迷宫般的价值而产生的。在一般的抒情诗人那儿,第一人称有强烈的个人、自我色彩,但朱朱使用代词"我""我们"之时,往往等同于第三人称的名词:"他""它"或"他们"。从他的一首作品《我是弗朗索瓦·维庸》中,可以明显看出这个悖论。在此,"我"和"他"是一体的,我既是主体又是客体,这样他的叙述就变得多层面了。在一首诗里,我们可以同时听到几种声音,几个人或几种角度的声音。朱朱可以说是当代对汉语结构最敏感,也最具城市化风格的诗人。曾有人称朱朱为"南京硕果仅存的诗人",这句话很容易引起误解,但事实是,如果这句话不是基于卡尔维诺的论述"所有的城市都是一座城市",那朱朱就显得谦虚了。因为朱朱一直致力于创造那个永远的"隐形城市",而南京只是他梦想的一个原型。

我们知道,一个诗人的词汇、意象、语调(即所谓的风格)受制于他的生活经历。有相同经历的人,往往会描写非常类似的内容,并且这种性情会得到保持。除非如沃尔科特所言:"要改变语言必须改变你的生活。"风格具有隐私性,但让风格在怎样的语言结构里展现出来,才是一个诗人的首要问题。也就是说,我们和有相同经历的人写同题材的诗时,所使用的是哪一种眼光。当内容和手段都具备了,诗自身的生命就启动了。我们最终发现作者只是出没于一首诗里的幽灵。有的幽灵喜欢"歌唱",有的则热衷于"谈话"。比如,卡瓦菲斯,他总在以一种诚实的语调在谈论一些历史逸闻或肉体的快乐。朱朱和杰出的南京画家徐累合作过一本《空城记》,在后记里他提到唐代诗人刘禹锡时说:"我经常猜想他的诗歌是一次倾听的结果……他想象力的核心、他头脑中的幻象,正是来自这种声音。"如同朱朱对绘画的迷恋，他的诗是影像的一场宴席：

那哨棒儿闲着，
毡毯也蒙上灰；
我梦见她溺水而不把手给她，
其实她就在楼下。

发髻披散开一个垂到腰间的旋涡
和一份末日的倦怠，
脸孔像睡莲，一朵团圆了
晴空里到处释放的静电的花。

她走路时多么轻，
像出笼的蒸汽擦拭着自己；
而楼梯晃动着
一道就要决开的堤。

——《清河县·武都头》

可以看到，没有一行不与视觉有关。这一现象，几乎存在于朱朱的全部作品中。上述几行在朱朱的组诗《清河县》里，并不十分突出。《清河县》是朱朱的一个转折点，一块里程碑。之前的作品，虽然精细、完美，但空间却局限在"现时"。像那首杰出的《小瓷人》，一首描写出土文物的诗，也被作者的感知确定在"当下"，缺少历史感。"清河县"则毫无疑问地拥有了一种文化视野。每一个题材都有属于自身的发电机，有的内容只能发很小的电能，有的则可成为史诗。表面看，《清河县》是对古典名著《金瓶梅》和《水浒传》里某个场景人物或事件的重写，但更深的层面，是朱朱自觉地赋予自己一个使命：用现代汉语的精神结构去把握熟识的文学传统。这充满冒险，但朱朱很清楚，人类所有的文学灵感和想象力，既是一次创新，又必定是一次重组，否则，像诺斯洛普·弗莱所说的，"根本就不会被人承认是文学作品"。

在文学中相信语言等级的存在，恰恰意味着对现实中纳粹的反动。因为，这需要足够的批判、反思能力才能进化到这种程度。一般而言，朱朱倾向于描写某个"影视场景"的片段，他通过虚构的真实不断触动人性的隐秘。每一首抒情诗里，都暗藏着一个主人公，此人或许是作者，或许是设定的某个人物。然而朱朱作品里的那个叙述者，与事件保持着相当的距离，他冷眼旁观，既不动情，也不插话，更不参与，完全是一个站在证人席上的见证者。朱朱的作品一直存在着这只"旁证的眼"，他甚至目睹着"被观者"的主观动机和思想。当我们去阅读他的诗集《皮箱》里的作品时，你会发觉，进入了这样一种情景：叙述者、作者和读者原来是同一个人，他们等同了起来。这种冷静的距离感，恰恰是"太容易移情"的时代所缺少的。"延时"是朱朱作品的另一特征，他的大多数作品，往往有几个部分，这意味着朱朱的写作不依赖激情，而是深思熟虑的结果。因为一首诗在理论上可以无穷地延续，但实际上一首诗需要逐渐的补充才能抵达某种效果。朱朱在一种去除了装饰的干净、丰富里感受世界，纠正力量。

　　作为一个"孤独"的诗人，朱朱作品的核心是文明，他追寻的历史是时间。他的精英意识和拒绝平庸，体现了一个知识分子的独立性。20世纪90年代中期，我和朱朱就结识了，经过断续的交往到相互信任，这一切，都建立在精神的洞察力上。诗是朱朱的信仰，也是他理性和智慧的必然通道。

2005年6月　杭州■

寻找话语的森林　朱朱研究集

在开始写这篇文字之前，我已经确信，我不是以批评从业者的身份成为朱朱诗歌的读者，我不是为了写一篇研究性的文章而拿起朱朱的诗集，过去不是，现在不是，将来也如此。是他的诗，令我感觉到重读的、细加揣摩的欲望，因此，在《皮箱》这本集子面前，我更可能是一个对于诗歌怀着隐秘激情的普通读者，一个热爱写诗的人。

从阅读朱朱诗歌的第一行开始，我的心就安静了下来。对于我这样一个读者，在透着午后日光的飘窗内的长沙发上倚靠着，一只贪睡的小猫非要盘踞在我平伸的双腿上，手边的茶几上搁着一杯咖啡或绿茶，也许你会认为，我本来就足够平静了，以这样的姿势读一册诗集和读一本武侠小说、一本畅销书何异？然而，如果听我描绘一下窗外的风景和我的现实处境，或许你就会改变看法了。窗外，首先是一片工地，我所居住的小区正在兴建它的第三期楼盘，一周前就在已经初步竣工的楼前的地上挖了坑道，先埋了七根细管子，然后盖土，又在上层埋了四根粗管道。起重机每天工作，地上的民工奔忙不停。不远处，是京通高速公路上来来往往的机动车和间或冒出其僵直身体，宛若巨型蠕虫般的城铁列车。这是一个繁忙而生机勃勃的城市，它扩张着，对于不通城市建设规划的普通居民而言，这难以厘清其头绪的扩张意味着各种可能的隐患和危机，所以人们期待城市的扩张服务于一个合理而美好的限度。而我，窗内的观察者，一位研究词语所构成的

观察者和他的分身术
——读朱朱的诗※ 　　　　　　　　　　　　　　　　　周瓒

※ 原载《诗林》2006 年第 1 期。

世界的人，所要做的全部工作归纳成一句话，就是试图把我读到的和我眼前所看到的世界联系起来。思考是桥梁，想象是引路人。我在这样的环境下读朱朱的诗，并且又必须在隔一段时间后小心翼翼地换一个坐姿——既要不使自己僵硬地保持一个姿势，又不至于惊动沉睡的小猫。我意识到，读朱朱的诗歌同样需要我细致、谨慎，并把这些诗句和窗外的现实勾连起来。

与一篇随笔或论文不尽相同，诗歌在建立人与世界的关联的方式上，有一个鲜明的特征，用里尔克的诗来形容，就是——

无限地扩大着你自己的生命，
你等待又等待这独一无二的瞬间；
这个伟大而充满预见的时刻，
这些石头的觉醒。
——里尔克《回忆》

扩大一个人的生命和扩张一座城市或许可以构成类比，它们都受限于某种秩序。诗人通过幻想的构型、词语的垒砌，筑成一座诗之屋，让各种各样的人居其间。在诗人朱朱那里，方法之一是让自己成为另一个人，或者，使自己成为"一个为经验所限制的观察者"。在新诗集《皮箱》第一辑中，我们看到将自我置身于一个戏剧场景中的人物"我"。组诗《清河县》六首诗中有五首是《金瓶梅》中五个人物的内心独白，而诗人刻意地交代一笔，要点明"诗名／我（诗中之'我'）"分别的对应人物。六首诗中的五首都以第一人称为视点，描述了围绕着通奸、情杀、复仇、乱伦主题的故事中几个人物的内心世界，这恰恰弥补了中国古典小说因白描手段造成的人物性格不够复杂深邃的不足。换个角度说，是运用了现代心理小说的技法，此前我们只在小说家施蛰存笔下读过类似的写法，而现在我们在诗人朱朱的诗中也读到了。"我"之称谓在组诗中的一大作用是，诗人投身于他人的生命中，去体验他人的悲喜爱欲。这些人物中，唯有郓哥是作为一个被观看的形象出现在读者面前。不仅如此，诗人还在组诗第一首的短诗中交代了视点的转移：

> 我们密切地关注他的奔跑,
> 就像观看一长串镜头的闪回。
> 我们是守口如瓶的茶肆,我们是
> 来不及将结局告知他的观众;
> 他的奔跑有一种断了头的激情。
>
> ——朱朱《郓哥,快跑》(组诗第一首)

如果仔细阅读这组诗,我们会发现其中称谓的运用相当复杂,不仅有"我",一个观察者,而且还有"他""她""你""我们"。"他""她"是"我"的观察对象,而"你"和"我们"的出现,意味着某种戏剧效果,仿佛"我"是在一个舞台上,有"我"的独白,有对剧中其他角色的观察,也有和观众(读者)的交流。《武都头》一首中,在刻画武松的内心世界时,诗人还用了"梦"作为人物的潜意识呈现因素,以充分暗示武松的乱伦欲望、道德矛盾和自我超越(逃避?)的挣扎。

《皮箱》集中,另有《灯蛾》《合葬》两首篇幅较长的诗,也遵循了这一写法。这种突入他人生命的写作意识不是始自朱朱,在当代诗人中,我曾读到像臧棣、翟永明、西川、陈东东、钟鸣、张枣、穆青等的作品中都有过类似实践,也可以把它称为"新诗中的戏剧性"。如果说在朱朱的第一本诗集中,那首《在中心大酒店喝茶》截取了一个戏剧场景加以扩展,进而写出的是一首诗(歌)剧断片,那么,上文提及的写法则不呈现为诗剧(诗剧作为一种值得尝试的体式曾被海子实践过),而依然是诗,是戏剧性的诗。说它们依然是诗,不仅因为这里既没有鲜明的舞台布景,也没有人物对话和外在的戏剧冲突,因而并不适合舞台演出,并且还可以认定,每首诗又都是独立的一首抒情诗。套用埃米尔·施塔格尔关于诗学基本概念的理解,朱朱的这类诗歌呈现的是融合了"回忆"和"紧张"——抒情性和戏剧性相结合的——两种风格的诗歌。

朱朱是一位品质相当纯正的抒情诗人,在诗集《枯草上的盐》中,我们在每一页遇到的都是这位沉溺于冥想、白日梦和钟爱词语的抒情诗人。在每一页,我们都能随意摘下几行如梦呓般的句子,把诗人的生活和他熟悉的环境紧密地联系在一起,甚至他的诗句也透着南方特有的春天的易感，夏天的闷热，秋冬的潮湿之气。我猜想朱朱和南京（他生活的城市）及扬州（他出生的城市）的关系，正如同我猜想陈东东和上海，翟永明和成都的关系那样，可惜我对南京这座城市了解甚少，无法参透其微妙丰富的历史创痛和文化底蕴。因此，我只能换个方式阅读朱朱，我认可朱朱自指性的描述——"一个为经验所限制的观察者"：

除非此刻，我是船上的渔民
看自己正在幽暗的塔楼里
凝视船舷上的一片云彩
放射我微小的头和双目
　　——朱朱《小镇的巴洛克》（组诗第一首）

这首短诗写于1992年，可以视为诗人对自己的分身能力的一次小小的沉思："我"（是）—"船上的渔民"（看）—塔楼里的渔民自己，三个空间，三个人物是同一个人。除非"我"能够做到这样从自身中分身出一个"我"，并使这个"我"有能力去观察另一个从"我"中分离出的"我"，否则，"我"就是被限制的。诗人承认自己是受到限制的。作为观察者，他受到经验的限制，但是，他可以借助"凝视""一片云彩"，通过"放射我微小的头和双目"，来实现一种超越性的努力，即扩大自己的生命，突入他人的生命之中。因此，虽然如上文"我"所谈及的，诗人朱朱无可怀疑地和南京及扬州两座城市有着紧密的联系，但同时，他也通过阅读、旅行兼之想象投向外面的世界，在外面的世界中，他同样体验着与他人的生命融合又分离的状态。

最风尘仆仆的一年。每次我回到家中，浑身都是他人。
幸而有两条心爱的狗，它们的目光洗濯我的脸，也化约很多。和它们歇上一宿，回到了幽深的中心。
　　——朱朱《牵线人》（组诗《速写簿》第Ⅶ）

这种经验被朱朱反复沉思,《颤栗者》始于这样的沉思——

我敬畏每一个活着的人
他们的前提是对无限的怀念,是死。

也是作为一个观察者,诗人怀想和他隔着"一条难忘的街"那边的人群的生活,在各种细节和日复一日游戏、冲突和变形所带来的失望和反讽中,写道:

每一个活着的人。光芒只应该照耀在他们的
不幸上。每一种
世界的美全在他们紧张的忙碌和
一声睡梦的惊叫上
看着他们在早晨靠着微小的床自恋
在下雨天打伞,天真地咒骂车辆
花园中忘记了出口
泪水中羞怯地献出自己
静静地眺望中
我常常怀疑:是否真的有过什么人死去?

到了《牵线人》中,诗人似乎更换了一种语调,他更确信,怀着期待,虽然也仍然怀有疑问:

整理着行李箱里的各种玩意儿,车票,写有地址的纸片,画册,小礼品,最终它们被汇集起来——我最大的收获,是从人群中寻找到人,辨认出人,即使是以最苛刻的结算,人群中毕竟有人。
有没有伟大的牵线人?比捐客、拉皮条者、编辑、外交官和黑帮的大小头目更高明的牵线人……

正因谙熟了分身术,在观察自我和世界时更游刃有余,在《皮箱》

集中，我们感受到诗人朱朱的风格有所变化，节奏依然从容，但更加坚定；诗句依然感性，但增强了戏剧性，而且他对诗歌体式的实验也更加自觉。我尤其喜爱集子中那些不分行的文本。观察者借着分身术不断移动其观察视角，因而他眼中的世界便得到了多角度、全方位的呈现，一个相对完整、客观的诗的世界获得了基本的道德和伦理力量。■

寻找话语的森林　朱朱研究集

朱朱是活跃于当今诗坛的一位青年诗人，读过他一些诗篇，他的散文诗见得不多，恐系偶一为之。从他最近出版的诗集《皮箱》中发现了大约十四章散文诗，觉得饶有新意。这里介绍的《速写簿》，原共九章，最早发表在《扬子江诗刊》，我从中选了四章。

速写原是画家习用的一种绘画样式，多以简单迅速的笔触，表现动态的局部形象，即景而就，简洁精练。诗人取这一技法为诗，也多以观察的细微、勾勒的准确见长。我们原不必以此为"规范"来要求面前的作品，速写云云，无非一种参照而已，朱朱自有他自己的独特，从不被什么框架套住。

和平年代，以日常生活为题材的主要来源，以及对激情昂扬，或甜腻抒情的厌倦与弃置，还有一代诗人偏执性地从西方诗歌亦步亦趋的借鉴或模仿，形成了当代诗歌的一种主流诗风。那便是近距离视角，平实冷静的叙述，对于细节的重视，语言上的质朴无华和生活口语化的操作。这种诗风的形成自有其多方面的因素，具体到每一位诗人，又各有思想品位和语言风格的诸多差异，于是便难以一概而论了。朱朱的诗在我看来，大体上可视为这一诗风中优秀的一员。冷隽从容，不动声色，语言质朴却极富诗味。很善于仿佛置身于局外地将一种事物、某些情节，清晰地呈现于读者面前，却又有一种理性或情绪的暗流潜隐在诗的深处。这样的诗不以奇崛怪异取胜，在表面平淡中蕴藉

朱朱的散文诗 ※ —— 耿林莽

※ 原载《散文诗》2005 年第 21 期。

颇深。读这样的诗一目十行，一抹而过是难得要领的，需耐心沉入其中，细细地品味。

打开《速写簿》，《难题》和《铁叉形黎明》都是早晨的"即兴"所记。冰箱里的"霜"和小窗玻璃上的"霜"遥相呼应，并无什么微言大义，却有许多情趣活跃于语言的生机之间。"冰箱是冰霜的辉煌宫殿"和"一只肥白的虫子失去了它的卷心菜花园"，这里的意味在"换位思考"中。空洞洞的冰箱，对于"爬上爬下"的虫子，委实是太大了。辉煌宫殿与这只失落的小虫之间，构成了一种接近于调侃乃至反讽的意味。而对于偌大天地间的霜，尽管得心应手地占领了"山脉、草原和城市"，却在一扇小小的窗上遇到了难以均匀应对的"难题"。一种啼笑皆非的尴尬，"华佗无奈小虫何"的感慨，便在其中了。"铁叉形"的黎明，"铁叉形"这一意象似觉突兀，只能放在一个失眠者的特定心态下，方可体味出其极度厌烦甚至戒惧的心理依据。请看"失眠，翻乱的书页，烟雾……"那一段层次鲜明的罗列，乃是一个痛苦的失眠之夜浓缩了的精神历程借助物象的折射反映，这一段语言所形成的节奏旋律、参差起伏的音乐感异常鲜明，非成熟的诗家不能为。

《蝉》较易读，此章得力于观察之细致和意象捕捉的新颖独特。写蝉，写"知了知了"之重复而无他，朱朱则不然。他发现了蝉声的一种"大度"，那便是有规则的"残缺不齐"，以"锯齿"这一"形"来写"声"，不一般。这一"通感"延续下去，"它独立撑开树冠"，这个"它"便指蝉声。当蝉翼收敛，"一个收拢了降落伞的伞兵坐在那里玩"的想象更是奇绝。"它想凭借一个固执的音汇成洪流"的推想也属"换位思考"，却不仅如此，似乎悄然拨动联想之弦，会让人想起人们熟悉的另一些人物的"雄心壮志"吧。

简洁精练，以一当十，是诗人的看家本领。据我看，无此修养者，难以为好诗，朱朱在这方面有令人称羡的本领。看得细，抓得准，言必及义，一语中的，且多取暗示、隐喻，不将话说尽，留一些"冰山之下"供读者的想象去融化后徐徐吸入。我读到他的另一首精短散文诗《林中空地》可举为典范，仅抄供读者共享：

我获得的是一种被处决后的安宁，头颅撂在一边。

周围，同情的屋顶成排，它们彼此紧挨着。小镇居民们的身影一掠而过，只在等它们没入了深巷，才会发出议论的啼声。

是"换位思考"，这一具无名的尸体横陈在林中空地，何许人，因何弃尸于此，枪杀的前因后果一概不表，而"处决后的安宁"之冷隽与反讽意味，因"头颅撂在一边"的随意性而愈觉其险峭。"同情的崖顶"和居民们走开后才发出"议论的啼声"语焉不详，却预设了许多的信息在"谜"中供读者破解。散文诗写得如此练达精深之至，堪称一绝。

附：
朱朱《速写簿》（选四章）

秘密与星辰

秘密运送少数人到离星辰最近的地点，去看星辰。

这实际上很残酷，星辰表面并不发光，单调、贫乏，和保守秘密一样令人痛苦。

无论如何，看过的人有了不同的理解。

难题

没有什么可吃的。冰箱是冰霜的昏黄宫殿，白天已遭抢劫过。一只肥白的虫子失去了它的卷心菜花园，它爬上爬下，这里真是太大了。

我望着窗。我本想望出窗外，但它被霜粘上了。霜，并不静止：一条蒸汽弥散的河，大瀑布，火车站，白色淤泥一起往下沉降的险滩，在地底下被风吹彻的树根，轧碎的光。

霜，一道强力的不透明胶带，粘了又粘。霜在此刻已处理完了大部分国土，多数山脉，草原和城市，或许越是广袤之物越容易处理。但这扇亮灯的小小厨房窗口，看来是一道技术上的难题。

室内那一点可怜的温度竟然捉弄了它,让它的覆盖无法做到均匀而完整。

铁叉形黎明

经过充足的睡眠来到了黎明,那可不一样。但我缺少。

失眠,翻乱的书页,烟雾,然后开始泛白的窗幔,短短几分钟就稠密起来的鸟鸣。黎明像一把新淬了火的铁叉叉中我!

我轻飘的身体,拖着这样一把铁叉,上楼时必须扶住墙,必须不断地倚伏在楼梯上。最好能有一个母亲的怀抱。

睡眠是什么?一个重量,每天都往平躺下来的人体里填放,这样他醒来后就能在空气中保持平衡;等他又困倦的时候,就是重量像方糖溶解完了,需要放进另一颗。

蝉

一种尺度。假如它是,它带有锯齿……

它独力撑开树冠;在没有人倾听的时候,它也会像一个收拢了降落伞的伞兵坐在那里玩。树是它的房间,树是现成的,但里边的阴森不是谁都能住得惯。

尖厉。保持尖厉。有时它活着,几乎是冲着我一个人叫喊。它非常缺少朋友,这成了友谊的明证。

当它想凭借一个固执的音汇成洪流,将我吞噬、卷走,我就远避。

它也不再尾随我;这是一只骄傲的蝉。∎

寻找话语的森林　朱朱研究集

一

当一种成功的写作呈现为多维度的、共时性的、交叉运动的、互斥反衬的、变向延伸的、断裂跳跃的等情形时，我们就会意识到它将昭示一种有关情感、思想与经验的内在深度。这种深度充满精密的协调性和强悍的内驱力，如果再加上充满个性魔力的特质的语调，那它便成为贯穿语言与存在之两极的光。朱朱正是带着这样的光，面对这个晦暗阴郁的时代的。因此在今天谈论朱朱的诗歌，在诗学上不仅是一种必要，更是时代需要诗性深度的一种必然。而在这种普遍悖论式的时代，写作几乎被疾驰的一切带入瞬间即逝的节奏里，如何抵抗这种节奏，以及如何在语言和生存两个界面上展开更多的审视与挖掘，似乎一直以来都是诗人天然的责任。那么，朱朱给我们提供了一条可行的道路：痉挛之路。

当罗兰·巴特讲"语言结构是一种抽象的真实领域"的时候，他实际上将语言从人的认识技术方法中分离出来，并且这种分离是以语言自身的"真实"存在为结果的。而"语言结构是一种行为的场所，是一种可能性的确定与期待"[1]的说法，又给予语言一个出口，这个

---

(1) ［法］罗兰·巴特：《写作的零度》（李幼蒸译），中国人民大学出版社，2008年版，第8页。

出口与我们作为"人"的部分有关,或者说语言必然有人的行为参与,这种参与叫作写作。当然,从罗兰巴特在《写作的零度》中申明一种可行的语言的立场之时,语言就不再成为我们反映、表达、再现世界的手段与媒介了,相反实际上我们被它所掌握与支配。"语言是切割世界的一种特定方式。""世界"旋即成为我们的幻觉,"世界"本质上是语言的某种结构。有关语言的确切意义、真理性、现实性、知识性被打碎了,"文学也不再是认识现实的一种方法,而成为一个集体的乌托邦梦想"[1]。福柯、拉康、克里斯蒂瓦、德里达们正是在这一基础上各自试图建构一种与"语言"共生的存在状态。由此,写作行为在何种意义上对我们具有价值?当语言从被生产的角色转换成生产性的角色之后,写作如何再成为我的而不是某种"力量"的?也许布鲁姆式的在解构批评下试图建立一个"人本主义"的话语模式,[2]以对抗语言在人本意义上的瓦解与散逸过于乐观了,但他借助诗歌的语言进行的申诉却极具意义,因为诗一直不去承担再现性、知识性、真理性的责任,或者说诗一直不从语言的角度承担这一切责任,诗有一条痉挛的道路,在语言的真实与虚幻之间:

……一个形象和

活过的证据。前者让赞美突然决了堤,

后者:锯子仿佛正沿墨线撤回。

——《暝楼——再悼张枣》

两种行为参与了存在的"证据""让赞美决堤"和"锯子沿墨线撤回"。在象征秩序的引申中,形象是多重的、变幻的、虚无的,反而让事实停留在那些内在的言说里,此处隐含着巨大的生命丧失的绝对性真理,而语言在行动(证据)的督促下,显影般亮出了现实。此时,现实并不以确定性的形态被读者所把握,而是有些抖动,由于情感、思想、精神行为的介入而发生的莫名的抖动,"形象"仍是空的,某种抖

---

(1) [英]伊格尔顿:《20世纪西方文学理论》(伍晓明译),北京大学出版社,2007年版,第100页。

(2) [美]哈罗德·布鲁姆:《影响的焦虑》(徐文博译),江苏教育出版社,2006年版。

动的痉挛让"形象"逐渐显影。所以语言在表述过程中一直留有一个足够大的空间来缓冲意义、情绪、智慧带来的"化学反应",正如巴赫金所言,那就是"存在核心的冲突,意即试图分割事物的离心力量与竭力把事物聚合在一起的向心力量之间,存在着持续不断的斗争"[1]。这种斗争正是"痉挛"的生产模式。痉挛实际上就是在语言的生成中不断以斗争的方式获得"取消时间"的格式,以便沉浸其中的一种状态,它既是间歇性的,也是间接性的。而诗歌始终保持了这样的"间接性",但这里缺乏一个环节,就是这个间接性是如何运作的?以及它以怎样的方式运作?也就是说,痉挛何以来临。

从朱朱的角度,仅仅是亡友提供了契机,还是关于诗歌写作的某种必然命运,让他充满工作的欲求?这让人想到汉娜·阿伦特在描述本雅明时,第一小节的题目叫"驼背人",她借用"驼背人"的形象来映射本雅明的自我压抑与成长的命运,同时他又在某种可能的伟大才华向度上保持一个间隔的卑微角色,这个角色既是个人化的命运驱使下的"失败者",也是神一样伟大的精神强人。本雅明自己也在历史哲学的第一条论纲中提到这个生动的驼背侏儒形象,他在棋盘下面操纵着机械木偶,确保着木偶在棋盘上的胜利,这个驼背侏儒实际上就是他所谓的神学,或者就是那个背后的神的化身。也就是说,在神与人之间是一个"驼背人",一个一直痉挛着的"驼背侏儒",之所以驼背并成为侏儒,正是痉挛导致的结果。因此,在朱朱身体里,也依然藏着这样一个"驼背人",他让朱朱成为一个人性和神性俱存的极其敏锐的诗人。

在朱朱那里,这个"驼背人"像孙悟空一样,是一个会七十二变的人物,有时是"蝴蝶""灯娥""蝉""爬墙虎"等,有时其隐藏在石窟里、后院中、河滩上……甚至有时直接进入一部戏剧,变换成不同的角色进入那个生命状态的"间隔区间":

一种尺度。假如它是,它带有锯齿……

---

(1) J. M. 霍尔奎斯特:《文本间性·巴赫金的对话原则》,见[法]让·贝埃西等主编《诗学史》(罗忠义译),百花文艺出版社,2002年版,第770页。

它独力撑开树冠；在没有人倾听的时候，它也会像一个收拢了降落伞的伞兵坐在那里玩。树是它的房间，树是现成的，但里边的阴森不是谁都能住得惯。

尖厉。保持尖厉。有时它活着，几乎是冲着我一个人叫喊。它非常缺少朋友，这成了友谊的明证。

当它想凭借一个固执的音汇成洪流，将我吞噬、卷走，我就远避。

它也不再尾随我；这是一只骄傲的蝉。

——《蝉》

在这首诗中，作为那只"骄傲的蝉"，朱朱"驼背人"的形象如此清晰，他的"痉挛"特性如此生动。带"锯齿"的尺度，"撑开树冠"，语言的痉挛沿着一种"能指"的转移和回望突然直接进入有关"尺度""树冠""降落伞"的抖动关系中。当"树是现成的"这种绝对性描述开始启动的时候，痉挛中的"驼背人"出现，告诉我们，在"尺度"建构的一种"树"状人类图谱中（或许某种历史文明的树状构建中），想要进入很难。朱朱更形象地说出了"神"的真理："里面的阴森不是谁都能住得惯的。"那么，所谓的"蝉"的意象仿佛被一种结构性的描述，拓展成为一种无限的真理能力。那种拟人的方式并不是他要的，而是要在拟人背后的一种事实，一种有关事实的痉挛。所以，"这是一只骄傲的蝉"。

当然，语言的痉挛显然不是单一的、瞬间即逝的、互相独立的，语言的痉挛充满修辞的斗争性、辩证性、互斥性。只有在这种交错混杂的相互关系中，语言的痉挛才开始营造它的旋涡，才能从一种状态的确定性走向另一种状态的不确定性，才开始形成一个具有张力的意义的场。在索绪尔那里，他先几乎剔除了语言意义的"场"，形成"符号"结构，再将它的历史秩序放入一个"共时性"的逻辑里，有关语言本身的"确定性状态"才开始发生作用。而事实上，语言的文化含义与社会处境是无法被剔除干净的，语言本身的建立就是带有明显的意识形态色彩和社会功能性色彩的，但至少索绪尔以及后来的结构主义、后结构主义的批评家们，正是沿着这种"符号学"的道路将语言的转移与滑动,植入了那个多元碰撞的复杂区域,而这个区域,正是"痉挛"的区域。或者较为形象地描述这个区域应该是:"一座园林",尤其对朱朱而言。

园林在中国是具有美学和文化价值的景观,道家的"道法自然"与"天地与我并生,而万物与我为一"理念等,将"园林"深化成一种精神境界,并且在人生现世层面上显现为一种具体的实践,从而建构了一整套有关崇尚自然的文脉系统。"自然"作为"园林"氤氲的、浓度稠密的、潮湿的、充满意趣的精神趋向,内化成它自身的力量,因而园林在古典汉文化中是精神化指认的一种有效证据,一种在今天仍然活着的证据。它证明"自然"所强调的"和谐""天人合一"的理想仍然有力,也同时明确今天的自然是被人类打碎了的自然,是一种与"古典自然"反向化的自然,一种人类恶果的现实自然,人无法与这样的自然相和谐,只有抵抗,用"古典自然"的精神抵抗现实自然的残酷。因此,园林立场正是朱朱对"自然"的反思与追溯、对当代现实的内在拒绝。从这一点讲,朱朱仍是一个理想主义者。当"自然"已经成为残酷生存的无奈法则时,将生活本身看作"自然"就成为朱朱"精神园林"的追溯方式。自然的态度、自然的行动、自然的目光、自然的要求等,成为朱朱诗歌的隐性立场。这种"自然"驱使他"更爱沉默,受虐的后遗症……更爱那些静静摆放的乐器／当它们不被弹奏时,会在微光中亮着童贞"(《练习曲》)。"园林"对自然丰富的阐释,让朱朱在精神上极为珍视,这种"童贞"般的珍视的确显得"不合时宜",却恰恰是这个时代的精神动力:

面对相同的命运,道歉已显得多余。
——《多伦路》

"园林"在朱朱那里已经成为某种对时代的道歉,一方面,园林的核心内容与形式,即有关"自然"的法则,被当代社会摧毁了。另一方面,我们又不得不在被摧毁的园林中保持"园林"的理想,同时正是我们自身摧毁了自身的"园林"。因此,这种道歉不仅是对外部世界的,更是对自我的。在理想与现实之间,"园林"是一个痉挛的地带,它标注出人性在今天的复杂维度,而一个理想主义者的当代性就是这种痉挛状态的呈现。朱朱因而保持了他一贯的冷峻与寡言,他对这个世界的世俗性实在没有什么可说的,他建立了一圈"园林"的围墙,并为此而道歉。当"园林"成为朱朱的"理想国"时,这种道歉也就变得极为坚硬,毫不妥协。

朱朱出生于扬州,生活在南京,是一个地道的南方人,因此,他的"园林"也充满南方性。而南方(尤其以苏杭江浙一带)在中国历史中扮演的正是文化生态的主角,南方文化是一种柔软、湿润、精致,属于阴性的、让人沉浸的、充满自足性的文化。朱朱的诗显然是这种文化的回响,虽然他在这样的文化经验中摄入了更多的异质性元素,但不得不说,只有在自身原发性或元场域的情景中所获得的精神、语言、生活等的一切,才是诗性存在的本质基础。这是"元点"的力量,朱朱的"园林"就有着充盈的"元点"之力,在"元点"处,"事务会处理自身,甚至比你处理得对"(《为"税收之家"旅馆所作的广告词》)。所以,朱朱的诗歌无论是修辞还是情绪的展开,都带着一种不可抑制的精致而舒缓的南方性,它所强调的纠结的、复杂的、多重性的沉浸,为我们开启了某种内敛紧密的文化品格:

哦,老式电风扇带着关节的疼痛
和嗡嗡的电流声,摇摆在桌边;

作业在潦草中写就,蜜在他们之间流淌,
小镇的天空下两个涟漪无声地交叉。
记忆因叠加而透明,透明到一个波心,
透明到什么也没有发生却美好——

那是无尽的喧哗中一个强烈的寂静,
一个每代人都拥有过的永恒片段,
一幅被行刑队带走的人最后会伸手扶正的镜框;
别的东西更像酷暑的连枷下纷扬的谷壳。
——《两个记忆》

那种懵懂的情感在如此精细的描述里变得像慢动作一样优雅，同时这种慢动作不是硬边的实体形态，而是散漫的、"纷扬的"、碎屑式的波浪状态。朱朱"园林"的南方性正是这样一种状态，在这种状态里，朱朱完成了对微小事物的拯救。那阴性的园林，"就像／一种阴道，反过来吞噬最为强悍的男人"（《江南共和国》）。让那些男人般坚硬而宏大的事物被突然击碎，但仍保持了它原有的边缘及形状——一种以间隔为条件的紧密性让事物改变了它的性质，从而照亮了每一个破碎的颗粒，每一种微小的存在。

从语法的角度讲，园林在设置上强调山水、花草、建筑的微妙呼应，一步一景，步步为营，曲折幽深，层次繁复而清晰，节奏疏密有致，动静结合，虚实对比，承上启下，循序渐进，引人入胜，参差交错，相互掩映。也就是说，朱朱深谙园林的空间观，他将这种空间认识纳入诗歌的修辞中，物象与语意相互生成，事实与表述互为镜像，形成了不断变化、不断深入、无穷无尽的语言景观。无论长诗或者短诗，都奇异地被这种"园林"的空间观所覆盖，并戏剧性地推向词的最为敏锐的神经末梢，由于意义过细，神经末梢无法承受空间的微波，从而产生无法抑制的颤动，诗意就从这种颤动（痉挛）中漫溢出来，以致无边。

就以小诗《寄北》为例吧。物象之间的交错与碰撞，景观的递进与呼应，秩序的节奏与弹拨，意义的虚实与动静，情绪的沉浸与挥洒等都巨细入微地呈现出来："街"（具体处所）／园林入口——"洗衣店"（落实目光）／园名——"潜望镜"（对成群洗衣机的幻觉与联想）／醒目的山石景观——"衣物"（不洁深化了事实）／远景出现水面与亭子——"机筒旋涡"（将事实转化为一种动作状态）／跟随渴望转入新的场景——"纤维"（沉浮不断的碎片被集合）／多样重叠的山石水榭形态的模糊出现——"婴儿"（物象出位）／被锁定的具体景象进入联想与幻觉的延伸——"外套"（进入另一层空间）／出现花草鱼虫以及转身的连廊——"亲吻和欢爱"（个人经验与历史经验的交汇）／雾气和自然的声音掩映出事物的空灵——空气（境界）／园林在此处有回到视觉记忆与想象的整体性——"火苗"与"火浣衫"（情感轰鸣与现实痉挛）——物我相忘。这首诗本来是对故人的情感追溯，因其园林化的语言设置让所有细碎的物象被拯救出来,并形成它们各自的"旋涡"、各自的风景,同时又以一种强悍的整体性不断地建构不同向度的"精致的入侵",以强化自身文化的深层介入。

无论怎样,园林是朱朱诗歌的一种潜在结构,他试图恢复自身文化的真正传统,并不用逻辑思辨的言说,而是用充满体温的诗歌语言的肉身性来完成。这也暗示了某种言说在今天语言现实中的失位,暗示了语言失位的痉挛处境。而诗,即使在全方位痉挛的处境中,对朱朱而言,也许恰好从另一个向度上,一个园林理想式的向度上,恢复了语言自身的言说力量。

当然,"园林"也意味着具体的现实。德勒兹在谈论惠特曼的美国时说:"在美国,写作必然是痉挛性的。"并引出惠特曼的真正意图:"痉挛性不仅构成写作的特点,同样也标志着时代与国家的特征。"[1]这实际上在时代语言与人的存在两个层面确认了一种"痉挛"的力量。无疑,在今天的中国,写作更是痉挛性的,在今天的中国生活,也必然是痉挛性的。朱朱早已清醒地认识到这一点。不仅如此,他让这种痉挛性成为自我写作深度的直接发动机,成为一种自觉的沉浸程序,并为这种痉挛性设置了一个能够不断修改自己和他者的整体,形成一座痉挛的园林。由此,我愿意将维特根斯坦讲的:"一个人的哲学是一个关于气质的问题。"[2]引申成"一个人的诗歌是一个关于气质的问题"。痉挛已经成为朱朱的一种气质,而痉挛的园林是开放给所有诗人和写作者的一个具有无穷变化的、抖动着的秘密花园。

二

态度与情感始终是作为一个诗人不得不一直面对又必须间离的问题,尤其在这样的时代、这样的地域和这样复杂的社会机制下,现

---

(1) [法]德勒兹:《惠特曼》,见德勒兹《批评与临床》(刘云虹、曹丹红译),南京大学出版社,2012版,第115页。
(2) [奥]维特根斯坦:《蓝皮书和褐皮书》(涂纪亮译),清华大学出版社,1987年版,第28页。

实与立场往往在晦暗不明的雾气中被消化掉了。事实上，写作首先要明白今天是怎样进入昏暗不明的雾气中的，"政治正确"的鲜明立场所导致的结果无论在现实里还是在文学中都是极为普遍的，但这并不意味着立场与态度的失效，相反，如何以一个见证者的眼光和存在来审视我们的时代，反而显得尤为重要。关键是如何审视，如何进入具体的生活与存在中，获得"真相"。米沃什对"真实"的竭力追求实际上是对现实主义"真相"的推崇，这个"真相"意味着对一切保持清晰、冷静、自主的认识与态度，这种态度实际上首先是一个见证者的态度。[1]所以，"进入"是本质性的，从诗歌的角度也是这样。朱朱正是一个具有"进入"性质的诗人，以"进入"的方式"见证"这个时代的一切，是诗人的责任。

朱朱的《间隙》《五大道的冬天》《伤感的提问》等作品提供了某种与事实并肩的"进入"方式，并且所有的"进入"被细节的雾气所笼罩，读者必须小心翼翼地与那些细节进行沟通，暗中交换心照不宣的眼神，以谋求一种可能的搅拌、挖掘和凝滞：

蚊子们的叮咬变得凶猛而贪婪，
要像高僧般宽恕这种末日感

一种现实的隐喻与态度对朱朱而言既"晦涩"又如此清晰：

冷，冷到历史就是一门关于失败的
考古学，冷到每个人的内心
住着一个暴君，冷到
万物之间的风筝全都断了线。

"冷"是一种历史与现实的参照性感受，一种共时性的见证。通过相互的"进入""见证"当下历史的兴衰荣辱。此时，鲁迅作为历史人物的硬骨头也突然站出来成为证物：

---

(1) [波兰]切斯瓦夫·米沃什：《诗的见证》（黄灿然译），广西师范大学出版社，2011版。

……这里有种聚光灯
从脸上移走的黑暗；我懂得
翻译是某种反抗平庸、贫乏的办法，
周遭的嘈杂声，已无一丝血色。

但事实情况是，如果"进入"，就必然导致痉挛，无论从现实还是从文学角度进入。我们所处的场域给了我们巨大的压力与反斥力，使我们成为一种被历史进程充分抛弃的事物，而自己又无法承认这种抛弃。朱朱既然将柳如是的传奇当作当代情绪的延伸，就自然不能放过那个"失败"，绝对的失败。而诗人的反驳正是以现实一切的丧失为前提的，就是前面所说的"充分抛弃"，这种情感的跌宕由不得你不痉挛，更为可怕的是：痉挛是持续性的，在朱朱那里，痉挛的持续性让痛苦更具有"园林"一样的完整性，所以诗人朱朱以"园林"隐秘的形态构建了一个"共和国"。个人的经验十分明显，在这样一个背景下显得如此突兀。

已是初夏，冰雪埋放在地窖中，
在往年，槐花已经酿成了蜜。
此刻城中寂寂地，所有的城门紧闭，
只听见江潮在涌动中播放对岸的马蹄。
……
哦，腐朽糜烂的生活，它需要外部而来的重重一戳。
——《江南共和国——柳如是墓前》

这"一戳"的可能已是必然，早已了然于胸，一个彻底的、完整的失败，既是现实的、历史的，也是人性的、情感的。痉挛在多重透视的状况中，成为长期不愈的疾病，一直痛彻心灵。而作为诗人的朱朱并没有剥离自身的存在，隐隐地，一切了然于胸，只不过痉挛的腐朽糜烂仍是一个鲜活的镜像，使他不得不转入另一种生活来持续他的疼痛，因此朱朱是一个秘密的勇者。

我一直很好奇朱朱何以将《觅食的姿态》作为他诗集《故事》的

开篇，在一个巨大的"共和国"笼罩下，我突然明白了，那是一种痉挛的定格，一种摄影式的凝固，以想象的方式言说"真相"，一种充满希望的、幻灭式的"真相"，越简约、越单纯、越具体越好，越轻越好，那是一种生命中不可承受的"轻"。轻重之间，痉挛停在了一种仰视中：

> 为什么飞鸟的姿态如此优美？
> 它们饥饿时的喊叫就像歌唱，
> 它们啄开积雪的样子就像
> 对大地进行的一场轻柔、不懈的考古，
> 它们沿树枝彼此挨近的碎步就像音符跳动在五线谱上，
> 它们传递事物的样子就像亲吻。

痉挛就在那无处不在的、定格的"就像"上。时间被错置，历史被反刍，事件被重审，人物被再现这样的事实，在朱朱那里正是"痉挛"的结果，一种情感与态度的全方位、立体性的颤抖，持续性的整体性被"园林"形式不断强化，这也许是我们这一代诗人的宿命，即使朱朱仍在不断"展示每个人活在命运给他的故事／和他想要给自己的故事之间的落差"，仍要"用手术刀般的笔尖，剖开／老中国的胸膛，检查它的肝胆／它的肺，它的胃和呼吸道——"。

沿着"痉挛"的状态与结构，我似乎开始理解朱朱参与当代艺术的热忱了，这意味着他早已不满足于"文本"式的态度与方式了，他需要一种具体的"参与"与他的文本相对照和呼应，以便于更为深刻地见证一切。也就是说，朱朱也是一个行动主义者。我们暂时抛开他在当代艺术场域中的表达与诉求，回到他的诗歌中来，就会发现，他一直以来在文本中就是一个行动主义者或者参与者。当他写《清河县》等作品的时候，实际上是在参与时间的改写，也就是参与历史的改写。当他写《多伦路》《华盛顿》等作品的时候，他在参与一个人的具体生活，并试图理解或想象那人的具体的、真实的情感与思考，而非被记录在案的"人物"；当他写《七岁》组诗、《小镇》等作品的时候，也许它正参与记忆的重建，以及恢复一种具体生活的疼痛与幸福；当他写那些赠诗的时候，他似乎在坚定一种信念，那就是友谊所证明的不仅仅是我自己的孤立生活，更多的是他人与自我之间的"灰色"的相互存在，我也在参与他者生命中的我的生活。

我尤其注意到他的那些赠诗，试图在友人间建立一种语言的速度，一种痉挛化的速度，节奏紧张却又显得舒缓的速度，以谋求用语言来稀释或搅稠一些活着的个人之间的密切的精神接触。

这条路以一个漫长的斜坡
诉说你的过去……
——《拉萨路》

我们好像正绕行在北斗那锃亮的长柄勺，
它的空旷让我想起跪立者，另一种侍奉之美。
——《冬日河滩》

真的会有一种蝶螺，存活在自携的火？
……
舱窗外的巴黎斜冲过来，
它拥抱流亡者的热情在你自许的漫游面前脱白。
——《越境》

无论怎样，这些生动的参与构成了朱朱痉挛生活的大部分，他试图用诗歌的方式审视和思考生活与文本中的一切经验，并在头脑中凝结成某种具有"记忆"温度的画面。

……无论我们在学习什么，
都是在学习呼吸自由……
——《旧上海》

伊格尔顿也在《20世纪西方文学理论》的结尾再次强调了文学理论一直与政治信念和意识形态价值标准密不可分的理念，这并不是说，诗歌就必须以政治为内容或者以政治的形态出现，甚至用政治和意识形态的价值标准来判断，而是要将诗歌（文学）置于这样一个场域中：政治的、意识形态化的场域，置于这样一个场域中就意味着置于你的时代中，也就是置于你的个人经验与时代进程交织的网络中。因此朱朱在诗歌中特别强调的情境本身，实际上潜在地回答并肯定了伊格尔顿的理念。让我们看看这首《先驱》：

> 哦，缺席得太久，而舞台
> 已经旋转到另一边，就像冷漠的车流
> 悬置起天桥上的卖艺人，当
> 你的眼神因为没有人能从你的脸上
> 记起昔日的世界而变得阴郁，
> 当你的指控不过是喃喃自语，伴随着
> 空旷的楼道中某处水管的滴答声，
> 当敌人在时光中变得隐形，
> 难以从正面遭遇——
> 你必须忍受遗忘如同退休者
> 坐在公园的长椅上凝视枯叶的飞旋，
> 当梦想的奖章迟迟不颁发，
> 当荣誉的纪念碑注定在你生前建不成，
> 哦，先驱，别变节在永恒之前最后的几秒。

这种讥讽中带有深深的悲哀，朱朱的态度极其冷静、极其深刻，而其政治伦理的重负对于他来讲又是多么复杂而深入的一件事情。

痉挛的可触性驱散了作为整体的极端化的立场与态度，但并没有将之消除掉，而是将其转换成某种园林化的温润的充满雾气的认识，一种深入骨髓的沉浸式的认识，从民族文化的历史记忆与瞭望开始，不断检验自身的整体性。对朱朱而言，诗歌正是这样一个充满精神、思想、审美等要素的语言的整体。只是这座园林不是为一种完美性而存在的，如果它确实有完美性的结果，也是一种语言结构自然的体现，而非刻意的需要。在朱朱那里，语言在园林中有一种极为紧张的关系，只要松掉其中的一个零件，其园林性质的整体就会突然坍塌。令人匪夷所思的是，零件作为个体物件一直经历着自身的痉挛抖动，而这种让紧密并充满危险的语言结构坍塌的能力，实际上是朱朱的一种天赋。以《旧上海》为例，其意象的顺序指针是这样的：狂欢节——青春——赶末班车（时间介入）——换机芯的钟——指针（开始空间化）——城市——外滩的枷锁（情感心理因素介入）——爱奥尼亚柱与殖民时代（滑出逻辑）——看人潮（加入时间与空间的错位）——谎言被抬走（所有反斥的想象与联想同时介入）——每一天都是新的（经验形成）——奇遇（归结点）。诗到了这里我们实际上才明白朱朱要说什么，但事实上，这个涌向你的奇遇只是万花筒变幻的开始，真正的力量源自那个操纵万花筒的存在者，他同时也操纵着时空和那场奇遇，以及奇遇背后所有朱朱的真实与想象的情感生活，而这也不重要，真正重要的是那个万能的存在者在一种破碎的整体里被语言的痉挛所掌握，最终成为某种命运的宣告：

你入炼狱，将我们全部禁锢在外面。

朱朱的每一首诗都构成这样的语言园林，一种整体性的力量。当然这些年，他也在尝试改变这种整体性，例如，近期的作品《太原，2001》，它让这种语言的痉挛一直持续着，并不打算结束这种抖动，所以这首诗似乎可以无限地向前行进。而另一首《内陆》——这是首杰作，几乎用一种论说的方式来结束一切，相反，这种结束无法让我们就此打住，就如同，他打开那扇门，试图强行关闭它，而一种决然的反力让我们不得不继续为之呼喊：

夜晚如此荒凉，要用十几座村镇的灯火
才能照亮一幅眼前的地图。这里，
炉灶是寂寞的，炊烟仅仅升起一种尊严。
……
当我攥住地图的一角，远处的大都市
就像从松开了绳子的手中飘散到海边的

大串气球,眼前这些古老的地名

要求我认领……

……

要求我化为一座收容院,一只未来的漂流瓶。

"一只未来的漂流瓶"这样的意象一下子脱离了朱朱的经验的论说,为这座语言的园林制造出一个不得不破开的出口,一种破坏式的出口。这也是某种语言内在痉挛的结果,只是朱朱的控制力太好了,以至于为一种可能的诗意推进保留了一种可行的缺口后,仍能够在诗中呼吸到足够沉湎的空间。

总之,朱朱在诗歌中试图用一种情感"参与"的方式来理解这个世界,并为大众文化日趋增强的一体化趋势提供一个反证,一种从情感和立场上同时加力的驳斥机制,而且这种驳斥机制也在自身的内部形成统一性,或者形成一种流畅性的表述节奏。借此,一座语言的园林完成了它从静止到动态的痉挛。

三

画家基弗说:"废墟本身就是未来。"[1]这里既明确地昭示出一种强悍的真理性,也隐含着另一种内在性的崩塌,这种崩塌首先来自对自我的质疑,自我被时间击碎了,自我的主体性成为充满间距的无数碎屑形成的模糊动荡的形象,更不用说这个"自我"试图建立的一切虚妄的现实了。朱朱将这一切归结为一种现代性的转化,他认为这是现代性转化的结果,而现代性本身就是从碎片格式开始启动的。这意味着今天我们如何在"自我"被粉碎的处境下来完成一个新的事实的认定和追求,实际上是对"真"的认定与追求。这让我也突然明确认识到朱朱那座"痉挛的园林"既是一种现代性碎片组成的园林,也注定是一座废墟式的园林,一座湿润的中国化了的废墟园林。他

---

(1) 见[德]安瑟姆·基弗《艺术在没落中升起——安塞姆·基弗与克劳斯·德穆兹的谈话》(梅宁、孙周兴译),商务印书馆,2014年版,第6页。

以这种方式回应关于世界想象的"自我"和具有现代性崩塌力量的向内的灵性"自我"。也就是说,在朱朱的"自我"里,永远有一个"他者"站在至上至下的两个向度上,一个用于世界想象,另一个用于自观。

废墟是一种对现实处境的绝望,这个事实因为"他者"的角度而减弱了,但朱朱并不是为了减弱它,而是让这个事实被浸泡在一种混浊的泥沼或气流中,让它不断地发酵,形成一种氤氲的状态,实际上这正是痉挛的状态。因而,事实被放大或者放慢了,一切在慢动作中变得极其令人心痛,也正是这种慢动作回应了那个强悍的"自我"文化情结。朱朱用一种"他者"的眼光和立场回到"南方共和国"悲剧文化的内在性上来,这让我们不得不再次思考我们的文化节奏中到底是什么眼光和动作建构了今天如此喧嚣却无力的一切,我们如何面对这痉挛的一切,仅仅描述或者"说出它"就行吗?我们那些疾驰的态度和立场到底给了我们什么样的未来?无论怎样,朱朱的"他者"是强化了一种慢、沉浸、痉挛的文化现实,他的园林作为文化实施的现场为我们提供了一个可能的途径与方式:

我盛装,将自己打扮成一个典故,
将美色搅拌进寓言,我要穿越全城,
我要走上城墙,我要打马于最前沿的江滩,
为了去激发涣散的军心。

"他者"在柳如是的"典故"中复活,使自我进入剧场,演出开始,"盛装""穿过全城",呈现一个自我的"寓言"。关键在于,这个寓言既是对世界的想象,更是一种缓慢的动作,慢镜头式地将一切纳入一种命运的临界点中,一种痉挛就产生于这临界点,并持续地延伸下去,仿佛命运就此停止在这种残酷的美中,自我就通过"他者"成为永恒:

你向我们展示每个人活在命运给他的故事
和他想要给自己的故事之间的落差……

"他者"被迫成为故事的主角,成为一种互为他人的迷途,那么"落差"就是必然的了,落差就是痉挛,而迷途却不是真的迷途,而是一种自我消解与解构,一种迫使自我进入"他者"的相互对应中的情景,实际上他者的故事都是自我的演绎,并且朱朱强调的是,如何让这种演绎在一种理想的舞台上不断生长,也就是如何让痉挛在自我的园林中不断持续。

此外,朱朱始终不是以平视的眼光审视这座"园林"的,他善于在高处几乎一览无余地俯视它,并且选择性地摘取其中的事物,再将一个"我"的喻体植入其中,形成一个他需要的事件的连锁关系。读者就会从他的角度看到这废墟中发生的一切。关键是,他能够让自己看到另一个自己,参与了这座废墟的生活。这种残酷地对待自我的方式,仍是一种痉挛方式,而事实是,废墟作为对未来的残忍预设就是这个时代痉挛的证据所在。

同时,废墟永远包含着多个朱朱,我、他人、我演的他人,他人眼中的我,我在他人中成为的群体,群体中我和我的一切镜像,等等,这样一场有关废墟园林的戏剧才能从高处走进时间的秩序中:

每次我回到家中,浑身都是他人。
——《速写簿·牵线人》

再来看《清河县》这组诗,朱朱特意在这组长诗的最开始给出了一份关于"我"的人物对位表,实际上就是关于"我"的真正他者身份的确认表。西门庆、武大郎、武松、王婆、陈经济等人物建构了他者的第一层,用"我"的口吻重新讲述那些耳熟能详的故事,在这里,朱朱既充当一个"我"的变体,也介入"他者"的眼光与体验,故事因此就在两个身份以及两个时空中交叉进行。

而西门庆所对应的郓哥,武大郎与武松所对应的潘金莲,王婆所对应的武松与潘金莲,陈经济对应的武松和女人等构成"他者"的第二层:

……我恨你的血液里

有一半**他**的血液……
把**他**交出来,让**他**和我一对一……
　　　　——《威信》

他的奔跑有一种断了头的激情。
　　　　——《郅哥,快跑》

现在雨大得像一种无法伸量的物质
来适应**你**和我,
姐姐啊我的绞刑台,
让我走上来一脚把踏板踩空。
　　　　——《顽童》

……一个贯穿于**她**身体的力
从她踮起的脚尖向上传送着……
　　　　——《洗窗》

她让我想起
一匹轻颤的布仍然轻颤着,
被戒尺挑起来
听凭着裁判。
　　　　——《武都头》

　　朱朱以"他者"的眼光看到所对应的他人,与"他者"发生紧密关系的主角,这种主角又反衬出以"我"为立场的"他者"的各种身体、心理、行为的具体变化。当这种变化回溯到朱朱那里的时候,我们会发现朱朱却是用一个当代人的认识来建构这两层"他者"的当代性的,也就是说,实际上这两层"他者"都被置放进一个当代目光里,以便于人们从更多的层面重新思考我们的生活和命运。
　　当然,朱朱并没有停留在"他者"的两个层面,而是更进一步引入了"他者"的第三层,《百宝箱》第三节中的"我",以及《武都头》

第二节中的"我"并不是对应表中的身份,而是强力插入的"我"的裂变,一种"我"的分身,一种在上两层中间插入的"他者"身份,同时这个"他者"与"我"所对应的"他者"又是并列或者交叉的。不仅如此,在《清河县》中还有第四层,属于"我们""人们"以及无法辨别清楚的角色。也就是说对朱朱而言,还有一种"他者"是匿名性的,这里隐藏着深刻的"匿名性"的问题,因为"他者""我"也因此被引入匿名状态。综上所述,我们看到朱朱的"他者"是一个繁复纠缠的、多层铰链的事实,这正暗示了纷乱的当代现实处境,在以传统经典文学情色故事为背景的言说中,透露着他深深的悲哀,而且他试图以"他者"互生的方式放大放慢它,形成一种悲哀中的悲哀,令人唏嘘感叹。在对"他者"的观照中,朱朱充满忧郁地戏谑的是他自己。兰波说"我是一个他者",通过"他者"建构那个非常态又渴望回到常态的超我状态,朱朱通过诗歌践行了莱塞的看法:我们通过文学"向超我致敬"。

……骄傲和宁静
荡漾在内心,我相信
有一种深邃无法被征服,它就像
一种阴道,反过来吞噬最为强悍的男人。
——《江南共和国》

有时候我们往往将这一切与"性"联系在一起,对朱朱而言,这更像一个切口,"性"作为切口充满魔力,正如巴塔耶所说:"它永远是陌异之物、未知之物,居留于晦暗,既无权力,也无权势,且在意识自身肯定的时刻遭到否认。所以在意识内部,性快感的爆发,乃是一个死点。没有人能够谈论它,没有人能够让它进入意识的清晰领域,除非它颠倒了思想的一贯方向。"也就是说,"性"作为一个切口或者"死点"在自我意识的否认中焕发出奇异的力量,这种力量被巴塔耶称为某种与宗教喜悦有关的"神秘神学"的力量,它"唤起了存在与非存在之间的这些平衡运动"⁽¹⁾。其运动的方式在朱朱那里正是一种"痉挛"的形态。实际上,朱朱的"切口"有很多,通过对"他者"的设置不断发现那些隐秘的切口,以使时间在内心及身外都得以继续推进并变化。

此外,朱朱的"他者"除了总是指向自我或超我以外,还有一种试图做出判断的指向。易卜生说"写作就是坐下来判断自己",而朱朱试图通过他者来认识、建构自己,使自己成为一个完整的、充分的集合(园林)。尽管他深知这几乎是不可能的,但建构本身或者建构过程中的"痉挛"的价值是不容置疑的,更是令人迷恋的,同时这种迷恋也让他懂得必然的命运中有关"永恒"的抖动是如何通过语言达成的。因此,他者意味着朱朱在语言中的某种"缺席"和"不充分",通过"缺席"和"不充分"来见证自己的在场,来确认一个生命个体的真实存在。布朗肖曾在《不可言明的共通体》中这样描述这种存在:"一个存在,不充分地存在着,并不试图与其他存在联系以产生一个完整的实体。对不充分性的意识源于存在对其自身的质疑,从根本上,存在需要他者或他物,好让自身得以实现。如果存在只是独自一个,它就封闭了自身,落入睡眠与平静之中。一个存在要么是孤独的,要么只当它不存在之时才知道自己是孤独的。"⁽²⁾所以,本质上朱朱是一个孤独的诗人,而设置"他者"的方式又是对孤立存在的某种否定,这种不断延伸的否定之否定的逻辑也是作为诗人朱朱的一种"痉挛"逻辑。

在《多伦路》与《伤感的提问》这两首有关鲁迅的诗歌中,他试图参与一种价值判断:

用手术刀般的笔尖,剖开
老中国的胸膛,检查它的肝胆,
它的肺,它的胃和呼吸道——

---

(1) [法]乔治·巴塔耶:《幸福、情色与文学》(尉光吉译),https://site.douban.com/264305/widget/notes/190613345/note/582932528/。
(2) [法]莫里斯·布朗肖:《不可言明的共通体》(尉光吉译),重庆大学出版社,2016年版,第11页。

甚至"宣布整个旧大陆／是一座燃烧的铁屋",然而他又发出:"我有过生活吗?"这样直指核心的生命问题。即使"他焦灼的眼已经看不见更多",即使"面对相同的命运,道歉已变得多余",即使"可以寄望的年轻人几乎被杀光了",我仍"会劝他们告别文学旅途,／去某个小地方,做点小事情",仍会"捻暗马灯"并学会"永生般的独处"。朱朱通过以"他者"的方式对鲁迅的存在进行自我剖析,来反映他对现在进行时的现实处境的一种凛冽的批判,同时他又将这种批判重新植入到反思生活的道路上来,又否定了某种体制价值观的绝对立场,紧接着他还将这一切矛盾集中在另一个时代,一个需要不断否定并不断重建的时代,来映射今天的现实;同时他仍在这种否定之否定的逻辑中强调了个体精神存在的复杂立场,这种立场永远在不断解构和重建中得以实现。因此,朱朱的他者不是一个能够让我们立刻认出的他者,而是一个模糊的、需要不断求证的、"痉挛"的他者,而他的价值判断也不是简单明了的个体判断,而是夹杂着不同声音、不同声调的多人态度,"我嗅出一个不忠的自己"(《圣索沃诺岛小夜曲》)。这也正是这个碎片式时代的现实,这个破碎的整体所寓言的丰富残碎的"园林":

我来充当一个不定期的人质,
一件信物,以证实这里
有一种尚未彻底破产的尊严;
　　——《另一个家》

在"他者"的主体性中,"我"是一个"人质",从内部维护着个体的完整,也就是维护"尚未彻底破产的"园林。在《合葬》这首诗里,更强化了一种"他者"与"人质"的对话,有关死亡的对话。而《灯蛾》是一则寓言,几乎是《合葬》的前奏,或者是另一个"他者"在死亡中看见的现实。无论怎样,"他者"已成为朱朱诗歌内部的某种多棱镜,它将无数个不同的复调的朱朱映照出来,形成一座痉挛的朱朱园林。

四

事实上,在朱朱的诗中也直接写到了痉挛:

它的后院有一口彻夜涨潮的井
井沿在痉挛中瘫痪……
　　　——《小镇》

她会剥开我的脸寻找可以关闭我眼睑和耳朵的机关,
用力地甩打我的内脏
令这些在痉挛中缩短……
　　　——《清河县·威信》

空洞,一个政体时常在返暖中
变湿的核心……
……
直至痉挛着破碎,以你的全部
进入到春潮的合唱……
　　　——《信号》

这样的直接性并不是朱朱刻意的理解,而是一种相遇。写作不仅仅是相遇,更多的是一种与相遇有关的身体、精神、灵魂、意念的抖动,一种对相遇的"灰色地带"的介入,实际上就是痉挛的介入。直接介入的痉挛力量到底源于哪里?这种追问显然带有强烈的血缘指认的程度,对朱朱而言,这仅是一个预设,一个明显带有自我意识与自我放置的欲求,而这种欲求如果真的直接被观照,我们就会发现一种显影式的最终结果:其园林的"灵"性正是痉挛的"空"性所致。

"空",因其"非有"而无限,因其"放下"而自在,"夜静春山空"不是没有,而是"非有",是对精神之无限自在的一种理解和感悟,人生惶惶,如果全部寄托于痉挛之中,何其惨烈。因此,朱朱借助园林的"灵",试图让这种痉挛的力量"空"掉,无疑是一种对人生的质疑

与反驳,它立刻将细碎的一切推至无限广大的宇宙中,朱朱正是在这种细碎与广大的极度张力中卸掉那些明晃晃的现实的:

夜晚如此漫长,空如填不满的深渊
熄灯之后,心中也不再升起亮若星辰的悬念。
——《故事》

由此,"空"作为一种境界既是园林理想的根基,也是痉挛状态的升华。当"空"被具体化的时候,就成为无所不能的消融力。"雪下三天,整个杭州府遁入空门。"(《再记湖心亭》)实际上使杭州遁入空门的不是"雪",而是被雪湮没的"无限性"。"空门"也就不再成为具体的事物,而转化为一种精神的栖息之所。所以,朱朱不自觉地又回到了众多先贤早已参透的人生道路上来了。《江南共和国》中痉挛的一切已经被预设的"空"戳碎,而朱朱仍在碎屑中寻找细节,寻找逝去的事实,似乎只有寻找本身,才能参透"空"的真义。

"虚无"是西方精神修辞中极为重要的表述,它像一个黑洞不断地揭示出生命的真谛,让人恐惧寒冷,拒斥"虚无"无论在思想里还是肉身中都已经成为一种潜能。而从东方思维的角度看,它就转化为"虚空"甚至就是"空""虚无"令人害怕,有极端性,而"虚空"或"空"却并不让人恐惧,东方精神的"空"的理念实际上调和或化和了"虚无"的极端性,是将生命本体也纳入它的无限性之中,因此,"虚空"反而能让人从更宏大的视角认识卑微的生命个体,并融入其中。所以朱朱在《爬墙虎》中写道:"即使步入了虚空,也会变成一堆螺旋形的盾牌。"他仍有力量对抗"虚空",并最终进入它。

而《皮箱》的结尾更清晰地描述了这样的事实:

我触碰这簧片,
打开箱子就像打开一个真空,

我啜泣在这个爱的真空,
除了它,没有一种爱不是可怕的虚设。

朱朱更完美地给出了答案,"真空"之"爱"超越所有即时的具体的爱,实际上那些即时的具体的爱是一种虚设或者就是虚无,只有把它掷入虚空的浩渺中去,才真正理解我们的生命与世界。也许那种浩渺就在你的皮箱当中。而那只有着"坚硬外壳"的皮箱正是朱朱的园林的再次隐喻,是朱朱对人生"空""灵"的感悟与探知,因此痉挛的"空性"与园林的"灵性"构建了朱朱诗歌独特的表述方式。∎

寻找话语的森林　朱朱研究集

一

　　江南好，好得不得了，尤其在文学艺术的造设与写意中。就我视野所及，最早对当代江南诗歌大加推崇的重要文章，来自柏桦。在为《夜航船——江南七家诗选》作序时，他将此前在学术期刊上发表过的几篇诗人专论，整合为一篇洋洋洒洒纵谈古今的《论江南的诗歌风水及夜航七人》（以下简称《论江南》）。文中，柏桦以"信念"之笃定道出了这样的观点："中国的诗歌风水或中国诗歌气象不仅已经转移到江南，而且某种伟大的东西就要呼之欲出……再说穿了：诗歌正宗的地位在江南。"虽然柏桦是个优秀的诗人，也是很有眼光的诗歌读者，但他这番话落入了"立言者骛高"的夸张之境，令人难以信服。

　　初读这篇序言，我就对柏桦以"风水"或"诗歌风水"来立论颇不以为然。哪怕引用日本学者、辅以文学地理学思想，那也仍然是一套玄虚无稽的理论，借以讨论文学问题就更荒谬了。一开篇，作者就"简要勾勒"了所谓"中国当代诗歌风水（或气脉）运行图"：先是北京今天派诗人英气勃发地登场，随后被四川诗人以巫气取而代之，接下来诗歌风水又往东移，来到了充满灵气的江南。柏桦言之凿凿，仿佛真有一种诗歌风水在华夏大地上依照特定线路顺序运行着，唉函启化其所到之处的诗人。《望气的人》是一首好诗，但这并不意味着它的作者就是诗歌风水大师。

柏桦谈到景遐东的《江南文化与唐代文学研究》使他受益良多。确实,景遐东在该书第五章至第八章拈出诗文酒会、漫游隐逸、吴语方言、江南佳丽四个具有代表性的江南文化现象,详细分析它们与唐代文学创作的重要关系;而《论江南》除了用"流水江南"取代江南佳丽,其第二节至第四节分别为"诗酒文会""隐逸与漫游""吴声之美",看得出,柏桦基本沿用了景遐东的文化现象学的诗学方式,却没有考虑今古之间巨大的社会现实及人文差异,在他的论述中,当代江南诗人仿佛依然置身于古典情境当中,一仍其旧。

之所以要跟唐代江南诗歌文化进行衔接和类比,我猜想,盖因唐诗乃中国诗歌高峰,要说明当代江南诗歌之"伟大"及"诗歌正宗的地位在江南",援唐以证今是个好办法。不过柏桦应该知道,景遐东的著作侧重于中晚唐,即安史之乱导致文化中心南移之后的诗文创作状况;而一个文学史的常识是,盛唐诗才代表唐诗的最高成就,初盛唐时期的杰出诗人正是通过对南朝(江南)诗歌充满自觉的纠正、反对、疏离、差异、超越,才创造出中国诗歌史上最辉煌的一段时期。

在中西方历史上,文学的"南北论"都由来已久。《论江南》提到了持地理环境决定论的法国文艺理论家丹纳,丹纳又是继承了斯达尔夫人的观点。后者在《论文学》中提出:"存在着两种完全不同的文学,一种来自南方,一种源出北方……北方的诗歌是想象的,令人沉思的、崇高伟大的诗歌;南方诗歌则是情绪的,追忆欢乐、耽于安逸的诗歌。"从这段描述中不难发现,南北诗歌在斯达尔夫人心目中孰重孰轻。中国人谈起南北文学的不同,与斯达尔夫人有相合之处,简单地说,中国的南北差异被描述为"南文北质"。不过无论汉代或隋唐,大体上虽有南北之分,却无高下之别。譬如魏征在《隋书·文学传序》有一段屡被征引的经典论述:

江左官商发越,贵于清绮,河朔词义贞刚,重乎气质。气质则理胜其词,清绮则文过其意。理深者便于时用,文华者宜于咏歌。此其南北词人得失之大较也。若能掇彼清音,简兹累句,各去所短,合其两长,则文质斌斌,尽善尽美矣。

魏征指出了南北差异，但并没有强分优劣，而是提出了一种符合儒家诗教的调和论调。这大概也是帝国辽阔又有北狄血统的李唐王朝的国家文化意识形态，可以说，它与诗歌的盛唐气象有十分密切的关系。在这个意义上，虽然柏桦类比唐代，但唐人的"江南观"其实与他相去甚远，他们是不会认同"诗歌正宗的地位在江南"的。那么，什么时候"南优北劣"成了一种主导性的文化意识形态呢？

南宋以降，南北差异被赋予了高下优劣的价值差品，这背后是"夷夏之辨"的种族论，而且是一种建立在绝对排斥与通盘否定基础上的种族论，与唐人的观念完全不同。杨念群在《何处是"江南"？》一书中深刻指出："把'文质'之别和'夷夏观'合而观之的做法大致起源于宋代，至晚明则有所强化，并波及近代的文人文论。"柏桦所引刘师培、梁启超等人言论，不脱这套话语政治的窠臼。譬如柏桦引了《刘师培论学论政文集》"南方之文，亦与北方迥别"那段，但同一本书里，刘还多次述及"金元宅夏，文藻黯然""及女真构祸，北学式微，而程门弟子传道南归"。耐人寻味的是，柏桦标举"伟大的江南"，其背后同样隐隐有着"新夷夏之辨"的意向，只是这"夷"指向欧风美雨之西夷。

21世纪以来，柏桦极力倡导新诗的"汉风之美"，《论江南》如此品评杨键的《故乡》："此诗一缕端然的忧色，合了我华夏一贯的'温柔敦厚'的诗教，没有惨烈的悲音。后两行尤其重要，全凭这两行的中国意象使这首诗脱离某种西洋的影响之嫌，恕我直言，此诗如没有后两行的汉风或江南走向，我会说它是曼德尔斯塔姆式的内心充满奇异强力或隐秘情结的俄罗斯诗歌。这首诗的成功之处就在于……最后是拥有了一个非常明确的汉族意识形态背景。"《故乡》结尾两行在文风句法上与前面部分并无太大不同，仅仅写到"镇河的小兽"和"天心楼"；不是说书写了传统中国特有的意象就是"汉风或江南走向"，而是在该诗的语境下，"镇河"与"天心"传达出类似"中学为体"的意味。

在安土重迁、耕读传家的传统农业社会，地理环境之于文学的"塑造"作用显而易见，但也不宜过分夸大，更不应上纲到环境决定论的地步。袁行霈研究"中国文学的地域性与文学家的地理分布"问题时指出:"中国文学一个时期地域性相当突出,另一个时期地域性又淡化下去而融入文学的民族特色之中,并为民族特色增加新的成分,这可以说是中国文学发展的一条规律。"(《中国文学概论》)中国历史上的大诗人大都漂泊多地,其诗歌风格与成就很难归功于某一地域文化;且环境说到底是一种被动的资源及潜移默化的影响,文学却是一种主动的选择和创造,别有复杂微妙的内外机制。就拿清初文坛来说,并非一些江浙汉族文人,而是主要成长、生活于北京的旗人纳兰容若和曹雪芹,创作了最杰出最具江南风范的诗词与江南世情小说。

而进入更具"飞散""游牧"特征的现代世界之后,那种家园神话,那种一元论的文学地理学主张,往往会犯刻舟求剑、张冠李戴的错误。20 世纪 30 年代有"京派""海派"之争,但就像钱锺书揶揄的那样,"京派"文人差不多都是江浙人。当然,文体与风格的历史流变、某种文学艺术流派的形成、作品的文化肌理,往往与地域因素有关,因此从文艺地域学的角度来研究文学,只要对象选取得当,把握好话语分寸,什么时候都不失为一种有效的方法。比如,20 世纪 20 年代中后期,夏丏尊、丰子恺、朱自清,及后来加入的俞平伯等人聚在浙江上虞的春晖中学,或任教或讲学,工作之余在学校附近的白马湖畔诗酒唱酬、品书论画,史称"白马湖作家群"。这些作家都是江南籍,成长于江南文化世家、书香门第,又置身于典型的江南风光,并有意效仿先贤雅趣,因此从江南文化的角度对其进行研究和阐释显然是妥当的。

余夏云说:"同柏桦此刻正在进行的'当代江南汉诗研究'一样,《水绘仙侣》一诗是题赠给伟大之江南的。"(《挽留与招魂》)据此我觉得柏桦研究品评"夜航七子",似乎也是在回应自己的创作关切,甚至等于阐释自身。《水绘仙侣》是柏桦停笔十年后的大制作,取材于冒辟疆和董小宛的爱情故事,以古典的江南岁月为主题。柏桦不是江南人,但此诗具有典型的江南风格,更以九十九条注释的写法体现了某种"江南范式"。

所谓"江南范式",我理解,是不那么"朝向实事本身"的,总是把一切都变成曼妙的文化现象,然后再迂回地把握它;那些词与物的光影、流年、情绪,全都是审美意义上的旧物,因有其太精彩的原型、定式、典出、故事,写作似乎只能是对此的呼应、流连、追怀与改写,一种呵护与调情般的互文。所以江南诗人总显得很有文化感，也总是将这种文化感情调化，万物皆旧时风月。就像台上的戏子，那么美，那么顾盼生情，却是被世代相传的剧本所导演，脱不了拿捏之态。杰出的江南诗人，有能力把文化活成他们生命的光晕，让两者冥合圆显而不隔，并且享受文化的同时，也总是在追问它——以一种幽深或悲凉的生命意识。绝佳处，唯有一江春水的生命，向我们心坎流去。

二

并没有被《夜航船》所载的江南诗人朱朱，成长于扬州后定居南京，近年来又移居北京，他的《我想起这是纳兰容若的城市》也属于这种"江南范式"的写法，虽是写北京，却饱含江南文化的丰富意味。

诗的标题称"纳兰容若"而非"纳兰性（成）德"，我想朱朱有他的考虑，"容若"二字的确更能彰显其人婉约的诗风。由于多次随康熙帝出巡或奉旨出使，纳兰写过不少动人的边塞词。中国的边塞诗是胡汉民族漫长的历史对峙的产物，不过众多边塞诗人或许不曾意识到，他们有心拿"夷夏之防"，拿民族仇恨、杀敌报国做文章，却无意中实现了胡汉合流的诗意。一种敌意的文学，竟然成为不同文化交流融合的赞美诗，其中的奥妙令人深思。总的来说，边塞诗追求雄浑豪迈的英雄气概，以及有责于天下苍生的悲悯情怀，即使写到思乡与相思，也是为了让那种英雄主义精神更加动人。而纳兰以其儿女情长的婉约将边塞诗带到了一个新境界、新高度，我曾在《边塞诗》中写道："惟纳兰边塞，／相思远筑一片孤城。"更耐人寻味的是，他还是一个胡人，一个拥有江南灵魂的胡人。

《我想起这是纳兰容若的城市》想象了两个场景，一是纳兰"远行到关山"，二是"寻常岁月的京城"。对于前者朱朱这样写道：

即便他远行到关山，也不是为了战斗，
而是为了将辽阔和苍凉
带回我们的诗歌。当他的笔尖

因为吮吸了夜晚的冰河而陷入停顿,
号角声中士兵们正从千万顶帐篷
吹灭灯盏。在灵魂那无尽的三更天,
任何地方都不是故乡。

"关山""冰河""号角"都是典型的边塞诗意象。"吮吸了夜晚的冰河"是对纳兰《饮水词》的巧妙用典,也让人想到陆游"铁马冰河入梦来""万里冰河歇壮心"之类的诗句。末二句写出了一种无乡的乡愁。一方面纳兰的边塞词处处有乡愁,但他的故乡在哪里?蒙古?东北?北京?江南?可能都是或都不是。另一方面这种漂泊感作为一种残酷的现代处境的诗意,也是朱朱借纳兰的面具来抒发自身的感受。而在"寻常岁月的京城":

成排的琉璃瓦黯淡于煤灰,
旗杆被来自海上的风阵阵摇撼;
他宅邸的门对着潭水,墙内
珍藏一座江南的庭院,檐头的雨
带烟,垂下飘闪的珠帘,映现
这个字与字之间入定的僧侣,
这个从圆月开始一生的人,
永远在追问最初的、动人的一瞥。

关山辽阔苍凉,京城则是黯淡的。相同之处在于两地均意味着漂泊感,在京城,它是被"海上的风阵阵摇撼"出的。"珍藏一座江南的庭院"云云,大概因为纳兰写过十余首《梦江南》,反复抒发他对江南风物魂牵梦萦的感受;当然纳兰家宅也确是江南风格,他曾在《渌水亭宴集诗序》中介绍说"予家……墙依秀堞,云影周遭;门俯银塘,烟波晃漾",正如朱朱所写。无论"门对潭水""檐头的雨""雨带烟",还是"垂下的珠帘",都是江南词人笔下常见的意象,其背后有太多销魂的名句,因为一代代诗人都在重写这些意象,以此构成和前辈诗人的对话,江南文化的经典意象由此生成。现在,一名当代诗人加入了这重写的队列之中。结尾三句,十分精彩,从对古典的频频挪用中跳脱出来了。

首先这是对纳兰短暂一生的诗性总结。称纳兰为"僧侣",盖因其名"性德"乃佛教术语,与"修德"相对,指本性具有之德;其字"容若"也被认为是佛教名词"容有释"与"般若"之合语,前者指正义之外所容认的旁义,后者指洞悉和超越尘世的智慧,而其号"楞伽山人"也取自佛典。可以说,纳兰的名、字、号皆蕴含着与佛教精义有关的精神旨趣与追求。纳兰出生于顺治十一年腊月十二,大致可以说是"从圆月开始一生"。不过"僧侣""满月"的象征义更为重要。纳兰一生作诗填词,沉静而冥心刻骨,字字珠玑,恰如一名在"字与字之间入定的僧侣";"满月"则象征了唯美的风格,以及趋向完美的写作意向。而纳兰的诗歌姿势永远是朝向过去的,不断地追忆前尘往事,不停地追问宇宙人生。

其次这是朱朱借纳兰言志。标题"我想起这是纳兰容若的城市"已暗示,本诗可能不仅仅写纳兰,也是通过纳兰隐曲地书写自身。这个标题让我想到朱朱的好友、摄影艺术家洪磊的《我梦见》系列(如《我梦见了徽宗时代的池塘晚秋》)。该系列通过将自我代入古典传统的情境当中,营造出一种超现实的幻景,以此向传统致敬,与其对话,并使之发生错位,本诗的方式庶几近之。例如,那些边塞诗、婉约词的经典意象,都在化用时被朱朱改造成自己的话语风格。这些年,朱朱由于从事艺术批评及策展工作而寓居北京,对纳兰有了更深的认识和认同,像后者一样,朱朱的内心与诗中,亦珍藏着江南。正如纳兰有诸多著述但根本上是一名诗人,朱朱认为他的核心身份同样是一名苦心孤诣、字字经营的诗人,永远会像"最初"那样写诗,保持"追问"与"动人"的品质,指向销魂。他也希望他那不负初心的诗作,能像纳兰词一样因"动人"而"永远"。

最后,末尾三行由特殊而普遍,给出了一个涵盖古今中外诗人形象的"原型"。朱朱很擅长从各种诗人艺术家的命运中提炼典型形象,譬如"我们的一生 / 就是桃花源和它的敌人"(《小城》),便是当代中文诗人的写照。在本诗结尾,我们看到了一个沉静、坚定的字词修行者,一个追求完美的理想主义者,和一个痴心不改的有情人与追问者的形象。所有这些,组成了诗人。

我之所以认为朱朱是"江南诗人",不仅因为他常在诗中写到江南意象、江南经验,也不仅因为他刻意追求优美、精致、性灵、情色、逸乐等江南风格,抑或擅长"江南范式"的写法,更重要的,他是一个有着强烈的"江南认同"(胡晓明语)的诗人。文化认同理论主要用来描述文化共同体成员对于自己身份的理解、辨识与肯定,以及由此带来的文化心理结果;它最终指向对文化共同体在历史中所形成的最有意义的事物的肯定性体认,小到起居饮食,大到传统与信仰的守护。朱朱的"江南认同"似乎最鲜明地表现在那首《江南共和国》中。

这样一个国度显然是虚构的,是作者基于"江南认同"所创造的一个诗意的乌托邦。这个乌托邦同样具有国家诸要素。它有变动而又大致确定的地理边界,有灵秀的山川风物,有风流、惨痛的历史;美丽而不失风骨的诗性文化是其国家意识形态;古往今来,凡秉持"江南认同"态度的都是它的一分子,而柳如是则是其灵魂人物之一。

此诗取材于甲申之年(1644年)五月,面对南下的清兵,柳如是与兵部尚书阮大铖巡视江防的史实,而又赋予其现代意味的想象。像柳如是一样,"江南共和国"的日常生活是唯美而颓废的,但在重大历史关头又陡然挺起抗争的脊梁,因而结果总是非常惨烈,正如朱朱《潮打空城寂寞回》所描述的南京:"它的日常生活是一种优越的纵欲生活,节奏异常的舒缓,软弱,纸醉金迷,有着辉煌而忧郁的记忆;然而,面对占领时,它的姿态异常的暴烈,几乎渴望着献身。"尽管被反复毁灭,朱朱依然坚信这个国度可以一次次地重生——以一种不朽的诗意:

我相信每一次重创,每一次打击
都是过境的飓风,然后
还将是一枝桃花摇曳在晴朗的半空,
潭水倒映苍天,琵琶声传自深巷。

三

朱朱是典型的江南诗人，微妙的是，他的诗又反对江南，套用《小城》结尾，我们几乎可以说，朱朱的诗，就是"江南"和它的敌人。还是在《江南共和国》中，朱朱借柳如是之口道出了这一点：

而在我内心的深处还有
一层不敢明言的晦暗幻象
就像布伦城的妇女们期待破城的日子，
哦，腐朽糜烂的生活，它需要外部而来的重重一戳。

虽然都是涉及甲申之变、表现"江南认同"的诗篇，《水绘仙侣》与《江南共和国》还是有很大不同。柏桦的语言是古典味十足的白话文，为了营造原汁原味的"汉风之美"，宁可大段引用文言文，也不使用一个现代语汇、外来词或西洋意象（唯一的例外是"西洋布"，那是因为明朝已有进口布匹），他以这样的语言追摹冒辟疆的生活和精神世界，使我们仿佛回到了三百多年前的江南。朱朱却是用现代意识及现代汉语重构一个古典人物，使之亦古亦今，他甚至让柳如是超现实地提及"布伦城的妇女"，使她成为诗人抒发自身的面具。对于甲申之变，柏桦一副明末遗民的心态，"甲申之变，盗贼蜂起，／北方的铁骑就要踏破江南；／马嘶草暗，云惨尘飞"；而朱朱出于对江南的猛烈批判，竟然像它的敌人一样"期待破城"。

正如这首诗所隐喻的那样，朱朱在追求诗歌之"江南性"的同时，也从内部对此进行颠覆，在相反的向度上挺进着。譬如古今很多江南诗人都把诗写得风光旖旎、软玉温香，朱朱却在温柔乡式的写作中追求尖锐峻冷的风格，以及一种"震惊"的艺术效果。前者可用《我想起这是纳兰容若的城市》"笔尖吮吸夜晚的冰河"来形容，至于"震惊"，则体现在诸如"号角声中士兵们正从千万顶帐篷／吹灭灯盏"之类的诗句中。《时光的支流》抒写了一次邂逅，多年后跟青春期第一次亲吻爱抚过的那个女孩的邂逅。像这样的题材，想不浪漫不抒情都很难，这正是江南诗人的拿手好戏，该诗的结尾却是对此的解构："望着她漫上面颊的红晕，你甚至／不无邪恶地想到耽误在浪漫小说里的肺炎。"正如桑塔格在《疾病的隐喻》中指出的那样，18世纪以来，肺病已经和浪漫派紧紧联系在一起,被当成高雅及感性纤细发达的标志。朱朱在《吻火》中坦陈:"我并非否认存在着结核／浪漫(贵族)式的正负片相吻合的读法,实际上,我在少年时就曾沉迷在这样的阅读过程里;它在我的心理上营造出一种强烈得已经物化的现实,迄今仍然存留着,恰如艾吕雅的诗所言,只要无意中触动那个开关,这座结核／浪漫之花园就在眼前显现了。"《时光的支流》中,一次邂逅显然触动了那个开关,从而引发了浪漫回忆,然而结尾却"不无邪恶"地对浪漫主义因素进行嘲弄和清除——不再是肺病的浪漫化,而是浪漫主义被当成一种耽误和疾病。

朱朱的诗有其明媚圆润的"江南好"的一面,但也很尖锐,可谓绵里藏针。《时光的支流》写跟异性初次亲密接触,《地理教师》则涉及男孩性意识的觉醒。艳情与诱惑是江南诗人比较偏爱的主题,朱朱也不例外。《地理教师》中成熟性感的教师在讲授地理学的同时,也把"我们"引向另一片新大陆,以至于"随着她的指尖""一只粘着胶带的旧地球仪"也显得如此诱人;还有她讲述的知识:"火山"和"海沟""热带雨林""冷暖锋""交汇"形成的"云雨",无一不流露出色情意味。结尾写道:

在破船般反扣的小镇天空下,她就是
好望角,述说着落日、飞碟和时差。

"好望角"与上句的"船"意象有关,与地理教师身份有关,亦与男孩们好奇的张望及其对女性地理的发现有关。被她述说的"落日"喻指趋于消殒的成熟之美,"飞碟"意味着神秘感,"时差"主要指男孩和少妇的年龄差距,正如其《双城记》:"我将男孩和少妇之间永恒的时差／归之于香港。""好望角"提醒我们注意整首诗中显得尤其重要的尖锐意象,如"她的指尖""冷暖锋""V字领""尖兵",它们指向敏锐的少年心理和一种尖锐的风格意识。

这种尖锐的风格意识与一种自觉的批判性或者说"否定的美学"密切关联。也许受到艺术批评工作潜移默化的影响,《驶向另一颗星球》《枯草上的盐》这两本诗集中还很稀少的批判意识及以议论为诗的笔触,在朱朱近年来的诗作中日益增加。《佛罗伦萨》中,即使充分享受"无知地漫游在／它突然被恢复的匿名状态",批判之弦依然紧绷着:

> 我戚然于这种自矜,每当外族人
> 赞美我们古代的艺术却不忘监督
> 今天的中国人只应写政治的诗——
> 在他们的想象中,除了流血
> 我们不配像从前的艺术家追随美,
>
> 也不配有日常的沉醉与抒情;
> 在道德剧烈的痉挛中,在历史
> 那无尽的褶皱里,隔绝了
> 一个生命对自己的触摸,沦为
> 苦难的注脚,非人的殖民地。

江南诗人有能力把诗写得活色生香、精妙绝伦,用袁宏道称赞南朝诗集《玉台新咏》的话说,"锦绮交错,色色逼真"。这八个字也可移用作朱朱的评语。不过他没有停步于此,而是写出了一种色空辩证法的诗意,就像张桃洲所说,朱朱作品的"底色是浓郁的'空'与'无'"(《写一种神经质的魔术》)。翻开朱朱的诗集散文集,这种"空"与"无"的意味就像定音鼓一样,主导着诸多篇什,如《皮箱》的结尾:"我啜泣在这个爱的真空,／除了它,没有一种爱不是可怕的虚设",如《再记湖心亭》的开头:"那是1632年冬天,／雪下三天,整个杭州府遁入空门",等等。朱朱的色空辩证法之诗在写法上与一种"空城计"的技艺有关,"'空城计'里的这座城,确有某种密室的力量……然而,奇特的是,构造起它的一切要素都是反密室的"(朱朱《空城计》);论其深层原因则与朱朱对于世界的根本态度有关,他深深地迷恋着这个纤毫毕现的世界,用他那出色的描述能力贪婪地收集世界的美妙细节,但是他对宇宙人生又有种本体意义上的虚无感。

江南盛产抒情诗人,缘情而绮靡。曾几何时,朱朱也是一名纯粹的抒情诗人,一如他在《小阁楼之书》中所写:"我洁净,没有叙事的必要。"至迟从诗集《皮箱》开始,他改变了看法,最晚近的一部诗集甚至被命名为《故事》。朱朱并非追随当代诗的叙事风潮而改弦更张,因为在风潮弥漫的20世纪90年代,他坚持写"洁净"的抒情诗,而这股风潮过去之后的本世纪,他启动了故事诗创作。但是也不能说朱朱的转型与此风潮完全无关。在一个如此诡谲杂沓的时代写作,希望提升、扩展诗歌处理复杂经验的能力,这是20世纪90年代强调"叙事性"的诗人与迈向中年的朱朱共同的诗歌诉求;在这一点上,朱朱就像本雅明所说,出色的讲故事的人的共同特征是,可以在经验的梯子上自由地上下移动,梯子的一端深入地下,另一端耸入云霄。而朱朱并不认同叙事性诗歌那种"平静客观的态度",以及相对枯燥、琐碎的叙述话语对于趣味与激情的双重抑制。从《清河县》《鲁滨逊》《灯蛾》开始,他努力用诗歌的方式去讲一些"好的故事",就像鲁迅所说,"美丽、优雅、有趣,而且分明"。像这样的"故事",是诗,也是"文约而事丰"的小说。

作为叙事诗的一支,故事诗是以人物为中心有较完整故事情节的诗歌。"五四"以来最早提出这一概念的是胡适,他的《白话文学史》专门列了"故事诗的起来"一章。胡适认为"故事诗(Epic)在中国起来的很迟,这是世界文学史上一个很少见的现象……三百篇中如大雅之生民,如商颂之玄鸟,都是很可以做故事诗的题目,然而终于没有故事诗出来。可见古代的中国民族是一种朴实而不富于想象力的民族"。说中国先民缺乏想象力,这简直无视楚辞那种塑造瑰奇人神世界的南方文学传统。Epic主要指史诗,然而用韵语连篇累牍地讲故事,其实是一种比较笨拙的诗歌方式,汉民族没有史诗恰恰是诗歌文化更高级更发达的一个标志。胡适的文化自卑感完全没有道理,因为文化不甚发达的汉族周边地区,其实颇有类似西方史诗那样的作品。

应该指出,胡适所说的故事诗包含但远不限于史诗,判定"中国古代民族没有故事诗"之后他接着又说:

> 但小百姓是爱听故事又爱说故事的。他们不赋两京,不赋三都,他们有时歌唱爱情,有时发泄痛苦,但平时最爱说故事。孤儿行写一个孤儿的故事,上山采蘼芜写一家夫妇的故事,也许还算不

得纯粹的故事诗,也许只算是叙事的(Narrative)讽喻诗。但日出东南隅一类的诗,从头到尾只描写一个美貌女子的故事,全力贯注在说故事,纯然是一篇故事诗了。

在这里胡适对故事诗和叙事性诗歌进行了区分。

肯尼斯·伯克说"故事是人生的设备"。从远古至今,故事艺术一直是一种主导性的文化力量,不仅属于文人阶层,更根植于广大民间。朱朱对这一人生设备的喜爱最初来自他的祖父,"一种至深的眷恋在于童年的记忆——那时我……着迷于临睡前坐在桌边听祖父说书,他能够说整部的《三国演义》和《水浒传》,那是他幼时在上海一家鞋坊学徒时从书场听来的"(《空城计》),诗集《故事》中那首同名诗作便是献给这位擅长讲故事的老人的。故事才能和文学才华说到底是两码事,有许多大字不识几个的老人是故事大王,还有许多精彩的故事并非通过语言文字来讲述的。所以当朱朱转向故事诗写作时,就不仅是风格与写作方式的转变,还意味着一种更奇特的创作抱负。诗歌往往是独白,而故事是为了听众的讲述;诗歌可以是断片式的,故事必须有头有尾;诗歌风雅,故事通俗;诗歌本质上是朝向知音的艺术,越精妙的诗歌,越是朝向极少数"玄心洞见,妙赏深情"的读者,故事恰恰相反,希望为世人喜闻乐见,所谓"好的故事",就是值得讲并且世人也喜欢听的故事(如今叙事活动、叙事理论异常活跃发达,可"好的故事"却越来越少,耳濡目染皆是空洞、虚假、雷同、拙劣的故事会,充斥于各种媒介,套用"诗话兴而诗亡"的表述,似乎可以说"叙事兴而故事亡")。朱朱的故事诗,俨然是在几乎截然相反的两个方向上同时用力。

用诗歌的方式讲故事,会产生超越故事本身的诗意,譬如意象叙事的简约含蓄之美,以及"活的隐喻"为故事增添的额外魅力,等等。朱朱的妙喻一直为人称道,而在他近年的作品中,某些比喻句本身就构成了耐人寻味的故事,例如:"我脱下外套,走过'美国之音'大楼,/怔忡地凝视鸟群和苍白的平顶,/就像刚刚在我曾经热爱的老诗人家中,/结束了一场令人沮丧的谈话"(《华盛顿》),"而它本身常年处于阴影之中,只在午后的一个短促时段里,阳光会掠过,好像一位母亲来到孤儿院的栅栏边,默默地伫望着,然后转身离去"(《后院》)。

读一读老莎士比亚就知道了,人类的基本情感尤其爱与恨永远是故事的核心。在跟木朵谈论《皮箱》的子爱之情时朱朱说:"唯有爱是一种真正令人激动的节奏,一切可以作为动机,但只有爱能够引导你合上节拍,启动真正的激情和想象。"《月亮上的新泽西》与情爱有关,朱朱将"爱"字孤悬于句尾,在语境的支持下,仅用一字就"讲述了"一个爱情故事,而这首诗也是关于成长和重逢的故事,关于私情与公义的故事,关于时代的创伤与变迁的、祖国的故事:

> 我还悲哀于你错失了一场史诗般的变迁,
> 一个在现实中被颠倒的时间神话:
> 你在这里的每一年,
> 是我们在故乡度过的每一天。
> 傍晚,我回到皇后区的小旅馆里,
> 将外套搭在椅背上,眼前飘过
> 当年那个狂野的女孩,爱
> 自由胜过梅里美笔下的卡门,走在
> 游行的队列中,就像德拉克洛瓦画中的女神。
>
> ……记忆徒留风筝的线轴,
> 我知道我已经无法带你回家了,
> 甚至连祝福也显得多余。
> 无人赋予使命,深夜
> 我梦见自己一脚跨过太平洋,
> 重回烈火浓烟的疆场,
> 填放着弓弩,继续射杀那些毒太阳。

《文之悦》中,罗兰·巴特提出了一种涉及"悦"(Plaisir)/"醉"(Jouissance)辩证法的"后锋诗学"。悦之文是古典主义的,是一种汲取和守护传统的文化养生术,深深浸润于文化而不是与之背离,表现出优美、灵性、欣快的风格特征。醉之文则是激进的先锋做派，它破坏传统，动摇读者的文化心理定式，凿松他的固有观念和趣味，追求迷狂之极端。而巴特欣赏将两种文交织在一起的作家：他拥有既坚毅又迷失的主体，被撕裂两次的主体，双重反常的主体，既悦且醉，两者他均持有，呈同步而自相矛盾之状。我想说，以一种"江南"和它的敌人的方式进行写作的朱朱，不就是这样的作家吗？■

寻找话语的森林　朱朱研究集

一

在一次断断续续的交谈中,我从朱朱口中得知他在大学里学习法律,当我问及这一经验是否让他的诗歌受益时,他一口否认,这让这方面的谈话似乎无法进行下去。但他的回答也证实了我的另一个判断,他似乎是一个可以任由柏拉图将诗人赶出理想国而无动于衷的诗人。对于他来说,存在着一个由诗人自治的秘密国度,它甚至是一个全新的星球,正如他引用的乔治·塞菲里斯的话:

你的怀乡病已经创造出
一个并不存在的国家,以及它的
与地球和人类不相容的法律。

实际上,朱朱的散文集《晕眩》开篇即为被错过的法律课,一次被错过就永远被错过,只不过这一次诗人朱朱已不再作为学生,而是作为法律课的教师,在去上课的路上他要经过"一座观音庙,一座清真寺和一座天主教的圣·保罗堂""我骑自行车,很少的时候也搭乘巴士,在这一条绿色的街道上划过不为人察觉的弧线,宛如在一颗完美的天蓝色球体的面上徜徉,并始终距离球心一个不变的长度,我说不清为

一个唯美主义者的变形记
——论朱朱诗歌中感性的历史与伦理

王东东

什么会想到有这样一个幻觉的球体的存在,但它无疑增加了我心中隐秘的欢乐"。这一幻觉的球体同时是美学的球体,而且,对个体感觉的信仰取代了对于宗教的信仰,抑或说,三个具有宗教意义的地点被以一种美学的方式排列出来,它们被排列在一起的另一可能是在旅游手册里。而在美学的畅想过程中,法律课实际上被无限延宕了,他的诗歌思想无法与真正的法律思想联系起来,更不可能形成人们在回忆中召唤出来的属于80年代的法律诗歌。[1]在很长一段时间里,朱朱似乎无法使法律思想或正义观念成为他诗性感受的一部分,在某种程度上,这也是一个唯美主义者有意的选择,他的诗歌思想仍然倾向于保留被柏拉图定义为迷狂的部分。

> 一个人将畏惧他单独汇合上帝
> ——《自由赋格曲》(1991年)

> 月亮里肯定有让每天变得更美的耐心,
> 照向我们对死亡的逐渐倾斜。
> ——《湖上》(1997年)

这是抒情主体消融于更高事物秩序的时刻,要么是死亡,要么是上帝,但首先,必须经过漫长的等待才能顿悟显灵,获得最终的启示,通常是这种精神启示构成了一首诗中最为紧张的美感核心。这是语言的道成肉身,同时也是感知的扩大,而在一首诗中体现为一个对主题的寻找过程,《自由赋格曲》和《湖上》都是如此。而当顿悟显灵不够彻底,抑或按照柏拉图的说法,从神那里得到的灵感——神的流溢不够强烈时,就会呈现出逐渐从现实进入幻想的一幅幅感性的图画,犹如摄影机偶尔捕捉到幽灵,与之相伴随的是抒情主体的欲言又止和犹豫不决。片段和瞬间的作用大过了整体和永恒,这样我们也可理解,为何朱朱的早期诗歌擅长情感(只是氛围)和风景(只是拟态)的白描,它们以一种缺乏逻辑的方式并列在一起,甚至一股脑儿地铺叙出

---

(1) 尹丽:《"政法派诗歌":法律诗歌与80年代》,见http://zgshige.com/c/2016-11-10/2044019.shtml。

来。在极端的时候,如在《雨中》(1992年)、《即兴》(1994年)、《舞会》(1998年)中,我们只能听到类似画外音一般的心理质询和独白:

凉廊上,
雨具滴着水,
渍迹像阴影覆盖了白昼,
但现在还不需要灯。

这会儿他们还不会走过来
取自己的围巾和呢帽,
或者围绕一只缩起了脖子的鹦鹉,
听它那亡友的口音,

太阳从云层里投下
某一只陶罐上的釉彩:
它也在音乐里漂浮,
像一层厚厚的脂肪。
——《舞会》

朱朱的这些诗行,容易让人想到印象主义的画,而有关太阳和鹦鹉的两三个奇喻,也不过是进一步地起到了将音乐、绘画和诗歌这些不同的艺术形式混合或混淆的作用。而这种混合与混淆,起源于对事物的变形,以及一种兰波式的"打乱一切感官",但却在可接受的范围内。这是感性对事物的塑形,是事物在人类感官中的继续存在,正如德勒兹所说:"由于本身自我保存的被创造物是自动设定的,事物从而独立于创作者。不论事物还是艺术品,自我保存的那个东西是一个感觉的聚块(bloc de sensations),也就是说,一个感知物和感受的组合体。"[1]它们不仅独立于世界甚至独立于诗人的感觉,而形成了独特的感性的存在,只不过在此时,它更为注重精神性而忽略了历史性。

---

(1) [法]德勒兹、迦塔利:《什么是哲学?》(张祖建译),湖南文艺出版社,2007年版,第434页。

不,我不愿讲述一个传奇,

它枯燥像一部现代影片,女教师们,

请教我如何写水晶的诗,

诗是诗的主题,

写一种神经质的魔术,它撑起你们圣诗上的穹窿,

我要得到你们的办法,

能够有一次超尘世的凝视。

——《更高的目标》(1998年)

但实际上,这仍然是一个现代主义精神的传奇,诗人的最高目标是通过顿悟显灵,获得一次超尘世的凝视,正如马塞尔·雷蒙所说:"如何能肯定诗人没有在一刹那间悟到一种共同的本质、一种神奇的同一性?"而"一种不可抵抗的冲动促使他去获得一种原始的状态,在这种状态中,个人的灵魂摆脱了限制,在一种神秘的陶醉中从宇宙里恢复了它的力量"。[1]也只有如此,才能实现波德莱尔的预言,将现代性由艺术的一半也就是过渡、短暂和偶然提升到另一半的永恒和不变。[2]通过超尘世的凝视,也就是灵视,使现代事物重新获得只有在神话中才会具有的灵晕。它们不仅需要人的目光的凝视,也需要神的目光的凝视。但在大多数时候,神的目光是阙如的,人的目光只有偶尔才会被提升到前者的水平,于是在神的目光的烧灼之后,剩下的仍然是回到人的目光,但那些词语仍然是拜神所赐:

整理全部的信札,

一个名词当初澄清过痛苦。

——《八公里》(1991年)

顿悟的后果,是与日常生活等同,达到一种情感的澄明状态。因而也可以重新回到现代事物本身,而且对它的秩序具有一种洞察力:

---

(1) [法]乔治·布莱:《批评意识》(郭宏安译),第108页,百花洲文艺出版社1993年版。
(2) 参见[法]波德莱尔《波德莱尔美学论文选》(郭宏安译),人民文学出版社,2008年版,第439—449页。

熨好的裤子像宪法，无可挑剔。
　　　　——《克制的，太克制的》（1995年）

虽然朱朱竭力避免法律对他的影响，但他还是发觉它对日常生活无所不在的影响，那些事物就像律条一样被摆放得井井有条。而且，并非偶然的是，诗行的排列，竟然也像法律律条。这也许意味着朱朱终将从另外一个角度完成对法律和正义观念的"反证"，正如他在去上法律课的途中耽于一种虚构的审美秩序。我们必须要说明的是，如果按照柏拉图的说法，正义是指让事物是其所是，那么诗人并未违反柏拉图的要求，而只是让事物加倍呈现出来：

仿佛少女的胸和背部同时转过来。
　　　　——《小镇的音乐会》

而当他意识到这一点，也就经历了一次灵感迸发的启示或顿悟显灵，一次来自神的幸福的流溢，而他也终将被神裹挟而去，成为神的反面、反证和对立面，因为凡是被神触及的人再也无法波澜不惊地返回到人的水平：

我知道我是一个魔鬼，现在清晰的幸福使我绝望。
　　　　——《最后一个游戏的终结》

二

朱朱的早期诗歌来源颇为神秘，在精神和风格两方面都是如此，但同时也难以辨认，直到《皮箱》的出现朱朱才触及历史性，虽然仍是感性的历史。《皮箱》中出自《金瓶梅》的叙述框架只不过提供了一个场所，朱朱可以在其中探究令他着迷的感性生活，因而首先这一历史性显然是借来的历史性。"通过长期克制的工作和艰辛的锤炼，他有些幸运地搭上一趟延迟的班轮。"(1)与其说朱朱搭上了20世纪90年代诗歌叙事潮流的班轮,不如说他是通过一种借来的历史性完成了对于诗性的升华和人性的回归,他重新让叙述成为抒情以及人类的情感和精神戏剧得以发生的场所,或许正如刘立杆所说,"也将过去倚重的想象力对现实的重组,历史境遇的多重折射,巧妙地置换成对于人性的复杂性与相对性的自我理解"(2)。但以前他更为关注感觉的精神性,现在才真正触及感觉的历史性。

从《皮箱》开始,朱朱诗中感知——抒情主体的声音变得多元而又混杂,它们相互映射,构成了抒情声音的戏剧,多声部的交响。简言之,他在诗中拥有不同化身。这一组诗中唯独《郓哥,快跑》更像诗人自己的声音:

我们密切地关注他的奔跑,
就像观看一长串镜头的闪回。
我们是守口如瓶的茶肆,我们是
来不及将结局告知他的观众;
他的奔跑有一种断了头的激情。

而其他各章中的感知主体,正如"称谓'我'在各诗中的对位表"所示,则分别是西门庆、武大郎、武松、王婆、陈经济。朱朱选取一部世俗意味最浓的小说作为改写的对象不无理由,他要通过对世情的观察感知到生活的命运,并借以拥有时间本身的视力。很快,他将在这一借来的历史镜像中再次回归当代生活。而只有在当代生活中看到历史,朱朱才能真正捕捉到感性的历史,借来的历史性将变成从当代生长出来的历史性,抑或说原生的历史性。在这个意义上,饱受赞誉的《江南共和国》仍然延续了一个唯美主义者的思路,他仍然在寻求一种本雅明意义上的震惊体验:

---

(1) 刘立杆:《岬角》,《飞地》第8辑。
(2) 同上。

而在我内心的深处还有
一层不敢明言的晦暗幻象
就像布伦城的妇女们期待破城的日子,
哦,腐朽糜烂的生活,它需要外部而来的重重一戳。

对于朱朱来说,就像对于本雅明来说,某种意义上的弗洛伊德具有一定的真理性,虽然这个真理性更多在比喻意义上成立,意识和无意识也不过类似于历史的表层和内里。真正的问题在于,深植于无意识内里的创伤和表层的快乐之情彼此维系,这一双重属性,共同构成了个人生活和历史生活中的事件之本质。弗洛伊德是黑暗的,但又是明亮甚至快乐的。朱朱有关旅行的两首诗恰好揭示了事件的双重属性。

我在这个瞬间想起东欧,尤其是那些与我们的制度有所拴系的国度——柱子倒塌,绳子断裂,受惊的马儿跑到了外边。她警惕地在这里张望,汉语对于她就是一片蛮荒。
——《速写簿》之九《站台》

在巴黎这座堪与我祖先的宅第相媲美的地方(它是眼前纹丝不动的实物,无法不让人动容),在一个如此友爱而妩媚的女性面前,我像一头童话里被巫婆施咒而从王子变成的野兽,会产生一种对于修养而非对于肉体的、奇特的情欲……
——《邂逅》

为何会有截然不同的两种感受?难道只是因为《站台》中的外国女子,"那张脸真是太凄惨",而《邂逅》中的女子却主动为陌生人引路,让陌生人记起汉语诗人的高贵血统?虽然,"我负气磨灭自己血液里的优雅气息,有意以鲁莽而蔑视的目光看待全世界"。实际上,汉语的蛮荒并不属于无名的外国女子,而是属于汉语诗人自己。如果说,《站台》指向了东方历史的创伤,那么,《邂逅》则有意回溯了它可能的甜蜜。问题是,它怎么就堕落成了蛮荒?要回到历史的甜蜜,又需要怎样的优雅气息和修养?而这种品质不仅属于个人也属于历史。对于个人来说，它主要依赖于一种旨在温柔敦厚的美学修炼。为了这一修炼，朱朱有时选择了回避历史创伤，回避来自历史的压力：

> 我来欧洲并非为了温习有关黑暗的功课，
> 黑暗在我的国家足够丰盛，而且不像
> 布鲁日，仅仅作为一扇历史的橱窗——
> ——《寄自布鲁日》

外邦城市有沦为感性碎片的危险。朱朱仍然着眼于阴柔的美学，而自觉间离了阳刚的政治：

> 我戚然于这种自矜，每当外族人
> 赞美我们古代的艺术却不忘监督
> 今天的中国人只应写政治的诗——
> 在他们的想象中，除了流血
> 我们不配像从前的艺术家追随美，
>
> 也不配有日常的沉醉与抒情；
> 在道德剧烈的痉挛中，在历史
> 那无尽的褶皱里，隔绝了
> 一个生命对自己的触摸，沦为
> 苦难的注脚，非人的殖民地。
> ——《佛罗伦萨》

朱朱有一段与之几乎等值的散文说："我并非刻意回避政治化与现实，只是不愿意就此成为一头被贴上标签的政治动物……所有我想表达的东西都包含在那些写出的作品之中，听众们应该从那里去了解一个生命的历程；但是，致力于传达某种难以言传的美和忧伤，冥想或质疑语言的本质，揭示现实的空幻，在他们看来俨然是我们的古代之事。"（《诗人之春》，2004年）。或许这样的辩驳不无道理，但也许，后来的朱朱会充满勇气地反问，难道我们不应该同时拥有古代和现代吗？朱朱不习惯直接表达政治或对政治发言，但他找到了让诗歌不断生长的办法，让历史成为诗歌的种子。而他直接切入现代个体生活的诗，《蝴蝶泉》《记一个街区》《冬日河滩——致向京》，要比那些从古人借来材料的诗，《海岛》《再记湖心亭》《江南共和国》，更具有震撼人心的力量。朱朱的系列旅行诗中最为动人的是《圣索沃诺岛小夜曲》，这是因为他将一代人记忆中的创伤事件铺展在异域的日常生活中，并试图抚平它——

  告诉我，经历了重创之后
  揉皱的心能否重新舒展为帆？

而

  六月是一道永远会发炎的伤口
  即使远在威尼斯，我也能
  嗅到那份暴力的腥臭
  尾随着海风涌来……

这几乎是一首伟大的诗。这首诗中还提出了另一个问题：

  当火山已沉寂，空气中不再有怒吼，
  难道阳台上的一盆花，客厅里的扶手椅，
  天花板上波光造就的湿壁画，
  不就是我们还能拥有的全部的家？

这里仍为我们保留了历史生活中甜蜜的部分，那属于日常生活的幸福，比较一下《欧洲深处》的结尾：

  这条街如同一台老式的单筒望远镜，这座咖啡馆如同它的镜头，我透过这里看见欧洲的最深处，一种微观的、世代不移的日常面目，一个在神话、梦想、奇迹背面的原型。
    ——《欧洲深处》

保卫日常生活也就是保卫生命。在这里，我们可以发现历史对于生命的敌意，历史精神应该产生于生命对历史的观照，而非历史对生命的无视。在此意义上，历史精神不等同于历史事件，尤其不应由历史事件来决定历史精神。除了哀伤，历史精神中还有欢乐。《欧洲深处》的这个结尾清楚明白，确凿一如：

熨好的裤子像宪法，无可挑剔。
——《克制的，太克制的》（1995年）

朱朱宁愿沉浸于这样的错觉之中，日常生活既是历史的开端也是历史的结尾。只有在试图绕过历史创伤的意义上，才能充分理解朱朱的如下诗行：

噢，过路人，你是幸运的，即使
在别处你已经像一个输得精光的赌徒，
在这里你获得了永生般的小憩。
——《小镇》

它们来自同一个被遣散的家园，
穿过落日的针孔，遍野而来，
要求我成为一座收容所，一只未来的漂流瓶。
——《内陆》

《小镇》刻画了一个幸福的生活场景，《内陆》则竭力将伤害的风景纳入现在的怀抱，并试图使之在未来获得拯救，但它们同时都触及了现在这一时间点以及现代这一命题，正如本雅明所说："现代作为救世主时代的典范，以一种高度的省略包容了整个人类历史，它同人类在宇宙中的身量恰好一致。"对于个体来说，现代也就是时间的顶点，是无比宝贵的当下时刻，而"时间的分分秒秒都可能是弥赛亚

(Messiah)侧身步入的门洞"。[1]它构成了尼采所谓的"治疗历史的弊病和过量的历史的神奇草药""历史的解药是那些'非历史'和'超历史'的东西"[2]。应该承认,弥赛亚到来的救赎时刻也是艺术之神降临的时刻,或许可以说,缪斯的工作方式和弥赛亚相同。也正由于此,生命才最终战胜了历史。对于《小镇》中的过路人来说,这是一个福至心灵的时刻,而《内陆》中的抒情主体则满怀期待,看到了未来和历史都将在现在相聚。

正是在朱朱的原生经验中,感觉的精神性与历史性终于融合在了一起。这并非只是一个阐释学循环(Hermeneutic Circle)的问题,而是有着真实的诗学内容及其序列,在最初的时候,朱朱的诗性经验毋宁说是缺乏历史性的,而呈现为一种形式的精神性,只有在真正拥抱了历史之后,才可以说构成了内容的精神性。对于朱朱来说,那个借来的历史才可能与原生的历史相互映照,通过审美的救赎力量,构成一种超越且观照历史创伤的历史精神,并再一次回溯到神和灵感流溢的时刻。这一精神上的回溯,在朱朱这里经常以回忆的形式得以表现,另外,虽然我们也知道:"回忆在艺术当中很少起作用(连普鲁斯特也不例外)。不错,凡是艺术作品都是一座纪念碑,可是这里所说的纪念碑并非用于缅怀旧事,而是一个现时的感觉的聚块,其得以存留下来仅凭感觉,而且赋予事件一个赞美它的组合体。纪念碑所做的事情不是回忆,是虚构。我们并不是在利用对于童年的回忆从事写作,而是借助童年的聚块,及现时的童年的渐变(devenirs-enfant)。"[3]无论是感觉的历史性还是感觉的精神性,它们之所以成立,都建基于感觉的聚块以及不同聚块之间的关系。组诗《七岁》是对童年的回忆、再塑或渐变,但被放在了《故事》的最后,这让我们意识到,《故事》的雄心是想让我们成为历史的一部分,《故事》的命名本身即意味着——让我们成为历史。朱朱未来也许能有勇气说:"我同时拥有了古代和现代。"

---

(1) 汉娜·阿伦特编《启迪:本雅明文选》(张旭东、王斑译),生活·读书·新知三联书店,2008年版,第276页。
(2) [德]弗里德里希·尼采:《历史的用途与滥用》(陈涛、周辉荣译,刘北成校),上海人民出版社,2000年版,第91页。
(3) [法]德勒兹、迦塔利:《什么是哲学?》(张祖建译),湖南文艺出版社,2007年版,第440页。

三

朱朱的诗歌可以印证德勒兹的说法,哲学创造概念,科学提供公式,而艺术重塑我们的感觉。在这一过程中,艺术甚至要抵制概念和公式。朱朱诗歌的最大特点也表现在对于感觉世界的沉溺和塑造,最终呈现出一种澄明的感觉的图像,正如德勒兹所说:"艺术要创造能够重建无限的有限:因为在美学形象的作用下,艺术所构拟的组合的平面带有纪念碑式的或组合的感觉。"[1]艺术是对生命内在性的颂扬。甚至在艺术的纪念碑中,生命的内在性也总是逃逸,艺术只是作为生命的象征而存在。本雅明曾以患上了失忆症的梅什金公爵来说明生命的内在性:"他本人隐退在他的生命之后,就像花朵隐退在它的芬芳之后,星星隐退在它的光芒之后。不朽的生命是不可忘却的,这是我们识别这样的生命的标志。这样的生命没有纪念碑,没有怀念,或许甚至没有证明,却必然是不可忘却的。"[2]内在的生命也即不朽的生命。这是一个天生为艺术的白痴,作为艺术材料、艺术过程和艺术结局的白痴,一个令人敬佩的、全然的艺术白痴。朱朱将之命名为"颤栗者":

我敬畏每一个活着的人
他们的前提是对无限的怀念,是死。
——《颤栗者》(1990年)

这是生命内在性的颤栗,更是一种美学的颤栗。它还原了一个唯美主义者／审美主义者(aestheticism)也就是感觉主义者(aestheticism)的真实含义。它是一种对尘世幸福的留恋,当然,首先要能够发现这种尘世幸福。这是一种斯宾诺莎式地对至福的追求,它意味着生命对于死亡的胜利,也就是对于历史的胜利。在这里,历史生命与自然生命终于和谐相处,甚至合二为一。相比于哲学概念和科

---

(1) [法]德勒兹、迦塔利:《什么是哲学?》(张祖建译),湖南文艺出版社,2007年版,第491页。
(2) [德]瓦尔特·本雅明:《经验与贫乏》(王炳钧、杨劲译),百花文艺出版社,2006年版,第141页。

学公式,幸福的美学场景——包含着救赎,提供了一种别样的生命伦理,一种没有受到伤害也永远不会被违反的至高的生命伦理。它是一种自在的生命圆满状态。在这样的美学信仰背后,还存在着一种斯多噶派的伦理思想,因为在呼唤行动的历史世界,它完全有可能意味着消极无为,但在精神上它却十分积极。至少,它指示着现实历史所匮乏的内容,从而向我们反证了伦理的必要以及一个充实完满的伦理世界的必要。当朱朱描画出了感觉的聚块以及不同感觉聚块之间的关系,他也就呈现出了一种发端于艺术想象的感性伦理学,因为伦理学和美学都指向了人类生活的感觉领域,都有关趣味问题。与其像布罗茨基那样说"美学是伦理学之母",不如说,美学和伦理学是姐妹。当然,由于时代和个人性格不同,朱朱是一个更偏向美学趣味(而非伦理趣味)的、更为纤细的布罗茨基。朱朱的出现再次向当代诗歌提出了一个问题:美学与伦理学何者优先?如果这是一个假问题的话,可以改变提问方式:美学如何包含并培育伦理学?也许,存在着一个小写的伦理和一个大写的伦理,朱朱更多呈现了小写的文本伦理,而非大写的政治或道德伦理——后者在柏拉图这里即为正义,朱朱的诗歌伦理,也许可以称为感性的伦理。在柏拉图的《理想国》里,正义其实是灵魂秩序与城邦和政治秩序的对应,所谓城邦统治者的灵魂由金子做成,城邦护卫者的灵魂掺和了银子,而工匠和其他人的灵魂则是破烂的铜铁。可以说,小写的伦理是对大写的伦理的召唤,诗歌与正义天然具有一种亲缘性,因为诗歌就是对灵魂秩序和事物秩序的赞颂。■

寻找话语的森林　朱朱研究集

一

  大概20世纪90年代中期，忘记了在哪本诗刊上，第一次读到了朱朱的诗，包括《克制的，太克制的》这一首，结尾"她将电线拖到树下，／熨好的裤子像宪法，无可挑剔"一句，当时留下的印象太过鲜明，感觉有一把裁缝的剪刀在脸上掠过，略显暴力，还带了一点法律专业的严苛性。那个年代，整个社会在转型中野心勃勃，又处处显得粗枝大叶，年轻诗人渴望泥沙俱下的语言能量，能把句子写得这么干净、精准的作者，实在少见。但句子（裤子）平直的缝线，又好像在"太克制了"之中，有意掩饰了某种内在的狂野、神经质。

  这样的矛盾性，朱朱的评论者也注意到了，他的优雅，好像一副"淬炼的铠甲"，抵抗外部干扰的同时，何尝没有向内强力给出一种秩序？因而，他早期的作品，常常暗含了内外的紧张，室内的整饬、自我的内在敏感深邃，与稍显混乱嘈杂的外部，形成一种既相互抵抗又依赖的结构。有时猝然分离，则会带来一种震惊的效果：

  我获得的是一种被处决后的安宁，头颅撂在一边。

  周围，同情的屋顶成排，它们彼此紧挨着。小镇居民们的身影一掠而过，只有等它们没入了深巷，才会发出议论的啼声。

    ——《林中空地》

显然，这是一个触目惊心的段落，却又让读到的人，免不了心领神会：只有在极端决绝的状态下，在一种"身首异处"的断念中，灵魂才能获得全然的安宁。林中空地上那个头颅的视角，似乎也能为我们分享：仰面躺在那里，能看见蓝天，看见树梢的晃动，甚至能感到有一丝凉风，吹进了脖颈。朱朱写过有关鲁迅的诗，周围密匝的屋顶、掠过的身影和市声，不难让人想到鲁迅的文学原型：封闭的江南小镇、"砍头"的主题、庸众的围观与独异的个人，只不过在朱朱这里，"个"与"群"的对峙，不单指向文化批判，它更像一种自我生成的仪式，某种心智的内在秩序，恰恰需要以外部的喧扰，乃至一种暴力为媒介。"它需要外部而来的重重一戳"，这是他后来名作《江南共和国》中格外耀眼的一句。

当代先锋诗，兴起于"文革"之后"我不相信"一类精神气场，大家争先恐后，比赛着甩脱时代的大结构、大叙事。但事实上，"驱魔"往往伴随了"附魔"，逃离的过程不免是再次的卷入。无论"朦胧"还是"后朦胧"，即便祛除了原来的某种内涵，精神传统仍深刻在场，暗中决定了不止一代人的惯习、癖好和姿态。譬如，当代诗人普遍信奉一种语言机会主义，认为即兴挥洒，才能歪打正着。这样的态度，距离20世纪的革命豪情，其实并不遥远，依赖于对个人乃至集体之主体能动性——"心之力"的高度信赖。顾城曾十分认真地说：中国道家文化的无为、无不为，一经翻转就是无所不为、无法无天，身为中国诗人，因此有理由"解脱一切概念和目的的束缚"。这样的武断和粗率，恐怕多数人都不会在意，觉得只是诗人性情之表现，殊不知其背后有多少集体性狂热，在历史颠倒的过程中弥散。连温柔敦厚的张枣，也曾说在他那一代人那里，即使温柔，也有走极端的特质，是一种"霸道"的温柔。在这样的氛围中，读朱朱的诗，看他用异样的眼光打量周遭，利用内外的反差剪出一条条"汉语的裤线"，我们有理由相信，新一代或许厌倦了不求甚解的文化，沿着屋顶之上"啼声"散开的纹路，当代诗也有了走出固有精神结构的可能。

这是朱朱早期诗歌给我的印象，精准、微妙，在漫不经心之中，能将词的序列意外震悚。他的诗也和他的人一样，是天生的衣服架子，刚好装得下了一个疏离、飘忽的自我，衬得出现代文艺"衰雅"的风姿。但老实说，这样的写作可以独自深远，却还在现代文艺的基本轨道上，前途未必可观。2000年前后，他转向叙事诗的写作，对个人而言，这是一个相当成功的战略。那件无形"淬炼的铠甲"，似乎被主动脱下了，内向矜持的自我开始移步室外，走入更广阔的时空，或者说将外部的戳伤、他人的故事，一次次内化为新的写作激情。这首先全面更新了他的语风。

刚才提到，朱朱的抒情短诗在散漫之中，往往能一语中的，但和部分当代诗一样，乐得享受"跳来跳去"的乐趣，语义的跨度大、私密性强，不少句子的妙处，仅有一二圈内友人能懂。像《厨房之歌》中的"我们只管在饥饿的间歇里等待"，看过诗人刘立杆对其家居生活的介绍，我才能知道，这一句是如何的传神。但叙事诗，不同于20世纪90年代以来包含叙事性的诗，它首先要放弃蒙太奇的"红利"，要恢复一种讲故事的技巧，一种可将虚构空间用细节填满的耐心。像《鲁滨逊》这一首，朱朱在访谈中称它好像是对自己的一次施暴，必须硬了头皮，才能一直写了下去，但这次"施暴"，无疑是成功的。诗中的"我"，以一位遭遇车祸的艺术家为原型，瘫痪在床，也像一株植物永远种在了床上。"我"的戏剧独白，为什么让朱朱如此着迷，我猜不外乎这种失去全部行动可能的状态，恰好提供了一次完美的、从虚空中创造世界的机会。

这也是鲁滨逊的状态，孤身一人，荒岛余生，同样也面对了一次孤独创世的机会。在我们的印象中，鲁滨逊是一个冒险的旅行者，在求生方面坚忍不拔，但事实上，他还是一个虔诚的清教徒，按照马克斯·韦伯的逻辑，还是一个精于"算计"的资产阶级原型。他的历险开始于不安定的闯荡，而终于理性的设计和秩序，冒险的冲动与现代人的理性，在他这里结合在一起，包含了自我救赎的意味。对于诗中的"我"而言，虚空中的画板，正像海中的小岛，等待一个禁欲的冒险者，将秩序、理性和主权，赋予在它全部的荒凉之上，病床上不能动弹的"我"，也由此获得另一种行动的可能：

先是染红那个用以调试输液速度的
小塑料包，

然后像一个作战图上的红箭头往上，
喷向倒挂在那个顶端的
大药液瓶中，
小花一样在水中绽开，
或者像章鱼施放的烟雾，
原子弹爆炸。
我被自己的能量迷住了

输液时，一滴血倒流入输液管。"我"在虚空中屏息、凝神，观察这一滴血的旅行，专注于想象，这一过程本身，也构成了救赎："我终于画了一幅画，以一种另外的方式。"在这里，面具已被摘下，独白的"鲁滨逊"就是诗人自己，他要将自己放逐到一个空的故事原型中，然后凭借意志和想象力，赋予这个故事全部的细节和层次。显然，面对语言"核爆"后的现场，他也"被自己的能量迷住了"。

二

鲁滨逊在荒岛上，建筑、栽种、制作，捕获野人并将其教化；诗人或艺术家，布局谋篇，在虚空中运斤，两种可平行比较的行为，都暗示了一种现代理性的强大规划。有意味的是，当代诗人普遍信奉的机会主义原则，似乎恰好与此针锋相对。在组诗《卡夫卡致菲利斯》中，张枣为当代诗，贡献了一个母题式的结构："我时刻惦着我的孔雀肺。／我替它打开膻腥的笼子。"如何不致在笼中僵毙，保持一种警觉的活力，张枣给出的方案是"小雨点硬着头皮将事物敲响：／我们的突围便是无尽的转化"。所谓"无尽的转化"，在技艺的层面，就落实为常见的"跳来跳去"写法，依靠不断自我分化、词语的分衍、折射，去闪避抒情自我对系统的配合。"跳来跳去"带来广阔的语言可能性，也能帮助诗人闪避传统的、习俗的窠臼，但在成熟心智的培植方面，却不一定有太大助益。钟鸣后来含蓄地指出，如缺少"盈濡而进"、不断进行身心调整的努力，"病态地跳来跳去"难免会摔了下来，摔在爱丽丝漫游的现代奇境之中。从这个角度看，朱朱转向"叙事"，至少在个人脉络中，无意中矫正了现代文艺对任性美学、对"蒙太奇"的过度依赖。正如鲁滨逊"不安定"的冒险精神，内在结合了清教的禁欲理性，在朱朱的身体里，那个看似神经质的"内在之我"，其实具有极强的拓殖能力、构造能力。特别是在一些篇幅稍长的叙事诗中，我们能感受到，对于刻画经验、场景的完整性，他有一种近乎偏执的爱好，他的想象力因此也具有一种强烈的视觉性。

《青烟》一诗，据诗人自己介绍，灵感得自"一幅旧上海永春和烟草公司的广告画"，它的构思和佩索阿的《视觉性情人》也有一定关联。某种意义上，要感受朱朱的视觉性想象力，这一首应该是首选。

清澈的刘海；
发髻盘卷，
一个标准的小妇人。
她那张椭圆的脸，像一只提前
报答了气候的水蜜桃。

开头这一节，朱朱像在用文字绣像，既精雕细刻，又能烘云托月，然而诗中的那个画师，或许是写作者自己的投影。但《青烟》的构造，与其说像一幅油画，不如说具有一种动态的电影感，沿了模特的视线，朱朱用文字虚拟了一个镜头的游走、推转，从室内到室外，由此时此地，腾挪到多个时空，模特背后的沪上风景，以及广阔、多层次的生活世界，被徐徐展示出来：

透过画家背后的窗，可以望见外滩。
江水打着木桩。一艘单桅船驶向对岸荒岛上。
……
她已经在逛街，已经
懒洋洋地躺在了一张长榻上分开了双腿
大声地打哈欠，已经
奔跑在天边映黄了溪流的油菜田里。

游走的过程，是观看之中主客关系不断被拆解的过程，就连模特的真身，也从旗袍中那个青花的"壳"里跑了出来，走到画家的背后，审视起自己画中的形象。这首诗包含了对视觉形象的深深迷恋，画家（诗人）无疑爱上了自己的"视觉性情人"，但他的视觉想象力不只追逐、簇拥了情人的形象，更是分析性、间离性的，在完整呈现一次观看过程的同时，也暴露了视觉消费的暴力性，质询了那个青花"模壳"的生成。当摄影师（嫖客）"把粗壮奇长的镜头伸出""她顺势给他一个微笑，甜甜的"。这个"微笑"很职业，对于这首诗的读者而言，同样构成了一种挑衅。

顺便提一句，由于构思的缜密和层次的繁复，朱朱的诗是非常好的"细读"对象。我曾在课堂上和学生一起讨论过《青烟》，涉及怎么理解画家不停涂抹的那道"烟"，有学生提到本雅明在《机械复制时代艺术作品》中关于"灵韵"的论述。在本雅明早已成为"文青"必读的年代，这并不让人意外。有意思的是，另一位学生在报告中，则从《青烟》一直说到"全球化"的批判，认为这首诗内在拆解了流俗的"上海怀旧"，而"全球化"带来的一个结果，就是类似"仿像"的无边生产与再消费。这位同学的左翼立场鲜明，在他的阅读感受中，朱朱应该是自己的"同路人"。这个判断，我想诗人自己未必同意，但画幅深浅之中，他对"视觉性情人"的爱慕，确实带了一种自我检视的成分。大概十几年前，老上海的广告画、月份牌，一时间成为时尚媒体和文化学者热衷的话题，这个潮流后来扩张为部分国人追慕的"民国范"。但"扛着红旗反红旗"，朱朱能在看似趋时的书写颠倒、反动，牵带出内在的批判性，这或许是"抵抗又依赖"的精神结构之延伸。《小城》的最末一句"我们的一生／就是桃花源和它的敌人"，可谓卒章显志，诗人批评家秦晓宇一篇很有见地的评论，也借用这个句式，取名"江南和它的敌人"。

事实上，有关"看"的诗学、凝视的诗学，在文学史上是由来已久的传统。远的不说，在中国现代文学的脉络中，对世间万汇、自然风景的观看，往往与一种将世界内在化的现代感伤相关：

黑夜占领了整个河面时，还可以看到木筏上的火光，吊脚楼窗口的灯光，以及上岸下船在河岸大石间飘忽动人的火炬红光。这时节岸上船上皆有人说话，吊脚楼上且有妇人在黯淡的灯光下唱小曲的声音……此后固执而又柔和的声音，将在我耳边永远不会消失。我觉得忧郁起来了。我仿佛触着了这世界上一点东西。看明白了这世界上一点东西，心里软和得很。

  上面这段文字，出自沈从文20世纪30年代的《湘行散记·鸭窠围的夜》。一个还乡的旅人，凝眸于暮色中的水上风景，在光、影、声、色的交织变幻中，感受平凡琐屑的人和事，以近乎沉默的方式轮回、重复着，在挽歌式的启悟中，一个"软和得很"的抒情内面，由是凸显了出来。朱朱的视觉性想象力，也散发着浓郁的抒情气息，却并不指向感伤的内面"风景"，对于此类书写，甚至有一种天然的抵拒。在《视觉性情人》中，佩索阿说对他而言，"唯一的博物馆就是生活的全部，那里的图画总是绝对精确，任何不精确的存在者都归因于旁观者的自身缺陷"。这样的说法，用在朱朱身上，其实大致不差，换句话说，他的视觉想象力，更多与客观性、精确性相关，在语言中呈现一个个形象，也就是完美心智的一次次显现。这也让我想到了17世纪荷兰画家维米尔，朱朱不止一次提到他对维米尔的偏爱。

  在绘画及视觉艺术方面，我完全是个外行，刚好对于维米尔，还有一点直观的认识。2011年春，在东京涉谷的一家美术馆里，有幸看到过他的几幅真迹，当时一下子就被深深吸引了，特别是《地理学家》这一幅。作为一位风俗画家，维米尔画的多是市井生活，场景也多为室内，在画幅左侧，他往往会安排一扇窗户，让外部的光线洒入，带来一种光影错落的层次性和纵深感。《地理学家》也如是构图：身披长袍的地理学者，目光投向窗外，好像陷入片刻的冥想；窗外的光线，则反过来勾勒出学者的工作现场，窗帘、桌布、翻动的图纸、手中的圆规，以及墙上的地图、地球仪。此后，翻阅一些相关文献，我也大致知道了17世纪，正是"地理大发现"的时代，全球航路的扩张与天文学的发展，提供了全新的世界性感受，维米尔画中经常出现地图、地球仪，就反映了当时城市中的生活习尚。对于荷兰人而言，地图本身就可以作为世态风景画，挂在卧室里欣赏，体现了主人的良好教养。这意味着，在维米尔的时代，天文、航海、地理学、光线与艺术，还不是近代以来彼此分化的领域，而是共同指向对世界内在秩序的发现。赋予维米尔画面以深度和秩序的光线，并不是来自天堂，而是来自一种内在的笃定，来自天文学、透视技术、航海大发现所带来的主体自信。

对于维米尔，朱朱情有独钟，他的诗细节饱满，内部深邃，也有一种在窗前手抚万物的沉静。一首《地理教师》，还颇有几分大航海时代的理趣：

一只粘着胶带的旧地球仪
随着她的指尖慢慢转动，
她讲授维苏威火山和马里亚纳海沟，
低气压和热带雨林气候，冷暖锋
……

这首诗写少年人身体的觉醒，主题无甚稀奇，但"随着她的指尖"转动，"火山""海沟""好望角""冷暖锋"……朱朱娴熟驾驭地理学、气象学的语汇，来绘制一幅身体和经验的地图，性的启蒙也被隐喻为对海洋、陆地和季候的发现。或许可以说，朱朱的视觉想象力，并未一味乞灵于奇迹的瞬间，而是发生在有关世界的确定知识、信念之中，吻合于透视原则和事物的连贯性。正如维米尔画中那些阴影、褶皱、幽暗的地图，不可言喻的微妙，来自一束稳定心智投射出的光线。

三

《清河县》大概是朱朱最重要的作品，也为他赢得了极大的声誉。这一组"故事新编"，同样具有强烈的视觉性，在潮湿的雨雾中，不断勾画人体的轮廓，流动的目光、那些动作、阴影和质感，逗引出无边的诱惑与暗示。为了"诱敌深入"，朱朱也更多考虑到读者，不仅在第一首《郓哥，快跑》中，让我们随了郓哥的奔跑，跟跄跌入"一长串镜头

的闪回"中,也非常注意布光的效果。必要的时候,他甚至亲自提上一盏灯,让一束光照向身体的局部:

> 可以猜想她那踮起的脚有多美丽——
> 应该有一盏为它而下垂到膝弯的灯。

这束光,好像在维米尔的画中出现过,却也有一种宫体诗的不厌其烦和恰到好处,时间的裙子被掀开了,我们作为读者,也作为"偷窥者",被引导观看了历史的私密之美、隐微部分的曲线。我最近一次讲朱朱的诗,是在台湾地区"清华大学"的课堂上,负责报告的一位小女生,津津有味地解读了《清河县》,她注意到无处不在的暗示性,比如,朱朱经常使用"粗大"一词("我粗大的喉结滚动,／似乎在吞咽一颗宝石"),小女生停顿了一下说:"这能让我们想到其他地方。"对于《洗窗》中这一段:

> 她累了,停止。汗水流过落了灰而变得粗糙的乳头,
> 淋湿她的双腿,但甚至
> 连她最隐秘的开口处也因为有风在吹拂而有难言的兴奋。

她也不由自主表达了喜爱,认为其中难言的快感,女性读者都能够分享。话锋至此,课堂上的其他女生,脸上也都漾起了"我们懂得"的光晕。这也印证了我的判断,朱朱虽然惯以男性的情色视角,写女性的形象,但他不是那种"把粗壮奇长的镜头伸出"的蛮牛,而是能曲尽其意,同理以致共情,果然深受两岸各界不同世代女性读者的喜爱。

将历史情色化,处处着眼其阴影、褶皱,这种"稗史"式的眼光,在当代诗中并不意外,稍不留神,也会落入轻巧、流俗的趣味之中。在《清河县》中,朱朱有意挑起一盏灯,让读者窥见历史幽微的曲线、裂口,但这组诗最了不起的地方,还是一种维米尔式的专著和笃定,一种赋予结构的热忱。我读了马小盐的评论《〈清河县〉——朱朱所构筑的诗歌环型剧场》,看她煞有介事地梳理潘金莲、西门庆、武大

郎、武松、王婆、陈经济等人物之间复杂的欲望与观看，并给出了一个令人咋舌的结构图：

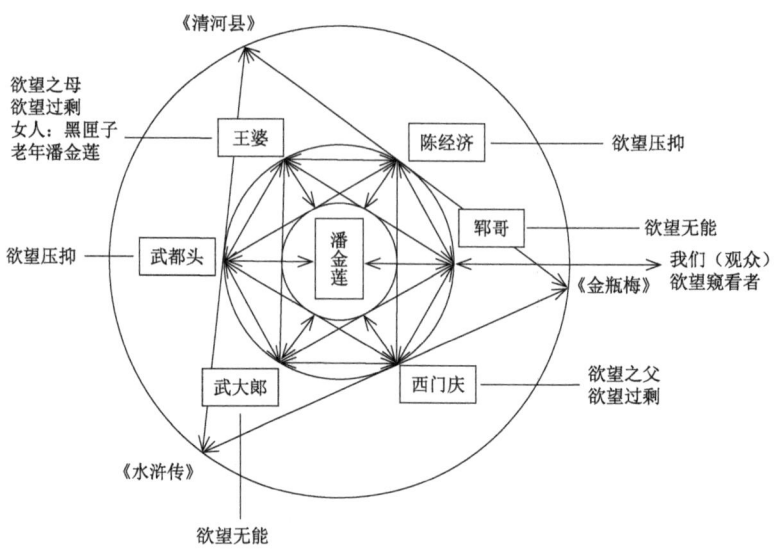

这个构图包含三个圆环和更多的三角形，似乎是评论者"脑洞大开"的产物，但她的分析，我基本认同。在这组诗中，朱朱的确显示了非凡的结构能力，单是《洗窗》这一首，就足以令人目眩：

　　一把椅子在这里支撑她，
　　一个力，一个贯穿于她身体的力
　　从她踮起的脚尖向上传送着，
　　它本该是绷直的线却在膝弯和腹股沟
　　绕成了涡纹，身体对力说
　　你是一个魔术师喜欢表演给观众看的空结，
　　而力说你才是呢。她拿着布
　　一阵风将她的裙子吹得鼓胀起来，腹部透明起来就像鳍。
　　现在力和身体停止了争吵它们在合作。
　　这是一把旧椅子用锈铁丝缠着，
　　现在她的身体往下支撑它的空虚，
　　它受压而迅速地聚拢，好像全城的人一起用力往上顶。

站在椅子上的潘金莲，巍巍然如一位凌空的女神，被全城人的眼光，也被"我们"（读者）的眼光向上顶起；而一个力量又倾泻下来，在与身体的抗衡、对话中，形成了一个复杂的平衡系统，绷紧的直线之外，还有曲折与凹陷处的涡线。如果把这张图画出来的话，应该完全符合力学的原则。我们能想象，朱朱像一个画师，更像一个工程师，倾身于视觉的想象，绘制了这样一个镂空的人体、一个摇摇欲坠的结构。"我们"也在他的引领下，参与了"洗窗"的游戏，感受危情的一刻。前面一首，诗中出现过"绞刑台"的意象，而此刻，看客们似乎站到了踏板上："姐姐啊我的绞刑台／让我走上来一脚把踏板踩空。"

《洗窗》中重力与身体的争吵、合作，隐喻了"欲望"与"观看"之间的关系网络，同时也像一种分光镜，折射出了诗人思辨的光谱。朱朱似乎要用某种心理学的框架，试图给出一种人类生活、文明的阐释。如果说潘金莲作为一种幻视对象，寄托了集体性的欲望，王婆作为她的晚年映像，则蠕动于整个结构的最底部，吸纳了欲望解体后的剩余物"朵朵白云被你一口吸进去，／就像畜生腔肠里在蠕动的粪便"。在后来的访谈中，朱朱交代过他的构想：

> 我尤其要将王婆这样的人称为我们民族的原型之一，迄今为止，我的感觉是，每一条街上都住着一个王婆。我记得金克木先生在一则短文里提及，有两个人，王婆和薛婆是我国历史上最邪恶的两位老太婆。是的，的确邪恶，但她们所意味的比这多得多——文明的黑盒子，活化石，社会结构最诡异的一环，乃至于你可以说她们所居的是一个隐性的中心。
>
> ——《杜鹃的啼哭已经够久了》

这段文字应该被广为引述，有批评者提醒，不要以为朱朱也在操弄国民性批判一类话题，"王婆"作为一个原型，更多是一个构造幻象的语言动机、一个丰盈的伦理剧场。这样的判断吻合于当代诗歌的"行话"，即所谓"历史的个人化"，最终要归结到差异性、归结到"语言的欢乐"，不然就会落入粗笨的历史反映论。在我的阅读感受中，朱朱还是一个相当较真的写者，不完全耽于语词的享乐。他挑起一盏灯，照进清河县的深处,灯火洒落处,巨细靡遗,他要指点给我们看文明隐秘的构造。

近年来,当代中国的强力诗人,纷纷转向历史题材的书写,间或穿插了民国的、晚清的、晚明的、六朝的符号和情调,这几近一种潮流。朱朱的叙事诗,多从历史人物和文学典籍中取材,如《清河县》《青烟》《多伦路》《海岛》《江南共和国》等,似乎随喜式地参与其中。但深细来看,他的"故事新编"有特别的路径,不完全在潮流之中,并不必然表现为对历史身体的随意撩拨、抚弄。由于在特定议题上反复纠结、倾心,不断尝试建立模型,不同于历史"个人化"之后的琐碎自嗨,他的诗反而有了一种"解构"之后"再结构"的活力。《清河县》之外,《江南共和国——柳如是墓前》也是令人瞩目的一首。

甲申年五月,清兵南下之时,江南的传奇女子柳如是,曾应兵部尚书阮大铖之邀巡视江防,以激励士兵守城的意志。朱朱的诗取材于这个传说,结合相关史料,让柳如是"盛装"出场:朱红色的大氅、羊毛翻领、皮质斗笠、纯黑的马和鞍,"将自己打扮成了一个典故"。作为"集美貌才智"及刚烈品格于一身的奇女子,晚年的陈寅恪为柳如是作传,意在"表彰我民族独立之精神,自由之思想";同样,在柳如是身上,朱朱也寄托了很多,她不仅是"江南共和国"的精神代言,而且又一次凝聚了写作者的激情:

薄暮我回家,在剔亮的灯芯下,
我以那些纤微巧妙的词语,
就像以建筑物的倒影在水上
重建一座文明的七宝楼台,

用文字造境,构筑"七宝楼台",也就是进一步为文明赋形,"江南共和国"确实可以看作一座写作模型中的"幻觉之城"。在论及当代诗中存在的某种"江南 Style"时,在上面提到的文章中,秦晓宇认为"所谓'江南范式',我理解,是不那么'朝向事实本身'的""那些词与物的光影、流年、情绪,全都是审美意义上的旧物",写作因而显现为"一种呵护与调情般的互文"。他的话讲得漂亮,说破了"江南"

的文本性、符号性，朱朱这首诗也出色地体现了"调情般的互文"，在静与动、明与暗、柔媚与刚健之间，实现了一种动态的平衡。然而，它果真缺乏"朝向事实本身"的努力吗，这倒是可以讨论的一个问题。

显然，对于自己处理的主题，朱朱在知识上、感性经验上，有相当的把握："南京是一件易燃品，所有设立在这里的王朝都很短暂，战火与毁灭性的打击接踵而来。'失败'正可以说是这座城市的城徽。"朱朱曾这样谈论自己生活的城市，也道破了南京的历史特殊性。作为六朝古都，南京据守长江天堑，虎踞龙盘，有帝王之气，但自东晋南迁以来，又一次次成为北方铁骑南下袭扰、征服的前沿。建都于此的王朝（政权），不仅都很短暂，且无人能统一北方，如近代的洪秀全、孙中山、蒋介石。中国历史上的统一，"成事者皆以西北伐东南"，这也包括20世纪的中国革命。从历史的长时段看，南北之间、游牧社会与农耕社会之间、北方的粗朴豪放与南方的绚丽奢靡之间，通过贸易、征战、掠夺和融汇，形成了一种相互冲突又依存的动态结构，如何将南北的张力纳入统一的文化政治构架，使北方免于匮乏，南方免于战乱，是中国历史内部的一种结构性难题，长江之水也犹如一根绷得紧紧的琴弦，一次次的战火，都仿佛内在焦灼的一次次释放，一次次文明的毁灭与重造。

朱朱擅长书写微妙的女性经验，这一次他"积习难改"，仍用女性的身体来比拟一座城市的命运，在压抑与快感、守城与破城、文明的糜烂与"外部而来的重重一戳"的暴力之间，不断进行"猝然"的翻转。这一系列的辩证把玩，看似在身体与欲望的层面展开，事实上恰恰挑动了南北之间的结构性张力，尤其是"有一种深邃无法被征服，它就像／一种阴道，反过来吞噬最为强悍的男人"一句，带有一种可怕的肉感的吞噬力。当代诗的历史书写，往往会以"音势"的甜美、细节上的堆砌与转化，取消特定的社会政治内涵，或将"正史"的硬壳溶解，开掘"稗史"的妩媚、幽暗。在这方面，朱朱无疑是行家里手，但他的写作之所以脱颖而出，不为潮流所淹没，不仅因为在风格上造就"'江南'和它的反动"，同时也在于虚实相济的能力，以隐喻的方式把握"事实本身"的动态结构，强力拨响了历史内部的琴弦，敞开了它的纵深和螺旋线，这是需要特别注意到的一点。

四

文明在成熟中颓废、糜烂，"已精确到最后一小截弯翘"（《野长城》），需要"外部而来的重重一戳"来唤醒内在的激情，类似的观念，在朱朱的诗中不止一次流露，也好像是《林中空地》中惊悚画面的不断复现：在暴力与宁静的辩证中，存在了一种强大的精神造型。对于文学风格的茁壮而言，这样的张力是必要的，正如诗中写到的："即便他远行到关山，也不是为了战斗，／而是为了将辽阔和苍凉／带回我们的诗歌。"（《我想起这是纳兰容若的城市》）但我们只能在美学的意义上看待战争和离乱吗，这一切只是为了让笔尖"吮吸了夜晚的冰河"？朱朱的写作，并不如一般评论所期待的那样简单，即便只是"辽阔与苍凉"的情调，也会有碎了的石子落入修辞的齿轮，卡住词语光滑的运作，迫使它翻转出经验粗糙的实在面。

随着身份和工作方式的转变，在朱朱近期的作品中，越来越多地出现了漫游的主题，视野也逐渐从江南城镇、古典的小说和人物，扩张至对异域文化和生存情境的观察。这样的变化具有一定的普遍性，由于艺文活动的密集、国际参与机会的增多，"旅行诗""纪游诗"成为不少当代诗人开始热衷的类型。在朱朱这里，依照"××与它的敌人"之结构，在他的漫游之中，我们却不时能读到频频的反顾、一种重返本地现场的冲动。像《小城》一诗，描绘一座欧洲小城安谧、和平秩序的同时，又渲染"铺满天鹅绒的监狱"一般的幽闭。诗中的"我"渴望归期、渴望恢复弹性，好像"尖利的暗礁／和恐怖的旋涡"才能带来实存之感。《月亮上的新泽西》这首，感叹一位昔日女友的变迁，她从激进、狂野的"时代女郎"，变成美国舒适中产阶级囚笼中的主妇，每当谈起原来的母国，"嘴角就泛起冷嘲的微笑"。作为生活在母国的读者，我们能感觉到那一抹微笑中的隔阂，能感觉到所谓进步自由世界的教条、蒙昧。为了对抗失望的情绪，朱朱在诗中安排了一场梦中仪式：

无人赋予使命，深夜
我梦见自己一脚跨过太平洋，
重回烈火浓烟的疆场，

填放着弓弩,继续射杀那些毒太阳。

这样直率、热烈的文字,在朱朱笔下并不多见,"我梦见"只是激情退却后的一种对激情怀旧模仿,是为了将"辽阔和苍凉"短暂带回笔端吗?我们分明读到了一个"疆场"的存在,"烈火浓烟"或许只是一种象征,但这个"疆场"也是一个磁场,强力吸附着"病态的跳来跳去"的诗歌语言。朱朱的语风,也随之变得更硬朗、直接,甚至放下暗示的技巧,直陈式地发言:"我还悲哀于你错失了一场史诗般的变迁。"无独有偶,这个议题也出现在了他写给张枣的《隐形人》中。不同于一般的悼亡之作,这首诗包含了某种有别于"知音关系"的对话性:

中国在变,我们全都在惨烈的迁徙中
视回忆为退化,视怀旧为绝症,
我们蜥蜴般仓促地爬行,恐惧着掉队,
只为所过之处尽皆裂为深渊……
而你敛翅于欧洲那静滞的屋檐,梦着
万古愁,错失了这部离乱的史诗。

这段诗写得有点沉痛,在诗人普遍倾心的"悠悠""万古愁"之下,朱朱强调地上发生的一切,他也不妨将其点破:"中国在变","这部离乱的史诗"可能被错过、被无视,但无人能真的幸免,我们或如浮木般漂流,或"蜥蜴般仓促爬行"。"惨烈的迁徙"或许还是一个抽象的说法、一个模糊的背景,但朱朱的"精确性"中生成了一种论辩性,硬朗的语风背后,也有可以明确亮出的观点:

我戚然于这种自矜,每当外族人
赞美我们古代的艺术却不忘监督
今天的中国人只应写政治的诗——
在他们的想象中,除了流血
我们不配像从前的艺术家追随美
　　——《佛罗伦萨》

这首诗在写欧洲,写无处不在的"新东方主义"偏见:一个中国的艺术家怎么能不反体制就在欧洲随便出现?这首诗质疑了洋人的"政治正确性"(在这方面他们与我们一样俗气、一样不真诚),但实际上,也不怎么吻合当代中国的"美学正确性"。估计会有朋友不习惯这样的公然表态,也会有立场相左的读者,不同意他"唯美"的矜持与傲慢。和以往不同,朱朱似乎在写一些并不那么讨喜的东西,容易被左右两方面指摘。但问题是,当代的文化从不缺乏立场,缺乏的是"立场"背后的理解力和同理心,很多激进的政治表述,因不在意现实的状况本身,反而会沦为一种"去政治"的话语消费和自我迷幻。在一片嘎嘎作响的氛围中,朱朱不愿在诗中"写政治",拒绝的是一种"想当然"的政治,这种拒绝本身恰恰具有一种内在的政治性。

当然,从本性上讲,朱朱肯定不是一个民族主义者,他的文字还是萦绕了一种现代"浪荡子"的脱序感。但"脱序"不等于无动于衷,他的视角游走、不断跨越界限,旅行没有导致感受力在异域见闻中的扁平化、游牧化,却总在不经意间,揭破美丽世界的多重面纱。无处不在的"傲慢与偏见",也一次次拨动他敏锐的心弦。《好天气》好像算不上朱朱的代表作,从未被人特别提起,却是我个人相当认可的一首诗,朱朱在他擅长的视觉、空间想象力中,内置了一枚反讽的芯片,将"颜色革命"后变动的世界感受,装入一个早晨的"模型"中。这是个美好的早晨,蓝天白云,每件事物清洁、鲜艳,闪动着"光亮的尊严":

> 好极了,这就像东欧的那些小国
> 从极权中醒来的第二天早晨,
> 长夜已经过去,不再有宵禁,
> 不再有逃亡,不再有镇压……
> 日子像摇篮,像秋千。

开头一段,洋溢了某种"历史终结论"的甜美气息,在"好天气"里,一个告别极权的、好的、民主的世界,正在"梳理自己的羽毛"。但还有一个流亡者正"踌躇于归与不归"之间,因为"好天气"之后会有

"坏天气""漫长的危机,漫长的破坏",更重要的是"恶,变得更狡诈,无形的战争才刚刚开始"。或许有了前面的美好晨景,读了这些"漫兴"的闲话,我们并不觉得抽象,反而眼前会浮现出大潮退去后,那些裸露出来的地区上演的一幕幕灾变。■

寻找话语的森林　朱朱研究集

第二辑

耀眼的粒子

寻找话语的森林　朱朱研究集

朱朱的第四部个人诗集《故事》出版于2011年，其主题包含着两个层面的怀旧。一是作为文化共同体的一员对构成经典文本与集体记忆的某些人与事的复写，如《江南共和国》的柳如是，《再记湖心亭》的张岱，《海岛》上的放逐者苏轼，《多伦路》旁的解剖学家鲁迅，等等，是诗人那种故事新编式的写法的延续。朱朱一直致力于此，比如，重构《金瓶梅》的那组《清河县》。但我偏爱的却是他自己的故事，在这本诗集中，就是那些散落而又成系列的，以组诗《七岁》为压轴的私志书写。

《七岁》里的一首《喇叭》中有两行诗，一下子勾起作为诗人同龄人的我的记忆：

这消息像泥瓦匠的刮刀
瞬间抹平了所有人脸上的表情

至今我还记得这个瞬间，带着特定的光线、音波和气味。那年我十三岁，上初三，开学没几天，某个阴沉的下午，四点钟放学回到家，书包一放，收音机里就传来哀乐。大事不好，我得找宁韶亭同学好好商量怎么安排未来。出门是一条长长的巷子，我没齿难忘的是，一头极为雄厚宽阔的猪像门板一样横挡在巷子中间，使我艰于侧身通过。

怀旧的叙事伦理
——读朱朱的《故事》

江弱水

过了很久它才肯通融,哼唧出一道缝隙,让我如蒙大赦地溜了过去。

1976年9月9日下午的这一幕清晰异常。随后的日子,是走进一个又一个灵堂,每个人都是三鞠躬。有声有泪曰哭,有声无泪曰号。哀毁逾恒的谢志胜同学把眼泪鼻涕一把甩到身后的墙报上,幸好他坐最后一排。18日开全国追悼大会,操场上一再有人热昏被抬走,也许是悲伤过度。我偏穿了一双新的布鞋,很夹脚,使我烦躁地不能尽情释放哀思。

我们的怀旧或曰乡愁,往往经过了难以察觉的矫形手术的重整,记忆就像一张褪色的底片,经由删略、增补、局部放大,被赋予原来没有的意义。简单地说,记忆离不开想象。巴什拉在《梦想的诗学》中说得好:

> 人越走向过去,记忆与想象在心理上的混合就越显得不可分解。假若希望加入诗的存在主义,则必须加强想象与记忆的结合。为此,必须摆脱那种概念特权强加于人的历史性记忆。那在日期的尺度上流动的记忆,没有在回忆的景物中足够停留的记忆,并不是充满活力的记忆。记忆与想象的结合使我们在摆脱了偶然事故的诗的存在主义中,体验到非事件性的情景。更确切地说:我们体验到一种诗的本质主义。在我们同时想象并回忆的梦想中,我们的过去又获得了实体。人类的心灵在秀丽山川之外与世界结成有力的联系。那时,活跃在我们身心中的不是历史的记忆而是宇宙的记忆。(1)

比如,我记忆中那头挡路的猪,摆脱不了偶然事故的性质,无法作为一个象征符号来灌注意义。但是,假如我愿意,我完全能够进行一番精巧的叙事处理而做到这一点,让它在浑浑噩噩的记忆泥淖中圆滚滚地脱颖而出。

朱朱的怀旧叙事反其道而行之,是对浪漫主义和存在主义将过去理想化的一种颠覆。《故事》中的《后院》是一个静态的、几乎无事的

---

(1) [法]加东·巴什拉《梦想的诗学》(刘自强译),生活·读书·新知三联书店,1996年版,第150—151页。

文本，却是诗人的抒情策略与叙事伦理的高度浓缩：

> 通常会有一把断柄的扫帚，一把褪色的油纸伞，几只空瘪的油漆桶，铅丝圈；也会有大家伙，譬如梳妆台或木橱之类的老家具，橱门用胶布粘着，镜面已经破碎了，抽屉把手上缠着尼龙绳。在蒙上泥垢的露天自来水池里，堆积着成捆的旧杂志和报纸。

以一个绘画艺术批评的眼光，诗人的笔触按照本来的面目呈现了记忆中后院的全部细节：断柄、褪色、空瘪、破碎，诸如此类的形容，表明主体毫无美化过去的企图。哪怕接下去，诗人描写那长进一只歪倒在地上的土黄色陶罐里的野花，也很难认定他打算赋予这一意象某种象征意味。"如果一棵有姿态的树开始蓬乱起来，恍若野生"，也许终于是意味着什么了吧？不，"也许是意味着，这家中最近有一个老人去世了"。

这真是绝情忍性的写作姿态，恰如其分，不多给一点点。诗人的怀旧力避滥情，他说：

> 这就是后院，一个处在记忆和遗忘之间的地带，一个使情感得以回旋的余地。我们会将那些失去了用处又难以丢弃的东西存放在这里，直到它们风化、腐烂，自行消解，被雨水冲洗，为泥土接收。总之，我们自己的目光很少到达这里，而它本身常年处于阴影之中，只在午后的一个短促时段里，阳光会掠过，好像一位母亲来到孤儿院的栅栏边，默默地伫望着，然后转身离去。

对于诗人来说，怀旧只不过是目光偶尔留驻于往昔，记忆的后院"是一个情感得以回旋的余地""余地"用得好，是已经退让到无可再退的表达，"回"字也恰到好处，"旋"字则稍稍有点儿夸饰，不很符合朱朱的一贯作风，因为他很少追求语句的外在冲击力，总是将戏剧化降到最低限度。他是那样小心翼翼地避免触碰那些满布着的"伤感的倒刺"：

"拉萨"这个地名意味着远方和神迹

而拉萨路如同死蜈蚣般僵卧在城区的旧地图。

——《拉萨路》

斯维特兰娜·博伊姆在《怀旧的未来》一书中,专章论述了审美个人主义与怀旧伦理学。她说,伦理学不应只是说什么道德典范和人物的行为准则,它提供某种专门的光学,聚焦于言语与行动之间的关系,强调讲故事的方式。她用纳博科夫的例子,严格区别了敏感与感伤。敏感是分离具体感受与记忆、现成的形象、陈词滥调和种种象征,感伤则把温情和痛苦化为现成的姿态,而接受现成的思想和情感组成的世界便导致媚俗和庸俗(poshilost)。[1]

朱朱是敏感的,几乎过于敏感,而与感伤无缘。我曾经说过,朱朱过去的诗都太干净了。这是指张桃洲在分析朱朱诗歌的特定风格时概括过的,"一种精细、冷峻的形体,克制、准确的表述,凝练、结实的节奏""词句细节的缜密搭配、语气分寸感的悉心调控",也就是说,我所谓干净,是指怎么写,而非写什么。在《故事》中,我注意到,他偏爱凌乱与破碎的意象,甚至绝不规避污秽和脏:"就像乡村池塘边的鸭子/面对着粼粼的波光梳理肮脏的羽毛"(《岁暮读诗》),"又像积雪被泼出去的残茶化开了/一个越来越深的脓口"(《拉萨路》),"他那份苍老就变成了从磨刀石上/冲走的、带铁锈味的污水"(《故事》)。在我看来,朱朱诗中精确呈现的污渍和锈迹,是诗人有意识地消解甚至破坏那种怀旧的甜蜜之感:

在斜坡旁那条静脉曲张的巷子中
在脏盘子般摞叠在一起的旧公寓楼的
底层小院里,生活仿佛从零开始:
稀少的家具和床边歪倒的空酒瓶,
重现了一个单身汉的家。
　　——《拉萨路》

---

(1) [美]斯维特兰娜·博伊姆:《怀旧的未来》(杨德友译),译文出版社,2010年版,第382—385页。

每件事物都是它们应该是的样子，
清晰，夺目，闪动着光亮的尊严，
甚至大楼侧面的一道污渍，
甚至围拢在垃圾袋口的苍蝇……
仿佛都来自永恒的笔触。
　　——《好天气》

"生活仿佛从零开始""每件事物都是它们应该是的样子"，朱朱讲述的故事，其场域都属于一个慢于它外面的世界的小地方，或一个被剔除了神经的蛀牙般存在的旧街区，既牵扯不上政治的宏大叙事，也孕育不了个人的伟大传奇。诗人从没有想过要把空洞、平庸、琐碎的过去虚拟为个人不凡未来的龙兴之地，恰恰相反，零等于零，空洞就是空洞。比如，《小镇》，同《后院》一样，是一个在别处输得精光的赌徒可以在此获得永生般的小憩的地方：

所以你不能惊吓它。不要炫耀
你的经历和远方的奇妙，也别玩
那套降低了嗓门述说乡愁的旧把戏，
你尽可一言不发……
　　——《小镇》

这就是我所说的朱朱的怀旧叙事所坚持的操守，反诗意，反戏剧化，反浪漫主义。诺瓦利斯在《断片》中说："在我看来，把普遍的东西赋予更高的意义，使落俗套的东西披上神秘的外衣，使熟知的东西恢复未知的尊严，使有限的东西重归无限，这就是浪漫化。"[1]这种浪漫化的叙事冲动我们并不鲜见。

也许朱朱没有那个幸运赶上那么好的20世纪70年代，但我觉得在他审慎的写作中，给我们提示了另外一种可能，更靠得住的可能，

---

[1] 转引自刘小枫《诗化哲学》，山东文艺出版社，1987年版，第33页。

也许可以说是雨果之外的福楼拜的可能,正如《拉萨路》一诗中的这样三行所道出的:

你向我们展示每个人活在命运给他的故事
和他想要给自己的故事之间的落差,
这落差才是真正的故事,此外都是俗套……∎

寻找话语的森林　朱朱研究集

一

2000年以来至今,朱朱出版了三本令同行瞩目的诗集《枯草上的盐》《皮箱》和《故事》。除了《枯草上的盐》是20世纪90年代朱朱诗歌写作的一次"诗是诗的主题"[1]的集结以外,《皮箱》则是将"诗的主题"拓宽至一种以历史内容为主题的叙事体风格的诗歌。在著名的组诗《清河县》里,除了"辞藻与义理的角力"(T. S. 艾略特语)之外,我们看到的是一种奇特的叙事结构的建构,在历史事件与人物关联的基础上,朱朱并非简单地模拟曾经发生在《金瓶梅》《水浒传》或野史里的故事,而是透过"滤镜"般的诗性眼光来重组内容。通常情况下,在故事线性逻辑的支配下,陈述的主体无处不在,牵制人物、事件、场景与时间,即使这条线性逻辑出现分叉、断裂,也存在着高于叙述事实的暗藏的主体,然而在《清河县》里,我们看到主体的撤离与故事的悬置,也就是说在特定的空间内,所有人物均被设定为具有"镜头般"聚焦的主体,"我们""我""他(她)""你",甚至是"观众":

我们是守口如瓶的茶肆,我们是

---

(1) 引自朱朱诗集《枯草上的盐》,人民文学出版社,2000年版。

一个他者自身的"故事"
——谈朱朱2000年以来的诗

王艾

来不及将结局告知他的观众;
他的奔跑有一种断了头的激情。
　　　　——《郓哥,快跑》

在组诗第一首中,便存在着"断了头"的激情的最终结局,也存在着组诗第五首中"我被软禁"的可能,然而诗中要陈述的因果链也许不是最重要的环节,而是通过对人物视角的分配,一种像多机位的移动拍摄一样,设置了类似旋转的圆形剧场的效果。所有"镜头"所捕捉到的细节均一览无遗,以致阅读者被选择入内,卷入欲望的旋涡。为此,历史本质被揭露得体无完肤:

东京像悬崖
但清河县更可怕是一座吞噬不已的深渊,
它的一座住宅都是灵柩
　　　　——《威信》

朱朱创造了一座类似于监狱的空间结构,按斯拉沃热·齐泽克的说法:"'创造'意味着我揭示了我的存在的最内在本质,即我把我存在的最内在本质移交给他者。"[1]在此意义上,"我存在"的本质已移交给了武大郎、西门庆、武松、王婆等角色身上。在历史作为文本,对调陈述视角,以传统小说故事中的真实性为前提,虚构了在《清河县》中毫发毕现的细节——另一种召唤人性欲望深处复杂的真实性。组诗《清河县》不仅在叙事结构中表现出迷人又令人震惊的艺术效果,而且在心理层面展开了由欲望机制引发的人与人之间的角逐,并且让观者感到历史的虚空与生活的无力感。"我被软禁在／一件昨日神话的囚服中。／……人们喜欢谎言,／而我只搏杀过一头老虎的投影。"在《武都头》里,朱朱毋宁说是替武松说出了一个银幕或小说中"我"这个"英雄"形象的虚幻性,不如说诗人将欲望的普遍性转嫁入"诗中"的人物,通过这些人物视角来共同构建深渊般可怖的"清河县"。

---

(1)　[斯洛文尼亚] 斯拉沃热·齐泽克:《自由的深渊》(王俊译),上海译文出版社,2013年版,第55页。

组诗《清河县》标志着朱朱个人诗歌写作叙事结构的拓展，这种拓展有冒险的意味，同时有效地将诗歌语言反转至冷峻的面貌。我们在《枯草上的盐》中所看到的轻逸、精美与绮靡——词语唯美主义者的盛宴被更加真实而沉重的历史文本加固，或者说，朱朱能游刃有余地在文本里编织出一种绝对真实的情境，不仅依赖于本身就独特的词语，也不完全在叙事结构中调配出类似巴赫金的"多声部"的理论，用多个"镜头"捕捉"清河县"里的细节，更重要的是作为一个诗人站在幽暗深处的"发声"，从而让"一个他者在他的位置上讲话"(1)。或者说，为了能让"他者"发出声音，作为诗人的"主体"的宝座悄然撤销，让位于西门庆、武松们，这中间已然经过诗性的洗礼、词语的疏离、历史知识体系的观照，才能唤醒"他者"。也许对我而言，在20世纪90年代伊始，就熟谙《小镇的萨克斯》《一个中年诗人的画像》《驰向另一个星球》等佳作之后，着迷的是《清河县》所陈述的角色置换，故意错置的叙事结构，以及在结构上呈现的抑制与反抑制的精神维度，而这个维度似乎并不像马拉美诗学中的"那个超越主体的东西是语言自身"(2)，而是策略性地迁回至历史话语，带来崭新的视角，而这新的语言视角，犹如：

> 我害怕这座避难所就像
> 害怕重经一个接生婆的手
> 被塞回进胎盘。
> ——《威信》

历史话语的"避难所"，经由一个"催生"（接生婆）系统艰难痛苦的决定，被重新选择安置（塞回）于最初的混沌（胎盘）。这是一种绝望的被选择，由隐喻而引发，在词与词之间，通过奇异的想象来引入假设中可能出现的情境，而情境的搭建，则是以检验创造力为前提的。无疑，作为当代诗歌想象力最好的诗人之一朱朱，写作《清河县》，

---

(1) [意]乔吉奥·阿甘本：《潜能》（王立秋等译），漓江出版社，2014年版，第103页。
(2) 同上，第102页。

逼近历史话语场域，所创造的剧场空间是环形的，它辗转腾挪于场域边缘，而非中心，以致里面所有人物都是卷入历史这场旋涡的主角，而这已然超出90年代以处理日常生活经验的叙事诗范畴。

或者说，大行其道的叙事诗作为诗学观念的演绎也许有效，但并未留下让人印象深刻的诗篇。而《清河县》在叙事基础上"转译"历史，将一个历史作为命定的"他者"分割出无数关于"我"的他者，代表了当代诗歌写作的一种可能。

在诗集《皮箱》里，《青烟》这样的力作初读起来以为是表达一位民国青楼女子令人扼腕唏嘘、青烟般缥缈的命运，然而"全景式"的俯瞰与不紧不慢的叙述口吻，使我们获得另外的观察方法，这种观察方法就好似古典油画那样冷静：

摄影师走来走去，画家盯住自己的画布，
一只苍蝇想穿透玻璃飞出，最后看得她想吐

然而古典的写实绘画的三维空间依旧无法替代诗歌或文学语言对场景的描绘，诗歌一旦进入叙事，它可以撕碎其语言边界，产生分叉断裂，甚至沉默，在沉默中诞生并激活某种意义。《青烟》这首诗是一位画家与风尘女子在"隔绝状态"的"对话"。当画家的绘画客体是这位女子时，画家同时也被这位女子的眼睛所绘制，而这种"双向"多轨的叙述结构，有效地帮助"诗人"主体的撤离，并安全退于语言内部，更精确地反映时间与空间催化的"影像"，而这影像最终被命运的吸盘所吸纳：

在后来很长的一段日子里，每天
他只是在不停地涂抹那缕烟。

而此前，画中女子已从她的"模壳"中跑出来，看到画中的自我（形象）已彻底变形，而变形之后的不真实是为了凸显另一种真实：

唯独从她手指间冒起的一缕烟，
真的很像在那里飘，在空气中飘。

而这种"真的"绝对真实,是因为一缕看起来虚幻的烟,喻示着生命中不能承受之轻。《青烟》原本尽可以按现代抒情诗手法通过词语紧张的摩擦,彰显主题与内容之间的抽象性,来唤醒一个遥远过去的民国女人的美感。这对朱朱来说并不是难事,因为在《枯草上的盐》的词语碰撞中,诗歌的抒情性与精致,提供给唯美主义者一种"专制性幻想"[1]。然而《青烟》里,或者整部《皮箱》诗集里的诗歌,我们看到的是更为高超的语言技艺。通过"他者"的眼光,展开对主题的娓娓叙述,有时近乎用说话的口气来虚拟"诗中"人物的口吻。或许说,这是进入内心,追忆童年、少年、青年时代的细节,并且重组记忆的时空关系。譬如《鲁滨逊》一诗,在文学文本的基础上,重塑"我"内在的精神的"漂流记",致使这"漂流"性质指向了"不真实":

> 我不叫鲁滨逊,我有自己的名字。
> 我也不曾在太平洋的岛屿上,
>
> 当"我"走到生命尽头,无法再行走时,
>
> 他们传过话来,
> 我可以回家。

"他们"是谁?最有可能的是历史的梦魇如影附体于"鲁滨逊"身上。

> 如同进入了一段他们并不了解的历史,
> 一段史前史,一段被覆盖
> 却因为我还没有死去所以还存在的
> 历史——

---

[1] [德]胡戈·弗里德里希:《现代诗歌的结构》(李双志译),译林出版社,2010年版,第68—70页。

一种想超越被历史禁锢的欲望致使"我"一会儿在巴黎,一会儿在美国、在中国,在这首堪称当代版"鲁滨逊"漂流记的诗中,之所以充满曲折的想象,是为了让人穿行于不确定的时间与空间,最终触摸现实,而在现实的壁垒中,这位"行者",最终会死去。正如里尔克所说的"挥霍痛苦人"[1]。朱朱诗中的鲁滨逊则由痛苦与本能的驱动下,完成他个人的精神旅程。虽然鲁滨逊一诗设置了事无巨细的生活细节,但最终内化为当代人生活的缩影。我们在这缩影里看到无可奈何的命运,这个命运是"鲁滨逊"们共同自我放逐的结果,这种结果的普遍性则在诗的语言共享中,触摸到既有娱乐性又在挣扎痛苦的旅程中,放弃了某些黑暗未知的一面。

按阿甘本引入荷尔德林"源始的童年"的说法是:"人,他说,必须把单纯的生活,'源始的童年',留在身后,而把自身提升为一个这一生活和童年的纯粹回声。"[2]"源始的童年",或者追忆过去发生的事情在朱朱的诗中不断地回放,不仅是自身提升至纯粹的回声,并且将回声里的历史同样纳入意识的回声筒里,慎重地"播放"。我相信,很多同代人阅读诗歌《皮箱》时,内心会升起似曾相识的家庭情感,即父子关系。在中国以父权为主宰的传统家庭里,父子关系常常喻示着盛兴与衰亡的"焦虑的影响",但是《皮箱》这首诗,则是个"从没有在眼前打开过的微型的精神史诗",也导致了"我啜泣在这个爱的真空"中。《皮箱》最后两节几乎在宣告历史撤离之后所留下的"精神遗产",而这"遗产"则在双重的"真空"中被悬置:

我触碰着这簧片,
打开箱子就像打开一个真空,

我啜泣在这个爱的真空,
除了它,没有一种爱不是可怕的虚设。

---

(1) [德]汉斯-格奥尔格·伽达默尔:《美学与诗学:诠释学的实施》(吴建广译),北京大学出版社,2013年版,第281页。
(2) [意]乔吉奥·阿甘本:《潜能》(王立秋等译),漓江出版社,2014年版,第85页。

这里的"皮箱"最终作为最高的隐喻被"打开",打开之后得到的是与"皮箱"作为象征物的意义截然相反的意义,因为它最后让叙述主体变得"啜泣"。在这瞬间充满矛盾的情感所爆发的是:其他所有爱也只是一种可怕的虚设。如果一定要在典型的朱朱风格的诗歌中找到迷人之处,那便是:在矛盾中轻巧地梳理各种能让人产生联想的意识,可见,朱朱诗歌的写作指向性十分清晰且谨慎。与别的以历史人物或者文学文本为原型的诗一样,《皮箱》一诗也蕴含着历史认识,只是它过于深藏不露,或者说,所有隐藏的信息被诗人夹裹在语言中等待阅读者的开发:

某座山墙上
一句褪色的标语,

悄然地掠过嘴唇;将近
半个世纪,终于它的音量被调至最低。

而作为诗人,一个在精神深层挖掘语言的人,他锤炼的不止语言本身,还塑造善于摆脱自身的影子的人。这就是为什么朱朱总是将生活或历史的线索(有时甚至是悖论的)深深掩埋于语言内部的原因,凭着"我"成为一个"他者",无数的"我"可以演绎成不同的"他者"。"我"也几乎成了不同文本里游荡的幽灵,清晰地穿越文本的罅隙,譬如《合葬》(指廖仲恺与何香凝)里无比清晰的死亡场景,如亲临现场般冷酷的复原:

一把枪的结构
复杂而精巧,
是它使我飞行得那么远,
从台阶沿着准星,
穿过射击者的瞳孔;

我们看到的是一种类似电影慢动作时的回放,结合死者死亡瞬间

的意识,这种意识被拉长并且里面镶嵌入叙述者假定的死亡体验。当意识被放大时,这种剧烈的死亡体验则呈现为痛苦的快感:

我在我用过的一把勺子
和夏夜突然下坠的彗星里
流回了万物的旋涡。

又是一种"回流"或"回放",诗人朱朱运用了现代小说中"倒叙"的手法,乐此不疲地体验一个革命者的命运,让这种曲折的"被暗杀者"的命运被细节紧紧攥住,从而产生了微妙的语言感受。《合葬》下半部分无疑属于何香凝的陈述,陈述的线索依旧是隐性的。如果不是借助历史背景,恐怕阅读者只能在语言表层来回游移,从而忽视语言"冰层"下的沸点,而这沸点带着透视历史的意图,从而让朱朱的诗在语言光环笼罩下,拨开云雾萦绕则是对历史的"改造"。借着渊博的知识,凭着对自我幻化为"他者"的意愿,朱朱似乎像魔法师那样洞察世界的本质,为汉语做最后特殊而独立的"拼图"。

无论是《灯蛾》还是《烙印》,都存在隐性的叙述线索,当这些线索通过诗的语言,以极为简练的词语表达时,叙述者有意隐藏"故事"表层的意义,从而使语言产生转折逼近更为自由的内在逻辑,而这种几乎由内容(故事自身)提供的逻辑反过来与主题勾兑,形成一种隐喻。"'隐喻效力'出自场域调换或者语义上的不谐和等,也即来自材料。"[1]材料即词。《灯蛾》或《烙印》,当它们内部的结构敞开时,并不像其他当代诗人的写作,仅仅纠结于抽象层面,通过词与词产生的语义获得隐喻,产生最高美感。而朱朱的写作,却力图准确捕捉在情境中发生的事件,由这个事件客观地来导入主观的感知力,并将这种感知的力度深深烙入阅读者的记忆里。《灯蛾》一诗,一开始就营造了令人毛骨悚然的氛围,可判断为一个人在特殊处境里自由的脆弱性与不可能性。在一个绝对被"一个阴谋把我变成/最后一件殉葬品"的时刻,"一只灯蛾/趋向于地下的光辉, /他的死历数了同伴的邪恶/和地上的日

---

(1) [德]胡戈·弗里德里希:《现代诗歌的结构》(李双志译),译林出版社,2010年版,第197页。

全食"。生之自由的不可能与陷入黑暗绝境中的死亡体验,是"我"对墓穴中隐约影像的最后追问,当这种追问的细节逼近真实,如同亲临情境的深刻描绘,实际上是对诗语言的极限性挑战。母题与词所指内容的凸显,完整得让人惊愕,而更大的内容则被严苛地浓缩于诗歌自身,反抗语言的惯性,以新颖的方式虚拟情境的再生。衍生自传统文本发生的事件,或对历史事实的诗性处理,似乎对朱朱来说变得轻而易举,而实际这些遣字造句的严谨性与近乎苛刻的写作姿态,最终回馈给了朱朱一种奇特的奖赏:那就是在吸收现代性抒情诗歌的基础上,拓展出一种基于历史抒写同时注入"他者化"概念的汉语诗歌。我们从中可以领略一个独立的诗人,如何在语言内部工作,经营一个世界的智慧之所在。

二

2008年之前,朱朱一直生活在江南,他生于扬州,大学就读于上海政法学院,后来在南京工作生活。应该说,这三座特殊的城市构成了诗人心目中江南的写作场域,它们童年与少年,乃至青年时代的风貌、器物与背后蕴含的人文历史,福佑一个诗人将特殊的感知力转化为卓越的创造力,也成就了朱朱今天的写作。即使在艺术批评领域,他的批评系统的构架得益于诗歌与散文的"写作准备"。其有效性与覆盖区域之广,既出自知识系统的完善,也与天然的洞察力和对历史的整体进程的把握有关。我相信在策展与批评两个甚至有些矛盾的领域内工作,平衡两者之间的关系,需要策略,因为在当代艺术复杂的语境中,偏爱容易带来对立,就像"历史他者"同时也提醒"自身的他者""他者化是必然的,对每个此者来说,他者是黑暗之心"[1]。甄别"黑暗之心",回味其中的光亮,内省并梳理"他者"与"此者"的关系,诗歌语言就在此中运行。朱朱不仅在凝视他者,更是在凝视"我"作为"历史的他者"的目光如何处置。

江南滋养了朱朱的写作,同样,作为一个成长在20世纪90年代

---

(1) [美]佐亚·科库尔、梁硕恩编:《1985年以来的当代艺术理论》(王春辰、何积惠、李亮之等译,王春辰审校),上海人民美术出版社,2010年版,第231页。

并且特立独行的诗人，面对汉语诗歌重镇南京、上海时，需要做出与他情投意合的趣味上的选择，这些城市与这个国家别的区域一样，盘踞着各种诗歌流派、主义与80年代留下的口味粗糙或精致的文学遗产。抗争与同盟、革命与妥协、理想与现实、口号与骚乱甚嚣尘上。可以想象，少年时代就怀揣"独立写作"愿望的朱朱，在一种"二元论"模式为主导的江南，要摆脱写作中"焦虑的影响"，去矫正这种"前驱的诗方向端正不偏不倚地到达了某一点，但到了这一点，之后本应'偏移'，且应沿着新诗作运行的方向偏移"[1]。而这种对八九十年代诗歌的故意"偏移"使朱朱写作不断得到调整。90年代诗歌写作的结晶——诗集《枯草上的盐》的绮靡与轻逸，至2005年出版的诗集《皮箱》时，已从唯美性质的词语盛宴里摆渡至历史文本当中，从这些历史事件（有时是虚拟的）或人物中提升至更开阔的内容。譬如以"我"的口吻进入历史人物的内心，从而逼真又残忍地剖析情境，在以不损害诗歌语言的前提下，一种越发冷峻的思考似乎揭示着更为本质的世界，而这个世界在偶露峥嵘的同时，又常常盛装着柔情姗姗而来，这是江南风格，确切地说是朱朱笔下的"江南共和国"风格。

随着2011年诗集《故事》的出版，"江南"已被提升至"共和国"这一政治场域里得以扩充，在古典韵味的《江南共和国》一诗里，我们不仅看到现代政治的概念的引入，在地域性极强的母题背后，实则是：

那个出塞的人质，
那个在政治的交媾里
为国家赢得喘息机会的新娘。

在明末清初遭受乱世政治逼仄的年代，可见一代才女柳如是所扮演的角色不仅是"我饰演昭君"，在朝代政权更迭中必定也带有惊恐：

此刻城中寂寂地，所有的城门紧闭，
只听见江潮在涌动中播放对岸的马蹄。

---

(1) ［美］哈罗德·布罗姆：《影响的焦虑》（徐文博译），江苏教育出版社，2006年版，第14页。

朱朱卓越的想象力引着大军南下，那种金戈铁马的恢宏景象在短短数句中得以呈现。然而，笔锋转折里，则是一种令人纠结的由压抑而产生的另一种"不敢明言的晦暗幻象"。这个幻象在心理内部是模糊的，但却是叛逆的，甚至觉得"腐朽糜烂的生活，它需要外部而来的重重一戳"，这种来自欲望深层的可怕念头，通过臆想，而有所期待：

他们远胜过我身边那些遗老，
那些乔装成高士的怨妇，
捻着天道的念珠计算着个人的得失，
在大敌面前，如同在床上很快就败下阵来。

"遗老"也可视作"江南共和国"全面衰退老化的征兆，它也指向柳如是那个年过半百的夫君，即晚明东林党领袖钱谦益，以及周围的一帮身居侯门的官僚文士。实际上崇祯帝自缢之后，南明朝廷也已苟延残喘。朱朱笔下的"江南共和国"风雨飘摇，通过一个著名才女的视角，压缩一个被欲望抽空的内心疆域，同时，也喻示一个王朝在心理上被推倒重来。因此，"过境的飓风"之后：

还将是一枝桃花摇曳在晴朗的半空，
潭水倒映苍天，琵琶声传自深巷。

《江南共和国》美感与残忍、压抑的女性欲望与颠覆的性的逆反心理，缕缕透过内心晦暗不明的幻象呈现，是心理事件在深层意识协调的结果。显然，整首诗不是对事件的直铺式陈述，而是一种对柳如是内心"江南"的"共和国"的截流。在精确严谨、行云流水般的却苦心经营的词语背后，"共和国"这个作为现代政治的场域被柳如是的欲望一层一层盘绕，具有古典的韵味，而这种古典韵味可能是柳如是心理欲望所带来的，诗人的角色反而在抒写的背景里撤退得更远，正如斯拉沃·齐泽克所说："欲望并非是事先赋予的，而是后者构建起来的。"[1]而这个后者，正是幻想本身，而朱朱正是通过幻想这一角色，为主体的欲望提供了坐标。这里，朱朱高举诗的魔法棒，深入浅出地改造角色，注入幻象的药剂，提供了"欲望的坐标"。"江南共和国"是父权挤压下的"共和国"，它象征着被摧毁的每一个腐朽的王朝。

同样在晚明的"江南"，一代名士张岱住在杭州，写下《湖心亭看雪》。当崇祯五年切换成1632年时，文本《湖心亭看雪》再度激活，在朱朱的《再记湖心亭》里，张岱眼中的西湖与通过文本模拟的西湖在意识层面并无两样，不同的只是古典与现代两种修辞搭建，当"鞑靼人的马蹄过后"。

> 我并不知道他是谁。但我猜
> 他是一个因纵欲被逐下西天的罗汉，
> 被罚到人间搜集和装订
> 雪片般到处撒落的一页页经书。

比之《江南共和国》的细密而压抑、继而沉思的内心画卷，《再记湖心亭》出于对对应文本的尊重则变得客观化，但语言之间古典气质的纵横联络，是朱朱面对诗歌时空画出的一道言说的弧线。

当一个当代诗人试图穿越时空进入如临其境的传统当中，除了必配的知识"零件"以及对谱系的熟知，还得具备杰出的超验思维，也就是当经验成为阻碍时，转化经验成为写作者的优先权。任何转换都可能成为惯性，反抗惯性则考验诗人写作的规避能力。在《海岛》一诗里，这种写作能力则携带着深刻的历史意识而来：

> 放逐，这就是对权力说真话的结果，
> 但也不必过于美化他，将他的政治头脑
> 看得和他的诗人头脑一样发达，
> 给他一个国家，他终究不脱独裁的窠臼。

---

(1) ［斯洛文尼亚］斯拉沃热·齐泽克：《斜目而视——透过通俗文化看拉康》（季广茂译），浙江大学出版社，2011年版，第9页。

这首写北宋苏轼放逐至海南岛的诗,展示了朱朱对话语权力批判的能力,这种能力在诗中有效地运作,也是得益于"诗性正义"的模型:即"作为'明智'的旁观者,并对事物做出中立和审慎的裁判"。[1]但我觉得迷人的不是褊狭与正义所展开的分析,而是作为一个当代诗人对另一个代表北宋最高文学成就的诗人的鸟瞰式抒写,短短数句之间已抵达权力的边界,而这边界被德勒兹称为"皱褶",即权力与力量反思机制与自身关系形成的夹缝。[2]

果然,这种被"放逐"的是权力,而一个诗人在今天的位置则"被彻底的边缘",那么我们是否还要——

唯有月亮感恩于他不朽的赞颂
频频来访,在长夜里治疗他的失忆。

当诗歌语言的普遍性产生共鸣,情感效应几乎能穿透更多的困扰,至少我们内心会认同自己情感的投入,而这似乎仅仅是借着澄清众多杂质的意愿,从而抵达原址:

他必须振作精神,不扮演文明的遗老,
不做词语的幽灵,不卖弄苦难,
而只是澄清生命的原址——
以它为一种比例尺,重新丈量大陆,
绘下新的世界地图,或者
像沙鸥一无所负,自在地滑翔。

而在《隐形人——悼张枣》一诗中,这个"新大陆"的版图发生了翻天覆地的变化。"我们全都在惨烈的迁徙中,/视回忆为退化,视怀旧为绝症",直到"梦着/千古愁,错失了这部离乱的史诗"。《隐形

---

(1) [美]玛莎·努斯鲍姆:《诗性正义——文学想象与公共生活》(丁晓东译),北京大学出版社,2010年版,第15页。
(2) [法]吉尔·德勒兹:《哲学与权力的谈判》(刘汉全译),商务印书馆,2000年版,第112页。

人》可能是当代最好的悼诗,其充沛的情感与准确的力量几乎将"诗人"的"我"与张枣的"故事"完全嵌入了"诗的历史",提升了回忆的力量,而非退化,诚如乔治·斯坦纳所说"诗人用语言筑成堤坝来阻挡,诗人的语词挫伤了死亡锋利的牙齿"[1]。同样,朱朱写鲁迅的《多伦路》:"和每种／希望的垂亡,宣布整个旧大陆／是一座燃烧的铁屋,是一座／海啸时瘟疫也在蔓延的孤岛;／不要叫醒任何一个人,／因为已经无路可逃……"写作经验的本质是规避本能与下意识,同时也依赖本能与偏好进入潜意识中的黑暗,从中辨识瞬间的经验。某些时刻,词带着自身的嗜好揭露黑暗中的事物。斗士鲁迅进入诗歌并不好写,但朱朱处理题材方面的能力改变了这种"不好写":

往日的好斗不过像一场游戏,
而他意识到自己的缺点已经晚了——
面对相同的命运,道歉已变得多余。

廖仲恺的命运,柳如是的命运,《灯蛾》里盗墓者的命运,苏轼的命运,张枣的命运,诸如此类的犹如"被扔进了火刑堆中,肉体毁灭过一次"的命运,随后进入——

而道德感垂直起飞,兀鹫般追猎腐臭,
他焦灼的眼已经看不见更多。

其实已无须多看历史了,某种程度上撕裂我们理想的同时也摧毁了我们的灵与肉,而诗人则能摆脱残酷现实的桎梏,辗转于语言幽暗的森林,穿梭于词语的夹缝地带,带着精神的尖针与细线缝补传统所遗下的记忆。当记忆论证诗人的血统,身份被强化的同时也变得隐秘。一个"隐形人"的角色也诞生在这种关系之间:

很久以前你就是一个隐形人,

---

(1) [美]乔治·斯坦纳:《语言与沉默——论语言、文学与非人道》(李小均译),上海人民出版社,2013年版,第46页。

> 诗代替你翱翔,投影在我们中间。
> ——《隐形人》

尽管一个诗人从天赐的角色下调身份至"隐形人",受制于语境,并金蝉脱壳般将自身的身份乔装成一个隐秘的模糊人,借助于"诗的翱翔",仍然可以孤傲地确认面目全非的身份。当一个时代在"叙事"的轨迹呈现狂欢化的状态时,诗,则改弦易辙地拿捏词语密码走向抽象。当词语轻易获得抽象,以应对它潜意识无法上升的情感时,则有可能沦为一种滥情的表达。抽象容易抵达,但内含"逻各斯"的抽象则不易抵达。朱朱的"故事"并不完全遵循包罗万象的"逻各斯"来构建他的诗歌"新大陆",而是依赖"故事"实体来展开他的诗性"辩护",片段式地、最大限度地将陈述的线索割断,紧紧压缩词语,走向陡峭、冷峻,在断裂中收集记忆的残片,为的是重塑个人史:

> 我并不知道从那时候开始,自己的脚步
> 已经悄悄返回了成年之后的自我放逐,
> 迈向那注定要一生持续的流亡 —— 为了
> 避免像人质,像幽灵被重新召唤回喇叭下
> ——组诗《七岁》第六首《喇叭》

在北宋,苏轼被权力放逐,而现在,看起来似乎"得救了",但仍然是"我厌恶午睡着昏庸的家庭制度"。虽然厌恶家庭制度,但"故事"里仍旧充满温情脉脉与懵懵懂懂的初恋:

> 忽然她将我
> 搂在胸口,于是我数着她越跳越快的
> 心跳,直到同样频率
> 也来自我的脉搏
> ——组诗《七岁》第三首《排水》

以《故事》命名的诗集中的《故事》这首诗,其实是来自组诗《七

岁》的最后一诗，也是《故事》这本诗集的最后一首，它的副标题写着——"献给我的祖父"。诗里面的主角是一位中国乡村的说书人，他活跃于民间。在收音机与电视等娱乐资源严重匮乏的年代，除了江南农村逢年过节越剧团上演的说唱艺术，更早的便是"说书人"。大约六岁时，我接触过的最早的文化娱乐场所是"简陋"的农村的"文艺活动室"。那时电视机还未在中国农村普及，说书人的存在几乎让观众陷入对故事的深深着迷之中，《三国演义》《三侠五义》《水浒传》等让你对下一个"故事"有所期待。童年时，也许让你更着迷的不是故事本身，而是对说书人这个角色与形象的好奇。通常情况下，说书人都用当地的方言来"讲故事"，因此每个人说书人的口音与节奏的把握有其自身的魅力，而《故事》这首献诗，主要对这一形象的追忆："沙哑的嗓音就像涨潮的大河，／越过哮喘症的暗礁和废弃的码头，／越过雾中的峡谷直奔古代的疆场。"

当然，《故事》的"故事"也会出现分叉与拐弯，因为"祖父"说的可能不是传统话本。可能是"那些比他还要年老的故事，／那些他很小的时候从很老的人／那里听来的故事，以及／每次远行中寻觅到的故事"。编撰传统话本，使之符合说书人的"故事"逻辑，是出于对现场表演的需要，按说书人的思维来"言说"，在那个年代是传统套路，然而这种现场感，连着故事本身，以及说书人的角色与形象也已被岁月尘封在记忆里。在《故事》里，朱朱讲出了整个"故事"的灭亡（即传统叙事方式的消亡）：

但是我深知，不再有

真正的故事和讲故事的人了，

夜晚如此漫长，空如填不满的深渊；

熄灯之后，心中也不再升起亮若晨星的悬念。

叙事者与叙事不再有了，悬念也不再有了。一个时代的故事随着祖父——"他已经长眠于地下"而终结。在朱朱那里，祖父之死可视为传统叙事方式的死亡，但追忆童年时光，是一种对起源的追溯。这种追溯不仅是对童年懵懵懂懂的恋情、祖父之死、"另一个家"的追溯,也是对存在于记忆之中的文学的追溯,就像宇文所安说的那样,"记忆的文学是追溯既往的文学,它目不转睛地凝视往事,尽力要扩展自身,填补围绕在残存碎片四周的空白",但"作为报答,已经物故的过去像幽灵似的通过艺术回到眼前"[1]。仍然是通过诗歌艺术,通过语言维度,通过词语的温度,在冰与火缝隙中谨慎的遣字造句,在内心流出想象的波涛。虽然"祖父"的"故事"消亡了,但朱朱的"故事"仍然要继续下去。在最近的诗歌写作中,我们看到"故事"仍然从一个支点抵达另一个支点,贴近它的母题;内在的逻辑与主题依旧娴熟轻巧:

我戚然于这种自矜,每当外族人
赞美我们古代的艺术却不忘充当监督
今天的中国人只应写政治的诗
　　　——《佛罗伦萨》

这首诗中的关于当代西方人的视角在当代中国诗人眼中被准确定格。这首诗读起来像在探讨"苦难的注脚,非人的殖民地",但实际上诗意盎然地关注了"熟透的贝阿德里采……"在《我想起这是纳兰容若的城市》一诗里,"墙内"则"珍藏一座江南的庭院"。

"江南抒情诗人"朱朱生长生活在江南,写作于江南,以至于身处北方,心里也珍藏着一个江南,即使这个江南已拓展成一个风雨飘摇的"共和国"。朱朱成长在江南,并被定位成一个江南抒情诗人,看起来朱朱自己对于此类身份并无纠结不适之意。然而在我看来,诗集《枯草上的盐》所奠定的抒情诗人地位,延伸《皮箱》时,抒情性故意削弱,朱朱的写作,至少存在两种诗歌语言路径的延展与发力,第一种写作路径以借鉴历史人物为文本的——幻化为"他者"内在口吻来言说自身参悟的"历史",写作者个人化特征则撤退至语言幕后,客观化的"人物"走至语言台前,内心独白与叙述的故事紧密相连。但在朱朱式细密精致、词语编织成环环推进的链式结构中,语意丰富,并

---

(1) [美]宇文所安:《追忆》(郑学勤译),生活·读书·新知三联书店,2004年版,第3页。

且含有古典的韵味，这一部分韵味延展在写作者那里可视为对当代汉语抒情诗的贡献，一种新古典的写作向度与历史意识凹凸有致，并且始终围绕着主题与诗的词语展开，在字里行间流露出一种考古学式的修养。同时，朱朱似乎有意识地对"人物"进行反转，借着杰出的语言控制力与想象力将人物反转至文本的内部，有意挑战过去单一的以词语替代情感或以口语叙事并屡屡奏效的诗歌经验，展现了开阔的写作意识；另一种写作路径是，当朱朱试图摒弃抒情语调时，其语言显得十分冷峻逼真，营造了奇特的情境，这和试图还原记忆中的有关现场，譬如《七岁》（组诗）与《皮箱》等，另外，《鲁滨逊》与《青烟》则在抒情中糅合了日常生活中"说话"的口吻，但同样都是揭露一个"故事"，以及故事里需要言说的那一部分内容。假如设定众多故事仅是"故事"自身，那么虚拟化、显露真相则需要对全局做出规整，这样的处理方式建立在诗歌之外的链式知识结构的基础之上，并像炼金术士那样对材料进行完整周密的调配，通过"炼制"才能进行语言"纯度"更高的写作。在这个意义上朱朱是集大成者，化为一个"他者"，纵横于作为一个"历史的他者"与此处的"我"之间，其中演绎的"故事"均指向朱朱自身：即"我"内含于"他者"之中，其中显山露水的是朱朱的生活与严苛的写作史。■

寻找话语的森林　朱朱研究集

从《小镇上的萨克斯》到《清河县》再到《江南共和国》，朱朱诗中的地理疆域一直在开拓着边界，然而在我看来，朱朱并不热心于地理的面貌，也不迷恋于风景的辩证法，他通过诗歌所构建的是一个个渗透着异地镜像的本地镜像，正如在《我想起这是纳兰容若的城市》一诗中，他在北京镜像中嵌入了江南镜像。叠加的地理镜像所构筑的是一个剧场，在最核心地带，他所导演的则是一出出充满时间意识的戏剧，他在《江南共和国》时期的诗集名字甚至就叫作《故事》。朱朱的诗歌，是作为戏剧的诗歌，然而这并非意味着他的诗歌求援于戏剧而获得了自己的独特质地，而是意味着他的诗歌忠实于语言的自由和紧张。在其笔下，语言可以超越于经验世界与超验世界的双重束缚而抵达一个中间地带，一块充满了轻盈与戏剧性的林中空地。他的几乎全部诗作尽管呈现出多种精神面貌，然而始终在探测这个戏剧世界的核心。

可以说，从组诗《清河县》开始，朱朱所面对的是时间的阴影中所携带的伦理世界——按照黑格尔在《法哲学原理》中的定义，伦理是自由的概念："伦理就是成为现存世界和自我意识本性中的那种自由的概念。"我在此处不合时宜地引用黑格尔这部备受争议的法学著作，不只因为朱朱是法律专业出身——他的确写过这样的诗句："两座大学之间隔着一座铁路桥，你读文学，／而我读法律，无论我们在学习

海量的陌生人
——关于朱朱诗歌近作※

胡桑

※ 原载《诗建设》2016 年夏季号。

什么，／都是在学习呼吸自由"（《老上海》），更是因为，我试图指出，超越地理的束缚是朱朱地理书写的必然途径，或者在一个更开阔的层面上，超越词语的及物性正是朱朱诗歌的核心动力。在这个意义上，朱朱从来不是一名地域意义上的江南诗人，江南只是一个他用以观照世界的、与生俱来的戏剧装置，通过这个装置，他获得了对整个世界和词语的敏感，也寻找到了一条切入历史记忆深处的时间伤口。朱朱的江南是一扇镂空的雕花木窗，望向窗外，诗人看到了作为戏剧景观出现的世界或事物的阴影。这一点在他的近作中显得越来越清晰，比如他在《丝缕——致扬州》诗中写道：

至少你有一半的美来自倒影——
运河，湖，雨水，唐朝的月光
以及更早的记忆。即使
闷热如八月，你也有一份
裁自历史的清凉。你像
在倒影中变得圆满的桥孔，
甚至倒影的部分才是真正的实体。

一节短短七行的诗中，"倒影"出现了三次，第一行和最后一行构成了一个封闭的剧场，剧场中心所上演的则是"历史的清凉"。在朱朱的诗里，历史往往成为借来的目光，据此，诗人可以重新打量眼前的现实，在这种打量中，现实被重新定义，从而生成为一种意向性的事实。朱朱所看重的是世上万物的阴影部分，即事物在时间深处所形成的梦境，或者说剧场。在组诗《小布袋》之一《寒食》中，他也写到过"阴影"，还有"废墟"：

环绕着一座冷却的灶台，家
只剩下阴影和灰烬；窗外
整日都没有炊烟升起的街道
不过是一处保存得完整的废墟。

家作为阴影和灰烬，街道／城镇／国度作为废墟，这是对朱朱诗歌进行考古学解读的关键入口。现代人被从家庭的道德束缚中驱逐出去，是浪迹大地上的永远的异乡人。然而，朱朱的高明之处在于，他并没有停留在孤独与异乡的简单缠绕中，而是让他者的阴凉移动在自己的诗行之间。家成了阴影，城变作了废墟，在这种处境之中，他者才变得必须，孤独个体与他者之间的联络成了现代世界的抽象／性感的共和国。抽象到极致，便性感到极致，正是由于朱朱自己的诗歌剧场对伦理关系的重新界定，漂泊于现代废墟的个体才获得了色情的肉体，这大概是他通过语言不遗余力地深入到《金瓶梅》所构建的伦理和身体世界中去的原因所在。在这个意义上，止栖在"诗歌共和国"里的是一种无法被征服的、深邃的戏剧性，这就是《江南共和国》中的句子所要写的：

再一次，骄傲和宁静
荡漾在内心，我相信
有一种深邃无法被征服，它就像
一种阴道，反过来吞噬最为强悍的男人。

朱朱的确发现了一个新的伦理剧场，在这个世界里，他者是一种需要，是一种恩赐般的引力，或者说，他者必须被召唤出来，并且可以随时被召唤，只要我们敏锐地感觉到眼前的世界是一个废墟。

在其近作中，《小布袋》是一组《清河县》的续诗，与《清河县》一样，这是一组凝聚了极为耀眼之潜能的诗。无论在《清河县》里还是在《小布袋》里，朱朱都将当下叠加到过去之中，从而摧毁了乡愁意义上的过去，于是他的诗中的过去，无论是历史事实，还是虚构事件，或是个人记忆，都不具有感伤的质地，他并不对过去产生欲求。过去只是一场时间上的位移，正如乡愁在他笔下也只是一场内心的位移。位移并不预设缺失，而只预示一个方向，一个面对他者的方向。现代意义上的他者是其诗歌剧场中的核心角色。蔓延在现代诗歌中的倾诉的调性均源于诗域中他者的缺失，于是，诗人制造出无数孤独的声音。然而，朱朱的诗歌中鲜有这种孤独的调性，他所建构的一个节制、冷峻的语言世界,也已经超出了语言自身所要求的洁净的癖性,他的诗中匿居着海伦·文德勒所谓的"看不见的听者"(Invisible Listeners),以至于试图发展出一种乌托邦图景,即将可能性带入诗歌。他的语言世界起源于对于语言内部空间的开拓,这个空间是穿越了现实的栅栏之后进入的一个更为丰盈的戏剧空间。在《寒食》中,令人惊异的是,武大郎作为他者的幽灵,构成了潘金莲/西门庆存在的深刻依据:

难道我应该召唤他回来?
那个被火从葬礼上带走的侏儒——
在最后的一瞥中,他萦绕成
一副变形的软手铐,且哀恳

且嘲笑,酷似他弥留于
病榻上的语调:"别赶我走……
你们就是这场火,凶猛过
饿得太久的狼群,转眼

"将我当柴堆吞噬,然后盘桓
在原地,发出满足的嗷叫,彼此
迫不及待地追逐和搂抱,可是
一旦我随风飘散,你们就有熄灭的危险。"

只有在戏剧性的召唤关系中,他者才出现,不然他者也只是一些可以用数字计算的人群,"在人群中孤寂地死去"(朱朱,《楼梯上》)。但是,在朱朱的诗里,自我与他者之间的关系不是权利,而是爱的戏剧。不过,朱朱另有洞见,在其作品中,爱作为镜像而被导入,或者说,作为灰烬的幽灵而出场。甚至,这灰烬的幽灵成了朱朱诗歌的最佳隐喻,它形成的是语言的"林间空地"。不同于20世纪90年代以降诗歌主流中的及物性、个人性和叙事性,朱朱的诗歌似乎冷静地偏离了潮流和风尚,在幽暗的语言丛林中,其诗作构成的是一场寂静的精神戏剧,他在《越境》中写过:

> 也许词语们同源于每个语种那背后的
> 寂静,而那寂静是一种声音,
> 授权给我们。不要被塞壬的歌唱带走,
> 也不要被记忆的雪崩压成殉葬品。

寂静既是一种精神的语调,也是词语背后所弥漫的强大视野。在这寂静的视野中,个人并非行动的主体,而是行动的媒介,是一种用更高的声音传达自己时所凭依的媒介。寂静的世界里,不存在诱惑,也不存在事件的累积。事实上,上述引文中的一个诗句也曾几乎一模一样地出现在《合译》中,并且前面多出了一行,引领着它走向另一个空间:

> 每一个必须找到另一个,必须。
> 词语们同源于所有语种那背后的
> 寂静,而那寂静是一种声音,
> 授权给我们。

是的,"每一个必须找到另一个,必须"。诗人所要揭示的不仅是词语与词语的戏剧性关系,也是人与人之间的戏剧性关系。一个词必须找到另一个词,一个人必须找到另一个人。而寻找的过程既是一次主体的自我命名,也是主体克服自身重量的过程,在与他者的连接中,主体的自我获得了一次轻盈的起飞,以穿越生活这个大荒漠。词语的安顿,即人的安顿,但是词语和人一样,其寂静的位置都不在自身之中,而在他处,存在的意义在于对他者的找寻、与他者的相遇和在相遇中为自身赋形——在神秘的一跃中,触及更高的存在——"背后的寂静"。然而,寂静并不能带来安息,只要写作还在继续,我们就无法逃离保罗·穆顿在论述佩索阿时所说的"循环往复永无止境的心智勾兑"[1]。用朱朱自己的话来说,则是"聆听到内心那种无名的需要,最大限度地展开灵魂的无穷褶子"(《朱朱访谈:杜鹃的啼哭已经够久

---

(1) [爱尔兰]保罗·穆顿:《在镜厅中:费尔南多·佩索阿的〈自我心理志〉》,胡续冬译,见《评诗》2014年第2卷,长江文艺出版社,2014年版。

了》)⁽¹⁾。这就是他在《对决》中所写的：

发生了什么？被弃用的词逆袭母语，
顽强的陨石重返星空，
生命，在另一种身份里释放潜能。

假如诗人也属于"另一种身份"，那么，诗人的工作，无疑就是通过语言释放生命的潜能。经过阿甘本在《潜能》中的阐释，我们知道，"潜能"意味着"没有人书写的绝对书写"，即写作为不可企及的寂静留出了不被书写的可能。正是对可能性空间的邀请，诗歌写作才能达到一种直接性——并非经验上的直接性，而是潜能上的直接性，面对空白的直接性，也就是博尔赫斯在为自己的诗集《同一个，另一个》所撰写的序言中所说的，"不是在其中空无一物的简洁，而是一种谦逊而隐蔽的繁复"。朱朱这些年的诗歌所追寻的即是这样一种"谦逊而隐蔽的繁复"，为潜能留白的繁复，这已与其早年诗作中的简洁、节制、冷峻、干净大不相同，是一名诗人进入了更开阔之领地的症候。这是朱朱的诗歌剧场所呈现出的最新质地。

值得一提的是，从佩索阿的异名写作来看，朱朱诗歌内部的异质空间似乎可以得到更多诗学上的支持。我们只需要引用佩索阿的《不安之书》第396篇："我们每个人都是好几个人、许多人，都是海量的自我。因此，鄙视他周围环境的那个自我，并不是那个遭受痛苦或者从中取乐的自我。我们自身的存在是一块广阔的殖民地，那上面有着各式各样想法不同、感受相异的人。"⁽²⁾所以，在朱朱的诗里，"寂静"所授予的宾语是"我们"。"我们"当然是"我"的复数，然而我更愿意将其视为对封闭自我的摧毁，或者说是"我"与"我"之间的家族相似性，所以，没有一个单独的"我"可以成为"我"的全部表达——"迷失在深巷中我嗅出了一个不忠的自己"（朱朱《圣索沃诺岛小夜曲》）。不过，佩索阿所谓的"海量的自我"是其异名写作的变体，是诗人在自

---

(1) 《朱朱访谈：杜鹃的啼哭已经够久了》，见"诗生活"网站（www.poemlife.com）。
(2) 同前页（1）。

我内部空间里所命名的无数个体，他们拥有自己的名字，不同于别人的作品，甚至拥有自己的真实生活。而在朱朱这里，这些"海量的自我"是匿名的，他们是海量的陌生人，其中每一个人都是"隐形人"，自我内部居住着无数的他者。这些隐形的陌生人构建的是一种更加纯粹的戏剧性，这起源于朱朱诗歌在形而上层面的诉求。他的诗歌在语言上表现出任性的意外，在我看来，正是为了时刻显露出自我之中的他异存在。《清河县》组诗中的大多数人物都是第一人称"我"出现的，这些"我"难道只是一个人称？我更愿意承认，他们都是朱朱自己所愿意接纳的最真实的人格，并非是心理学意义上的人格——加法并不足以构建一个完整的朱朱，而是拥有戏剧创造性的面具，他们的意义在于通过相互关系为世界赋形。朱朱在访谈中所说的"每一条街上都住着一个王婆"，难道是为了继承鲁迅的国民性批判？绝对不是。他想表达的无非是，汉语世界的内部都住着一个作为阴影的王婆，每一个人（尤其是诗人）都有成为王婆的自由，当然，也有不去成为王婆的自由。也许，朱朱想说的只是，每一个人都是一个丰盈的伦理剧场。伦理，即自由。在与传统的关系上，朱朱的写作是一种创造性的互文书写，是本雅明意义上的引文书写。引文不是对原文的简单模仿、致敬，更不是屈从、臣服，甚至也不是改写，引文是对原文的更新，是对原文之潜能的开掘、召唤与释放。朱朱在《最后一站》中写过："这种沉默是完整的。是一个人／激怒了熟睡的语言。"但他后来，尤其是《清河县》组诗之后，一直在试探的是如何激怒传统，这是一种激进地进入传统的方式。能够被更新的传统才是最古老的传统，《百宝箱》诗里的王婆在说："我要我成为最古老的生物。"这个传统甚至可以含纳西方的传统，这就是朱朱在《鲁滨逊》里所写的：鲁滨逊的另一个名字可能是"行者""孙行者的行者和行者武松的行者"。

此外，朱朱尽管在很多诗中热衷于叙事，但他不是一名屈服于事实的情境主义者。他追求的是心理的事实，语言的事实，更是灵魂（体内的无数幽灵？）的事实。对于优秀的诗人而言，文本指向多重意义空间，却始终不绑定或停留于经验空间。这是他在一首诗的题目中所揭示的，所有的诗作都是"给来世的散文"。他的诗一直处在诗与散文之间的张力之中。他并不偏爱抒情，然而也并不沉溺于叙事，甚至不以叙事为抒情手段，而是"在散文中沉思"（朱朱《希腊》）。他在文本的现实中反复辩驳、探寻、开拓、回退，一再试图触摸终极的寂静，那深处的宇宙。《彩虹路上的旅馆》是一首叙事性很强的诗，然而，我们在这里看不到对事件本身的沉溺：

它有手风琴簧片式的外墙。
腼腆的旋转门，甚少旅客潮水般
涌来的景象。大堂里没有
多枝吊灯的瀑布，登记台的墙面
没有连成一排、相互驳斥的钟，
晚餐过后，小餐厅就迅速藏进阴影。

一盏路灯的眼泪滴淌在柏油里，
这最小的彩虹无人理睬地闪耀。
这里，我和一只门把手上的无数陌生人
握手，我思考如何与北方对弈，
我像前来觅食的候鸟，外面是隆冬，
风中行走等于背负整个家庭。

布罗茨基主张诗歌写作要尽力清除形容词，然而我们在朱朱这里看到了另外的情形，名词大多化身为定语修饰另外一个名词，使名词与名词之间产生了新的空间。名词与名词的叠加，其实是记忆的叠加，是想象的叠加，既是对现实的否定，也是对现实的澄清，更是对现实的超越。第一节末尾又出现了"阴影"这个词，阴影坚定了事物的存在，换言之，一个名词的确立需要另一个名词作为阴影。这一切不就是对现实的超越吗？另外，我们可以试着追问，为什么第二节要出现"眼泪"这个词，它是否提示着斯洛特戴克在《犬儒理性批判》中所说的，"我们在'世界痛苦'（Weltschmerz）中先天知道这个世界"？对我而言，眼泪所预示的感伤恰恰是对自传的瓦解，正如帕慕克在《天真的和感伤的小说家》里所说的，感伤即反思，于是，朱朱在下面的诗句中迅速开启了自我与他者、内与外的激烈渗透甚至对抗，这些对抗都是其诗歌戏剧性的内在要求:"这里,我和一只门把手上的无数陌生人／握手,我思考如何与北方对弈",还有轻与重之间的张力:"我像前来觅食的候鸟,外面是隆冬,／风中行走等于背负整个家庭。"然而,这里所书写的仅仅是轻与重之间的对抗吗?诗中的"候鸟"与"家庭"不得不让人想起宇文所安在《中国传统诗歌与诗学:世界的征象》中对杜甫的诗句"飘飘何所似,天地一沙鸥"的分析:"正是明喻的这种形式承认了不同事物之间存在重要相似的可能性:存在穿越身份屏障的共享之物。明喻使家族关系成为可能,在沙鸥身上,诗人找到了同族。"[1]对于杜甫而言,他的同族是孤绝、渺小的沙鸥,而朱朱所使用的明喻则是候鸟。为什么是候鸟?因为正是候鸟身上的迁徙性增加了家庭的负重。"屋顶下,自己的气息／像从家乡带来音信的陌生人。"朱朱在《希腊》中如是写过。

布罗茨基在《克利俄剪影》中捍卫过迁徙性和游牧性。在他眼里,迁徙和游牧是为了"摆脱社会的理性主义理论""一个个体,尤其是一个游牧的个体,能较集体更敏锐地感觉到危险"。不过,即便不考虑布罗茨基对社会的理性主义理论的偏执批判,我们也能看到游牧性在一个当代诗人身上的必要性。正是目击了生活与词语的不安,诗人才得以诞生。游牧性与其说是对家庭的拒绝,不如说是家庭排除了作为个体的现代人。家庭依然是现代社会生活的基本组织单位,但它不再是现代陌生人的存在根基,不再能够提供根本性的安慰,反而造就了一种根深蒂固的漫游性。漫游性确认了家庭在现代世界中的位置,借用巴什拉尔在《空间的诗学》中的说法:"所有的庇护所,所有的藏身处,所有的卧室,都有共同的梦境价值。家宅不再是从实证角度被切身'体验',我们也不只是在当前的时刻才承认它的有益之处。真正的幸福拥有一段过去。整个过去通过幻想回到当前,在新的家宅里生活。"在我们时代,家宅与旅馆同构。

无论是游牧性还是漫游性,都构成了朱朱诗歌的戏剧性在遭遇到更广阔的现实语境之后的变体。漫游性／游牧性在他身上一直潜伏着,哪怕在他早年安居于江南的那一段时期。我们注意到,《小镇上

---

(1) [美]宇文所安:《中国传统诗歌与诗学:世界的征象》,陈小亮译,中国社会科学出版社,2013年版,第11页。

的萨克斯》结尾一句:"我走到人的唇与萨克斯相触的门。"从这道门走出去就是诗的世界,就是语言的游牧世界。朱朱后来在北京的长期游牧只是语言世界的隐喻变成了事实,然而事实正是最深刻的隐喻。所以,"我像前来觅食的候鸟"尽管是一个空间上的明喻,但本质上是一个时间上的隐喻,因此才有了下一句诗:"风中行走等于背负整个家庭。""家庭"难道不正是在应和诗歌前一节的最后一个词"阴影"?迁徙者身上背负的难道不是家庭的阴影?然而,这难道不是一道甜蜜的阴影?去承担负重才让人感到轻盈。布罗茨基所谓的游牧性在博伊姆那里成了"大流散的亲密感":"大流散的亲密受到家园和故乡形象的萦绕,但是它展示出流亡的某些隐秘的愉快。"[1]而在朱朱的诗歌中,"大流散的亲密感"对应的可能是"自许的漫游",是时间的灰烬,他在《越境》中写道:

降落:显示屏上的海拔
是一部对流层中急速闪回的年代学:
1976,1968,1949,1840,1789……
然后,舱窗外的巴黎斜冲过来,
它拥抱流亡者的热情在你自许的漫游面前脱白。

博伊姆在《怀旧的未来》中指出:"流亡既是流落中的痛苦,也是跳跃进入一种新的生活。"然而,朱朱在内心的流亡并没有急切而坚定地跳入一种新的生活。在他的近作中,还有一个存在也是不可忽视的,即疏离的旁观者,他通过艰难的距离审度这个世界,在审度中,漫游性得到了坚持 —— 自由的世界从不甘于受一个自然世界的束缚。疏离的旁观者所要进行的是一场永远的自我放逐,这在《彩虹路上的旅馆》中书写得尤为淋漓。《啄木鸟》则是一首在声音上进行审度的诗,记忆、故乡、希望和安宁都随着审度而降临。

尽管朱朱从来不是一个漠视现实的诗人,从《小镇的萨克斯》《扬州郊外的黄昏》《夏日南京的主题》《皮箱》《拉萨路》《记一个街

---

(1) [美]博伊姆:《怀旧的未来》,杨德友译,译林出版社,2010年版。

区》《七岁》《太原，2001》《五大道的冬天》《重新变得陌生的城市》《纽约快照》等诗来看，他对自己的生存境遇和周遭现实的敏感甚至是无与伦比的，从诗集《故事》（2011年）开始的诗作越来越多地承纳了异质性经验，而且是在极小的语言空间（句子或短语）中就能自如地处理异质性经验的戏剧冲突，但是他并不执着于个人的现实，无论是情感、事件，还是记忆。正因为经验是一种限制，所以写作的必经之路就是迟早要从个人的经验视野中超溢出来。正如宇文所安在《中国传统诗歌与诗学：世界的征象》中所说的："伟大的文学可能没有个人的声音。乐府、《诗经》和读荷马的方式都要求对个人声音的否定。"对于个人声音的否定，一直是朱朱诗歌中最为炫目的特质之一，当然，也是其诗歌剧场的本质属性之一。他似乎从不着迷于自我在诗歌中的形象，他对生活及生活中的个人只是预留了认同，而不做出预先的裁决，或者说，他视自我为他者，自我成为一种对自我的辩驳、消解和对抗，这是《小布袋》中的一节诗所要表达的：

我活着，就像一对孪生的姐妹，
一个长着翅膀，一个拖动镣铐，
一个在织，一个在拆，她们
忙碌在这座又聋又哑的屋檐下。

这相类于《伤感的提问》一诗的尾句所饱含的力量："这么多年我始终住在自己的隔壁？"希尼在《流放的语言》中提出过写诗的两种需求，第一种需求是写出属于自己的作品，第二种需求则是"去超越他对自我已有的把握，接受世界的非我部分并将其纳入作品之中，这些作品仍是他自己的，但却对任何一个他人提供了通行权"。作为面具的陌生人，作为栖居于自我内部的复数的陌生人，一直是朱朱诗歌中的思想的隐喻，也是进入朱朱诗歌剧场的通行证。∎

寻找话语的森林　朱朱研究集

朱朱是20世纪90年代崭露头角的诗人，也是这个时代的重要诗人。他对诗歌有着特别的珍重和敬意，诗歌是多种写作样式中最令他不敢造次的一种。朱朱还是优秀的艺术评论家，他对诗歌的理论思考不乏真知灼见，但是他却几乎没有加入当代诗坛各种似是而非的论争中。早年的朱朱没有借助"惊世骇俗"的诗人批评进行自我建构，也没有参与各种"热闹喧嚣"的"诗歌运动"，他贴近诗歌本体营构，凭着工笔细描的诗艺获得文本辨析度。他的近期诗歌似乎蕴含着他写作上的某些变化和新的启示，这尤其体现在他新近出版的诗集《故事》[1]之中。

一、朱朱的《故事》和《故事》里的朱朱

《故事》之前，朱朱已经出版了《驶向另一颗星球》《枯草上的盐》《青烟》《皮箱》等诗集。这一次，朱朱以"故事"来命名诗集，对于诗集而言，这颇为特别，间或提示着朱朱诗歌写作从内容到技艺的转变。

《故事》至少包含着三个层面的"故事"：其一是"童年故事"，在

---

(1) 朱朱：《故事》，上海人民出版社2011年版。本文所引诗歌没有特殊注释皆来自此书，文中不再一一注明出处。

命运"故事"里的"江南共和国"　　　　　　　　　　　　　　陈培浩
——论朱朱的近期诗歌※

※ 原载《江汉学术》2015年第1期。

诗集后面的《七岁》（组诗）中，诗人特别创设了一个七岁的视角，回到七岁的自己，用七岁的认知和体验重温童年往事。把少年设置为诗学视角，这个层面的故事丰盈的童年细节又是童年视觉和成年眼光的融合：朱朱无疑返回了七岁孩童的世界，但成年诗人的"视界"又时时浸染其中。因此，这层童年故事就不仅止于童真童趣，它因为充满细节而真切，因为携带着情感而感人，因为呈现了复杂性而引人深思，毋宁称其为关于童年的"诗性记忆"。

《故事》的另一层面是"中年故事"。这部诗集弥漫着一股鲜明的中年回望气息，即使是"童年故事"，很多时候也是统摄于一种成年眼光之下的。显然，以"故事"来命名诗集，朱朱有更多非抒情的经验要处理，当他回望人生的过往时，常常发出一种中年人才有的感慨。

在童年往事和中年姿态之外，《故事》的第三层其实试图讲述一个关于"落差"的命运故事，落差是命运故事的谜底，他称为"真正的故事"：

你向我们展示每个人活在命运要给他的故事
和他想要给自己的故事之间的落差，
这落差才是真正的故事，此外都是俗套……
——《拉萨路》

《故事》关乎童年和家园，关乎亲情、童年的父母之爱，关乎一个小镇三十年前的日常，关乎少年成长的美好和疼痛，关乎青涩美好的爱恋。但《故事》也关乎命运的秘密，那些在生命的斜坡中一路滑行至今的人们，那些想向"严冬墙沿带着全部崽子呼救的猫"伸以援手却"无法克服与生俱来对毛茸茸动物的恐惧"的人们，始终活在各种宰制中。各式"练习曲"和"蝴蝶泉"故事的核心是生命的规训和格式化，这在朱朱诗中被隐喻为童年村头的"高音喇叭"：

我并不知道从那时候开始，自己的脚步
已经悄悄迈向了成年之后的自我放逐，

迈向那注定要一生持续的流亡——为了
避免像人质,像幽灵,被重新召唤回喇叭下。
　　　　——《喇叭》

命运故事的层面同时也关涉着朱朱《故事》中的囚徒体验,这第三个层面,我们下面会专门分析。值得一提的是,《故事》里的朱朱,较之以往呈现了对诗艺的不同理解:《故事》里的朱朱,纯熟、疏朗的诗艺代替青春朱朱那种无所不在的工笔细描。朱朱并不着力于发明新奇繁复的语言装置,从表面上,你甚至可以说,朱朱对语言修辞的使用,是常规化的。然而,朱朱的语言却透露出更朴素的质感,只有贮藏了丰富生命细节和强大的语言剪裁能力的诗人,才能以看似简单的方式带给诗歌特别的生命质感。在《故事——献给我的祖父》中,诗人基本上只使用比喻,那些比喻简单明了,并没有复杂的修辞机制,然而都准确而迅速地勾勒出书写对象的精神质感:

老了,老如一条反扣在岸上的船,
船舱中蓄满风浪的回声;
老如这条街上最老的房屋,
窗户里一片无人能窥透的黑暗。

大部分时光他沉睡在破藤椅上,
鼾声就像厨房里拉个不停的风箱,
偶尔你看见他困难地抬起手臂,
试图驱赶一只粘在鼻尖的苍蝇。

但是当夜晚来临,煤油灯
被捻亮在灰黑的玻璃罩深处,
他那份苍老就变成了从磨刀石上
冲走的、带铁锈味的污水——

这首诗共四节,每节基本分为三小节(除第三节为两小节外),每一小节都为四行。有趣的是,每一小节中诗人都安排下一个比喻,比喻是这首诗最核心的推动机制,这种最普通的修辞在此诗中大放异彩,原因在于朱朱对比喻极其准确的把握,如写祖父的垂垂老矣,诗人用了三个特别精彩的比喻。

"老如一条反扣在岸上的船。"离水之船,被反扣在岸边,状态(反扣)和方位(岸边)都显示着被离弃的生活。这已是不错的比喻,但诗人加上了一句"船舱中蓄满风浪的回声"让这个比喻更为增色。如果说反扣岸边是船的外在状态的话,蓄满风浪回声则是它的内在状态,内外的张力才是船,也是老如船的祖父的"故事"之所在。

这个比喻,有赖于朱朱对岸边反扣之船的发现和对船的语言符号的进一步强化。写诗者,有人擅长发现新的修辞手段,创造新奇的表达效果;有人却擅长把体验准确地移置于并不新奇的修辞装置中,同样创造出新奇的表达效果。前者靠的是语言创造力,后者靠的却是生命体验和语言准确性的平衡能力。

二、童年往事的"诗性记忆"

每个人都有自己的童年,但每个人的童年经验不同,每个人对童年的诗性记忆能力也不同。记忆在普通人那里日渐黯淡、松弛乃至逃遁,经过诗歌提炼的记忆却在艺术的定型剂中获得造型、色彩和温度。所以,诗人对于记忆的造型能力,便是所谓的"诗性记忆"。朱朱是那种既有较特别的体验,又有极强诗性记忆能力的诗人。他的"童年往事"中充满各式各样的人、事、物:母亲、祖父、祖母、邻居女孩、理发店师傅,一头待宰的牛、沉默的井台、前年的日历、绣着过时图案的缝纫机、嘀嗒嘀嗒画着自己的圆的墙头钟,还有那条坑坑洼洼、由无数次跌倒组成的去见父亲的漫漫长路。

《故事》的童年记忆主要呈现于《七岁》组诗中:《早晨》和《数学课》专门写母亲。儿女对母亲的爱和感激,是一个因为永恒而困难的写作主题,朱朱却有自己精彩的表达:

母亲知道第一束阳光的金色丝线，
怎样在天空的蓝缎子上绲边。
每个早晨她的眼睛总是最先睁开，
枕边一小块湿痕，来自伤心的梦。

她的目光像风筝升过了晾衣绳，
跃向了山墙之上的天空，
在风中打几个寒噤般的趔趄，
然后不断地高飞，盘旋在云彩。
——《早晨》

母亲之爱，实写常流于平淡，虚构又有欠真实。从童年的眼光看，往往真切有余而体贴不足，纯从成年人视角出发，又难免过滤了温润的细节。朱朱既用修辞也用想象，既从童年，也从成年的眼光去描述母亲，这就是所谓"诗性记忆"的高妙和哀而不伤。这两节诗都安排下精彩的比喻，特别是第二个"目光如风筝"，后面三个句子都在延伸铺排这个比喻，风筝"在风中打几个寒噤般的**趔趄**，／然后不断地高飞，盘旋在云彩"跟第一节母亲"每个早晨她的眼睛总是最先睁开，／枕边一小块**湿痕**，来自伤心的梦"有内在的呼应。母亲的泪痕和伤心的梦或者是成年的朱朱更能体贴到的情感伤疤，每个母亲大概都是带着伤疤，在生命寒风中打着趔趄然后高飞的吧。朱朱的诗，既有童年的恋母细节，又有成人后对母亲的体贴和理解，更有诗人特有的修辞想象的才华，所以《早晨》里的母亲便显得特别动人。

朱朱写的祖父，同样动人、形象：

大部分时光他沉睡在破藤椅上，
鼾声就像厨房里拉个不停的风箱，
偶尔你看见他困难地抬起手臂，
试图驱赶一只粘在鼻尖上的苍蝇。
——《故事——献给我的祖父》

这段描写形象而准确。卡尔维诺在《未来千年文学备忘录》中提出的五个文学价值,其中一个就是"准确"。"准确"是写作对象的精神气质跟写作细节之间的匹配关系。朱朱的四句诗,紧紧抓住了孩童眼中祖父形象的灵魂。

朱朱用一种复杂的眼光来写亲人,他忠于自己的情感体验。他写祖母的《另一个家》,就努力写出那种复杂性,他写祖母对自己粗糙而细心的爱:

黄昏时老风箱的哮喘开始复发,
烟雾层层扩散,吞没篱笆上的天空。
然后她吹散小勺子边的热气,
将烂如反刍过的山芋填进我的嘴巴。

入夜后灯芯被捻亮,她检查
我的袖口有无裂缝,以及纽扣
又掉落了几颗。针线无声地缝合,
而我交缠起双手在墙上做一只大雁。

他也写童年自我对祖母的陌生感:

她因为长久地和牲畜相处
习惯于沉默,只发出令它们
进退的象声词,这样我不仅
学不到新词语还会丢失已学的。

他甚至产生了一种"人质"的体验("人质"体验显然是成年人视角对童年经验的加工和提炼):

从小我就被教导说:
你有两个家。一处是母亲的村庄,
我出生的地方;另一处是这里,

> 我来充当一个不定期的人质,
>
> 一件信物,以证实这里
> 有一种尚未彻底破产的尊严;
> 我来,是为了来降低
> 这里所有年轮的平均数。

在两个家之间来回的少年,有一种撕裂的体验,觉得自己更像是:

> 大人们用来拔河的一根粗麻绳
> 绷紧在两地之间,而我
> 就是那个系在中间的绳结,
> 在缓慢的挪动中,在撕裂的感受里。

朱朱童年记忆的丰富性,还表现于他对童年"类爱情体验"的书写,《排水》交错呈现的便是童年家庭战火下的无奈和童年的"类爱情体验"。有趣的是,诗人举重若轻,用"雨水"和"算术题"来串起这种体验:

> 大人们争吵时,我在窗边
> 做一道算术题。
>
> 我抬头望去:她也在窗边
> 做一道更复杂的算术题——
>
> 不止加减法;还有×、÷,
> 还有我记不住它古怪发音的"π",
>
> 形状像屋檐下躲雨的两个孩子。
> 她比我大三四岁。

这首诗是典型的儿童视角,不露痕迹,有举重若轻的高妙。大人吵架,是孩子眼中可怕的灾难,于是他们佯装做题,以挣脱父母吵架制造的精神恐慌,对他们来说,这是一道更复杂的"算术题"。所以,"我抬头望去:她也在窗边／做一道更复杂的算术题"其实是一个有趣的隐喻。她也和"我"一样,在家庭争吵的阴雨中,做着一道关于"避雨"的算术题,而且,她的问题更复杂。在"算术题"的符号过渡下,"π"的出现自然而然,精彩的是,诗人觉得"π""形状像屋檐下躲雨的两个孩子",所以"π"也就成了两个处在家庭争吵的暴雨下,跑到数学题屋檐下躲雨的孩子的心灵符号。

对于"我"而言,"她"因为跟我相似的遭遇而获得认同,"我"需要这样一个可以无言地共享"家庭恐慌"经验的朋友;而对于她而言,"我"比她小三四岁,她和我一样是"躲雨"的孩子,什么样的体验使她和"我"缔结一份内心的密约呢?诗歌留下一个引人遐思的空间,接下来又呈现了童年"类爱情体验"的进展:

我踮起脚尖
才和她的额头一般齐。

忽然她将我
搂在胸口,于是我数着她越来越快的

心跳,直到同样的频率
也来自我的脉搏。

共同躲过雨的伙伴,缔结了一份秘密的私人情感,他们类爱情的"情谊"成了彼此心灵的"绿荫":

树叶交接在一起(像 π 除不尽的尾数),
垂悬下同一块绿荫。

大人们交谈着,

好像什么也没有发生过。

而我们又可以手牵着手
走过卵石已显露的、浅亮的溪水。

这里诗人对"π"又有新的诗歌使用:同样是从"π"的形象出发,这里不再指向两个躲雨的孩子,而成了树叶垂下的绿荫。童年的视角和纯熟多姿的诗艺,使这首诗令人印象深刻。整个《七岁》组诗,让人难忘的还有一种气氛,朱朱诗歌中充满着一股浓郁、挥之不去的乡村气味。他当然是擅长修辞的,但他修辞令人眼亮心动之处,不在于他绣口慧心捕获天马行空的想象之物,而在于他不着痕迹地激活那些轻易从我们的记忆中溜走的细节:

碎裂在河岸地的空旷里。
我能够听见什么?
一头被宰杀的牛发出最后的哀鸣;
路上自行车的链条响过铃铛声。
　　　——《井台》

那转椅铺着黑色人造革的垫子,
周边已经破损,露出发霉的海绵。
一块脏油布开始将我裹紧,
即使我屏住了呼吸也能嗅到
他指甲盖里的焦油、他的鼻孔
和腋窝里喷出来的酒精味。
　　　——《理发店的椅子》

这消息像泥瓦匠的刮刀
瞬间抹平了所有人脸上的表情
　　　——《喇叭》

他那份苍老就变成了从磨刀石上

冲走的、带铁锈味的污水——

——《故事——献给我的祖父》

这些句子中,细节包裹着修辞,散发着强大的童年乡村气息扑鼻而来,激活了有着相近体验的读者记忆。当代诗歌中能如此成功地把现实气息和精神勾勒结合起来的,显然并不多。

三、《故事》的中年回望

欧阳江河的文章《89后国内写作:本土气质、中年特征与知识分子身份》[1]使用了"中年特征"这个概念。在此文中,中年写作是作为一种值得追求的诗歌价值而存在的。也就是说,在彼时的欧阳江河看来,诗歌必须写出"中年姿态"才更值得追求。然而,当我说朱朱《故事》中存在着中年回望的姿态时,跟欧阳江河的上述概念基本无涉。朱朱的中年姿态是个体的,是诗人本人在而立与不惑之间对生命和诗歌的重新认识。

中年的回望,在《故事》中无所不在地呈现:"当 / 推土机铲平了记忆的地平线,当生活的 / 航线再也难以交叉,当我们的姑娘们 / 早已经成为母亲,当上海已经变成纽约 / 二十年间我越来越少地到来,每一次 / 都几乎认不出它。"(《旧上海——给S.T.》)

这里在勾勒着一种回望的眼光。所谓中年回望,不仅指这部诗集充满着对青春记忆的凭吊。中年回望,更暗示着一种中年危机。危机的实质是旧视界和新世界的冲突:一直以青年的眼光在世界上行走,有一天,这道眼光撞上了年龄和世界合力堆砌的墙。这个时候,需要一种新的视野和立场来消化新世界,同样也需要一场回眸来重新解释往事,来重新梳理自我与记忆的关系。所以,我们看到诗人回到童年、回到初恋、回到故乡,也回到青春期,他回到故人(如张枣),回

---

(1) 欧阳江河:《89后国内写作:本土气质、中年特征与知识分子身份》,《站在虚构一边》,生活·读书·新知三联书店,2001年版。

到与古人的对话（如苏轼、张岱、柳如是、鲁迅），他回到亲人（祖父、母亲），他甚至回到七岁时的理发椅上，诗中的"我"与七岁时身高相同，内里却响起了中年浓厚的声音。

《故事》中，朱朱通过更富叙事意味的语言回溯到童年并梳理着自我与世界、自我与命运、自我与故乡的多重关系。回溯与梳理，意味着重构过去，寻找心灵新的平衡点，这大概是所谓中年回望的特点。此处朱朱不仅是讲一个关于故乡、友人、童年和初恋的故事，这些故事又生发着诗人关于个人生命的悲剧与挣脱的思考，深深地打上了诗人在岁月捕手追捕下的精神烙印。

著名导演李安曾经说，当他拍摄《卧虎藏龙》时，他正处于中年危机之中，他需要这样一部戏来处理自己的危机。我们虽然无法确知李安中年危机的具体内涵，也不知道《卧虎藏龙》如何处理了他的危机，但这里暗示着艺术创作对艺术家的一种疗救的功能，我也如是看待《故事》跟朱朱之间的关系。写作与疗救的实质，是旧视界的退场和新视界的确立。我们可以通过朱朱早期的《一个中年诗人的画像》和《故事》中的《旧上海》来对照分析这种内心的"新旧交替"。前者是二十五岁的朱朱对中年的想象，而后者，则是已到中年的朱朱对青春岁月的回眸。展望与回眸都是主体与年龄的错位，是行走在岁月跑道上的诗人与其实际体验之间的交叉跑动。毋宁说《一个中年诗人的画像》和《旧上海》是不同时期的朱朱对相近经验的不同处理。前者，悲剧艺术家的形象被凸显得相当醒目：

入夜的树影挽留着激情，
颤动的涟漪里映现天穹；
白昼里昏沉的脚步，恭谦的举止，
对一封信残忍的沉思，出于
逢迎的感叹，启蒙的热诚以及
对零星的美感的搜集，
在黑暗的统治中全成为老派的谎言，
甚或世界也是举灯的侍女，
听任他向废墟弥漫，掘开堤岸，

淹没这帝国的长夜。(1)

整首诗渲染的是一种无以复加的艺术悲剧感，然而，正是悲剧感本身挽留和确认了诗人的价值。他不是滑稽可笑的，因为他的悲剧、艺术的没落本身值得一首诗艰难的问候：

看，他不彻底，回来了，
将梦想带回尘土。
这是感性的另一座城市，
其实是相同的隐喻；
这是流亡，其实是追逐。
冷落地，怀疑伴随着生活，
他将诗艺雕琢了又雕琢，
但这手杖上的珍珠唯有光洁的表面，
内部缺损了又缺损。(2)

诗歌在内容上越是突出艺术的"光洁"与"缺损"的反差，就越是深刻地显示了艺术应有的价值。朱朱越是"复杂地"地表达了艺术家命运的"破损"，诗歌本身的"高贵性"就越得到确认。所以，《一个中年诗人的画像》其实是属于青年朱朱的。那时，他用诗艺创造着非诗时代的悲怆感，并提供了对非诗时代之沦落的一种抵抗。

也许可以说年轻的朱朱借着这首诗在想象未来，那时，他是忧郁的，但又是澎湃的；他有叙事的雄心和机智，有写诗的精致和用心。而《旧上海》则显然是中年的，是朴素的，站在非诗年代"赶上青春末班车"的狂欢节，他不再采用"中年诗人"这样的形象作为中介。如果说前一首诗的写作本身就是一种对抗悲剧的方式的话，那么后一首诗则是真正中年来临时无以掩饰的苦涩。所以，"你入炼狱，把我们全部禁锢在外边"才那么让人刻骨铭心。

---

(1) 朱朱：《一个中年诗人的画像》，《中国新诗总系 1989—2000》（张桃洲主编），人民文学出版社，2009年版，第373页。

(2) 同上，第374—375页。

显然，《一个中年诗人的画像》写的是中年，但其立场和书写视点却是青年的，而《旧上海》写的是青春岁月，却是典型的中年姿态的青春回首。某种意义上说，朱朱也是20世纪80年代末精神狂欢骤然消逝所造就的记忆亡灵，之后的1990年，只有二十一岁的他还没有真切地感到中年，他必须等到真正的中年来临时才再次重返记忆中体味历史的肃杀和记忆的严寒。也许写作《旧上海》，就是为一段随时都会发炎、一段在行进中遇难的记忆举行一场符号葬礼。否则，记忆的孤魂将夜夜压迫着诗人的梦境。

四、走向语言：拯救之路

《故事》的第二首诗《江南共和国——柳如是墓前》，这个诗题大有深意存焉。俞平伯曾经有过"诗歌共和国"的说法，朱朱则进一步发挥。"江南"在汉语中是一个文化地理的概念，在悠久的诗文传统中，"江南"沉淀的更多是一种美学风格。而"共和国"则是一个现代政治概念，乃是民主的、自治的政权组织。当朱朱把一个文化地理的概念和一个政治概念相连的时候，他其实在思考着生命囚徒如何通过文化书写而突围的问题。证之此诗的内容，我们会发现此言非虚。

生命的囚徒，是朱朱《故事》的重要主题。那么生命囚徒狱中何为呢？这是朱朱不容回避的问题，正如他通过书写来为被掩埋的记忆奠一曲葬歌一样，他同样透过语言和书写，作为历史人质的狱中人对"囚禁"状态的偷袭和反击。《江南共和国——柳如是墓前》是《故事》中虚构性最强的一首，同时也可以视为应对生命囚禁的写作策略的一个隐喻。

柳如是，初为婢，后为妾，继而为妓，而后又成为世人眼中有气节之妻，最终却受夫家亲属迫害而死。柳如是辗转于京城、外省，新旧两朝、汉满两族、婢妾与歌姬等多种身份之间。作为女性，她是各种历史力量所掠夺绑架的"人质"。诗歌上下文中，这个女性倒更像是王昭君式的和亲女性。诗歌从女性的角度，想象了作为历史人质的隐秘心理。朱朱之笔，不停留于对其命运的感慨，而是借着"她们"，想

象了历史人质的突围可能。有趣的是,诗歌以这个女人的第一人称,想象了她的心理,她驯服中的反击:

哦,我是压抑的
如同在垂老的**典狱长**怀抱里
长久得不到满足的妻子,借故走进
监狱的围墙内,到犯人们贪婪的目光里**攫**获快感
————《江南共和国——柳如是墓前》

这是王昭君们的悲剧和反击。显然,朱朱是把她们的命运扩展为普遍命运的。

薄暮我回家,在剔亮的灯芯下,
我以那些纤微巧妙的词语,
就像以建筑物的倒影在水上
重建一座文明的七宝楼台,

再一次,骄傲和宁静
荡漾在内心,我相信
有一种深邃无法被征服,它就像
一种阴道,反过来吞噬最为强悍的男人。

我相信每一次重创、每一次打击
都是过境的飓风,然后
还将是一枝桃花摇曳在晴朗的半空,
潭水倒映苍天,琵琶声传自深巷。
————《江南共和国——柳如是墓前》

正如朵渔写过的"柔软,未必不是对铁的回答"[1];柔软的语言,

---

(1) 朵渔:《大雾:致索尔仁尼琴》,《追蝴蝶:朵渔诗选(1998—2008)》,《诗歌与人》2009年5月。

始终是诗人自我拯救的方式。朱朱说"我以那些纤微巧妙的词语，／就像以建筑物的倒影在水上／重建一座文明的七宝楼台"。显然，"江南共和国"的宫殿楼台，正是诗人美学创造的语言结晶。

语言与世界的关系，已经被讨论了无数次。语言工具论者认为，世界先于人类，而人类先于语言。人类创造了语言，并利用语言工具相互交通。语言本体论者认为，语言是存在的家园，世界在语言中敞开。因此，有什么样的语言，便有什么样的世界。他们相信，通过语言的构造，人们可以去挽留一个自己的世界。海德格尔、罗兰·巴特无疑都是这种语言观的拥护者。进入20世纪90年代，主张社会介入的萨特在中国影响力大降，而主张语言介入的罗兰·巴特影响力大增，究其原因，正是因为巴特的语言本体观提供了调度20世纪80年代文化的机制。我们发现，朱朱不但共享着20世纪80年代的文化创伤，事实上也共享着20世纪90年代以来此种文化创伤的治疗方案。他同样是在诗写中去寻找还乡的可能，果如其然，朱朱的诗歌，是寻找故乡的诗。而故乡，不在具体的时空，而在寻找的途中瞬间敞开。因此，朱朱的诗，是寻乡之诗，也是有根之诗。

总之，朱朱的近期诗歌特别是其诗集《故事》，融合重构了诗人的童年经验和中年回望，其诗歌"故事"的核心还指向了"生命落差"的命运谜底。朱朱以极强的"诗性记忆"能力，使种种生命细节在诗艺定型剂中获得造型、色彩和温度。《故事》见证了朱朱从早期繁复的工笔细描到新近的质朴准确的技艺转变，同时也是已届不惑的朱朱重建自我跟世界、自我跟记忆关系的一次意味深长的尝试。《故事》的"故事"在小处关乎童年、亲情，又在大处勾连着作为伤痕和禁忌的历史记忆，并被提升为一种生命囚徒的思想体悟，以及走向语言自我拯救的诗写立场。∎

寻找话语的森林　朱朱研究集

一、童年、回忆与叙事

继 2005 年的《皮箱》后,朱朱在 2011 年年末出版了他个人的第四部诗集《故事》,虽然收录的大部分诗作已在国内文学杂志上陆续发表过,但此次结集依然可以视作他六年来诗歌创作的总体性呈现。

《故事》,不仅被用来命名整本诗集,同时也是朱朱献给自己祖父的一首诗的题目。这首诗延续着上部诗集中《皮箱》中的主题,只是将叙事线索由父亲带儿子钓鱼改换为祖父为孙子讲故事的童年记忆。从父亲到祖父,朱朱历时数年完成了对自己家族系谱的缓慢回溯:

但是我深知,不再有
真正的故事和讲故事的人了,
夜晚如此漫长,空如填不满的深渊,
熄灯之后,心中也不再升起亮若晨星的悬念。
——《故事》

在木朵对朱朱进行的一次访谈中,木朵说他在《皮箱》这首诗中读出一种"子爱",对此朱朱回应道:"爱是唯一可以信赖的源头,是那种不朽的轻逸……为什么愤怒和仇恨,或者说其他情感就不能造

诗人的原型
——读朱朱《故事》

钱冠宇

就诗呢？我的理解在于，唯有爱是一种真正令人激动的节奏，一切可以作为动机，但只有爱能够引导你合上节拍，启动真正的激情和想象。"(1)如今看来，"爱"确实启发了朱朱相当一部分的诗歌写作，其中就应该包括《故事》在内的组诗《七岁》。

这组诗共由八首诗构成，收录在整本诗集的末尾，每首诗的内容都截取自作者童年的生活记忆。法国哲学家巴什拉认为，人类童年时代所钟爱的形象记忆往往会变为诗歌的萌芽，"这些通过形象，在形象的功能中保留下来的记忆，在我们生活的某些时刻，尤其是在年华消逝的时候，成为一种复合梦想的起源及材料：这时，记忆在梦想，梦想在回忆"。(2)而朱朱的这组诗似乎就完美地呼应了巴什拉的观点，来看其中第一首《井台》：

井台最沉寂。
废木条钉成的圆盖子
好像一扇终年关闭的门，
一块搁在上边的石头重如铁锁。

依托着对自己童年时"井台"形象的记忆，朱朱踏上了"返乡"之路，想象与回忆相互作用、交织成那些饱含深情的诗行，充满着童真感以及叙事的现场感（如《排水》《理发店的椅子》《数学课》）。

如果说对"叙事性"的自觉引入成为20世纪90年代当代汉语诗歌的一个重要标志的话，那么在新世纪的写作实践中，则有不少写作者开始反思这种过分关注日常生活细节的"小我"化表达，试图对琐碎的经验陈述与修辞堆砌做出一定的纠正。但就朱朱的个人写作而言，他近些年加以强化的似乎反而就是"叙事"，相较于他90年代（以诗集《枯草上的盐》为代表）的一批纯"抒情"作品，此种倾向尤为明显。当然，诗歌中的所谓"叙事"与"抒情"本来就不应是一对截然分立的概念，正如诗人张曙光所言："对日常性因素的强化，对更为复杂经验

---

(1) 木朵：《杜鹃的啼哭已经够久了——朱朱访谈录》，《诗探索》2004年第2辑。
(2) ［法］加斯东·巴什拉：《梦想的诗学》（刘自强译），生活·读书·新知三联书店，1996年版，第28页。

的引入，对因抒情过滥而带来的陈腐老套的清除，这些一旦成为诗歌必须面对的问题，就必然寻求一种新的表现方式。而叙事性恰好适应了这种需要，平静客观的态度和它本身具有的更大的包容性，可以将人们带入到一个延伸着的情境中去。事实上，它不但没有损害抒情诗的特性，反而拓宽了抒情诗的空间。"[1]

> 母亲知道第一束阳光的金色丝线，
> 怎样在天空的蓝缎子上绲边。
> 每个早晨她的眼睛总是最先睁开，
> 枕边一小块湿迹，来自伤心的梦。
> ——《早晨》

我们也许很难在这样的诗句中分清"叙事"与"抒情"的界限，况且对于一个优秀的诗人来说，他完全有能力将二者融合统一。从某种程度上讲，朱朱近年诗歌中"叙事"成分的增强正可以看作他企图超越自己早期诗歌作品的努力，鉴于此，我想朱朱之所以将整部诗集命名为《故事》的用意也就不言而喻——祖父在朱朱童年时为他讲故事，而现在，也轮到他练习用诗的形式给他的读者们讲故事了。

二、互文中的传统

从著名的组诗《清河县》开始，朱朱似乎开始沉迷于一种想象与历史互文的写法，即用现代汉语（经验）对中国古典文本（人物）进行演绎和重塑。在新诗集中，朱朱延续了这种由《清河县》所确立的写作策略，将书写对象从自我意识转向更为宏阔的历史语境。

中国现代"新"诗似乎自其诞生之日起就生长在"中国古典传统"与"西方现代传统"这"两大传统的阴影下"[2]，不仅如此，它同时还要

---

(1) 孙文波、臧棣、肖开愚编《语言：形式的命名》，人民文学出版社，1999年版，第362页。
(2) 黄灿然：《在两大传统阴影下》，《读书》2000年第3期。

承受传播过程中公众对其朦胧意象、形式主义、口语实验的诘难与指责。因此，"新"诗的"合法性"问题从20世纪白话文运动以来，始终潜隐于诗人和读者的争吵之中。但自90年代汉语诗歌对"本土性"的强调开始，越来越多的诗人已经意识到对西方现代主义的单纯模仿正面临着匮乏之境，他们必须从那个曾经辉煌的"传统"中寻觅得以自立的精神血统。其中，当代诗人肖开愚、孙文波、陈东东、柏桦、张枣等都在此方面做出过重要的探索。

同样，作为一名在20世纪90年代成长起来且主要受西方现代文学影响的诗人，朱朱也无法逃脱那个强大"传统"的召唤，更何况他的居地江南正是中国古典诗文精华聚集之所，而他自己也明确意识到这一点："江南的每个生活的细节都充满文明的气息，它是这样一个地方。"[1]但究竟应该如何回应传统却是每个诗人都要考虑的问题。"如果我们一味地从表面上去寻找传统，那么结果肯定是找不到，也没有办法去继承的，因为如果像古人那样去写作，譬如我们也来写乐府体、律诗，结果肯定是我们不会写得比古人更好。为什么？原因在于，古典诗歌的形式留给我们辗转腾挪的空间几乎已经没有，再者社会生活的发展变化，已经改变了我们对很多事物的基本认识。"[2]对于这个问题，朱朱当然有着自己的回应，因此在《故事》中，我们便幸会到《江南共和国》《海岛》《再记湖心亭》《多伦路》这些作品，作者用分镜头般的语言分别对柳如是、苏轼、张岱、鲁迅进行了特写，使他们的形象——在现代性的时间中复活、行走、呼吸……比如，《再记湖心亭》这首诗中的雪片、飞檐、炉火、小船、酒壶、罗汉、经书等意象全部来自张岱的古文小品《湖心亭看雪》，但它们一旦经过诗人的拼贴就好像飘洒于现代诗歌河流上的有序浮标，照亮了一条通向历史夜幕的航道。

美国学者宇文所安在研究中国古典文学时，曾经提出过一个"断片"的概念作为我们与往事之间的联系媒介。"断片"可以有多种形式，

---

(1) 张学昕：《诗歌，在我们生活的时代——对诗人严力、朱朱、潘维、海波的访谈》，《作家》2007年第2期。

(2) 孙文波：《现代诗与古典传统的关系》，《在相对性中写作》，北京大学出版社，2010年版，第72页。

如"片断的文章、零星的记忆、某些残存于世的人工制品的碎片",而读者可以经由这些"断片"的指引抵达昔日的空间,在死的文本与活的生命之间建立起联系。"断片的美学同一种独一无二的感受力是密不可分的:一种通过诗歌展现在公众面前的、最为优秀的个人的能力。在这样的诗歌里,诗人植入了他自己的形象,他希望别人能看得见他。"(1)上述朱朱的那些"追忆"往事之诗,就可被视作宇文所安所谓"断片的美学",因为我们同样能够在朱朱谈论他写作《清河县》时的感受中找到证据:"至今我依然留恋它的滋味,明白了生命可以超越时空,被词语运载到那么远的地方。无论诗本身的价值如何,我都的确受到一次净化。"(2)朱朱通过张岱的"断片"回到晚明,而当下的我们又通过朱朱的"断片"亲历了他与张岱虚构的邂逅。诗歌,就在这沉默的对饮中言说了自身。

> 我们一杯接一杯地喝着,
> 杯子空了又满,满了又空,
> 面对炉火交谈显得多余,
> 风中传来远在白垩纪的回声。
> ——《再记湖心亭》

当然,朱朱对历史感受的处理也有不足之处。例如,对人物生平的常识性复述有时就会显得过于呆板单调,幸亏有细节部分出色修辞(比喻)的挽救,才使整体免于陷入平庸。怎样避免在对古典文本(人物)进行重塑赋形时名片式的简单再现,应当是朱朱今后所要继续打磨的一个主题。

三、比喻、现实与梦想

长久以来,朱朱诗歌中的比喻一直都是他最为突出且被人称道

---

(1) [美]宇文所安:《追忆:中国古典文学中的往事再现》(郑学勤译),生活·读书·新知三联书店,2004年版,第92页。
(2) 木朵:《杜鹃的啼哭已经够久了——朱朱访谈录》,《诗探索》2004年第2辑。

的优点,在新诗集中,这种天赋般的技艺同样再度得以集中呈现,令人叫绝的比喻在诗集中俯拾皆是。随便举几个例子:"我们害怕地狱般的血腥和腐朽一起复活,／自己像棋盘上的卒子再无回返的机会"(《石窟》);"我生起炉火就像筑一个临时的巢""衣衫破得像翻烂的债本"(《再记湖心亭》);"大教堂的尖顶／就像一座风中的烛台伴我守灵到天明"(《圣索沃诺岛小夜曲》);"我们从衣橱里翻寻出冬装,如同假释的犯人重新领回囚服"(《乍暖还寒》)……朱朱诗歌中的比喻往往让人意想不到却又恰如其分,而正是这些"活的隐喻"才反映出诗人卓越的创造力。譬如诗集中一首仅有四行的短诗《故障》:

我们之间的故事
好像一部小说开了无数次头,
一根电压不足的日光灯管
在郊外空关的仓库里不断地跳闪。

这首诗就内容而言,其实不过是一句比喻。简单说,本体就是"故事",两个并列的喻体,一个是"小说",另一个是"日光灯管",而这两个喻体一旦加上了谓语、宾语、定语、状语之后,就使本体充满了不确定甚至危险的可能性和开放性。"一部小说开了无数次头",是对于"故事"发生的时间描述,"一根电压不足的日光灯管／在郊外空关的仓库里不断地跳闪"则打开了"故事"发生的空间维度,同时,两个喻体的迅速切换也如同电影蒙太奇般眩晕着读者对于"故事"的期待——结果什么也没有发生。

当 1999 年朱朱在与凌越所做的一次访谈中被问及对中国当代诗歌前景的看法时,他曾不无悲观地谈道:"对现实的超越需要一个人的自信、勇气、耐心,和不断地发现生之欢乐的品质;我们的诗人已很少能维持他们的'幻觉',而成为人群中的讲求实效的人。"[1] 十几年之后,我们确实看到许多曾经的"诗人"与现实达成了妥协。这些曾经的"诗人"大都停止写作并隐迹于官场或商海,诗歌对于他们来说,或

---

(1) 朱朱:《晕眩》,解放军文艺出版社,2000 年版,第 210 页。

许只是青春时代的一个久远记忆,所有的梦想也早已在平庸乏味的生活面前枯萎、消失。

如果"诗人"可以作为一种职业的话,那么它的特征就在于用比喻制造梦想,借以超越索然沉闷的现实。朱朱对此有着清醒的认识,作为自由职业者,他长年居住在古城南京的郊区,并与国内各个诗歌团体保持着适当的距离,而他的诗歌却以冷峻、克制、精确、优雅的风格获得越来越多人的关注。但近些年来,他一直作为艺术策展人跨界活跃于中国当代艺术圈,并撰写了大量艺术批评,以至于公共几乎快要遗忘他的另一个身份——诗人。对此,朱朱内心一定有着比他人更为真切的感受和丧失梦想的焦虑,因而就用《岁暮读诗》表达了他对"穿梭于道路与风尘"的生活状态的厌倦之情,以及对回归诗人"原型"的渴望。

现在,就给我一个双倍漫长的冬季吧,
阅读、沉思,甚至什么也不做,
就像乡村池塘边的鸭子
面对着粼粼的波光梳理肮脏的羽毛。
　　——《岁暮读诗》

的确,对一个真正的诗人而言,还有什么比永远待在房间内安静地阅读、写作、做梦更幸福的事情呢?朱朱在悼念张枣的诗歌《隐形人》中感叹道:"中国在变,我们全都在惨烈的迁徙中／视回忆为退化,视怀旧为绝症,／我们蜥蜴般仓促地爬行,恐惧着掉队,／只为所过之处尽皆裂为深渊……而／你敛翅于欧洲那静滞的屋檐,梦着／万古愁,错失了这部离乱的史诗。"尽管在现代消费社会中"诗人"的现实处境尴尬万分,但我们依旧有理由相信诗歌是缓慢而高级的精神庇护,是抵抗一切粗暴与颠顶的轻盈飞升,是关于梦想的旅行和"故事"。■

寻找话语的森林　朱朱研究集

"伊妹儿"是一个不怎么读我也读不太懂我的朋友发来的。他说，对我的了解多从以前的课文而来，《野草》只断断续续读过一遍，其他印象约略从专家们写给我的诊断书上断章取义和捕风捉影。之所以写信给我，是因为在这个特殊的日子里他想起了一首诗，一首新诗，觉得诗挺符合他对我的判断。他还说，我虽然不怎么玩新诗，所谓"敲敲边鼓"，但甫一出手就"显得境界"（这个新词我用得还不是很顺手）很高，所以把一个以前抒情很"单纯"，现在表达很复杂的诗人的作品推荐给我，希望我表表态。这让我难以拒绝，只好先把这首诗贴在下面。

伤感的提问
——鲁迅，1935年

我有过生活吗？伤感的提问
像一缕烟，凝固在咖啡馆的午后。
外面是无风、和煦的春天，邻座
几个女人娇慵的语气像浮在水盆的樱桃，
她们最适合施蛰存的胃口了，
他那支颓唐的笔，热衷于挑开
半敞的胸衣，变成撩拨乳房的羽毛。

"我会劝他们告别文学旅途"
——拟八十年后鲁迅可能的一种回答　　　　　　　　　　　赖彧煌

为什么这些人都过得比我快乐?
宁愿将整个国家变成租界,用来
抵消对海上游弋的舰队的恐惧;
宁愿捐出一笔钱,将殉难者
铸成一座雕像,远远地绕道而行。
文字是他们互赠的花园,据说
捎带了对我大病一场的同情。

可以寄望的年轻人几乎被杀光了。
我的二弟在远方的琉璃厂怀古。
需要一件毛毯挡住从脚底升起的寒意,
太阳偏西了,这里有种聚光灯
从脸上移走的黑暗;我懂得
翻译是某种反抗平庸、贫乏的办法,
周边的嘈杂声,已无一丝血色。

我用过的笔名足以填满一节
火车车厢,如果他们都有手有脚,
我会劝他们告别文学旅途,
去某个小地方,做点小事情,
当一个爱讲《聊斋》的账房先生,
一个惧内的裁缝或者贪杯的箍桶匠……
只要不用蘸血的馒头,赚无药可救的钱。

街灯下,闰土忽然在眼前浮现,
他仍然看守着海边的瓜地吗?
在月下挥动钢叉,驱赶着猹,
然后转回窝棚,捻暗马灯,
如一族的长辈,习惯了永生般的独处。
为什么一想起他,就会觉得

这么多年我始终住在自己的隔壁?[1]

它比我那个时代的自由诗复杂多了,尽管这也不太难为我。不过,诗人把我拟为说话者,使我读着"我"时颇有些不适。虽然我支持过适之兄们的新诗,但也与新诗(评论)的弄潮儿郭沫若、梁实秋一干人有过或深或浅的过节,我对"新诗"的态度自然是比较复杂的。而且,诗的标题叫《伤感的提问》,我知道,他们期待我显露的始终是反感伤主义的性格,最主要的是,他们用斗士的名号热情招呼我,用投枪匕首的比喻时刻警醒我,仿佛我只能怒目圆睁、跺脚骂人。其实,我多想在生命最后的十年再写写《阿长和〈山海经〉》《社戏》一类的文章,只是由于它们和涌向美学内部的软文接近,那样他们不但得绞尽脑汁地寻觅很违和的概念概括我,而且将会骂我、嫌弃我。多么久啦,我再没法像《魏晋风度及文章及药及酒的关系》那样,从有趣的地方写(说)起,顺便谈到思想。我心里是喜欢那种自由的。

说着说着,我露出了点伤感,上了这位陌生朋友的当。不过,当我就着朱朱的写法读下去,真有点我自己写"我"的感觉呢。因为,这里面挑出来的对手(虽说我更希望他用上梁实秋而不是施蛰存,但也无妨,施蛰存曾坐着《无轨列车》,拿着青年徐迟一样的网球拍子,出没于很现代很分裂的上海,只有等到撩不动妹的岁月,他才狡猾地变成稽古的糟老头)极具代表性,在软和腻的文化氛围中乱了性乱了心,迷人的月份牌上的形象是他们迷恋的生活。这还不够,这些人"宁愿将整个国家变成租界,用来/抵消对海上游弋的舰队的恐惧"。读过这,我欣慰地笑了,知我者莫过于朱朱也。

可是,我又被迅速拉回他设定好的"提问":"为什么这些人都过得比我快乐?"伤感袭来,如猝然而至的西伯利亚寒流,虽然我再不用穿单裤了,还是从心底打了个寒噤。我和梁实秋们对垒时,他们所代表的趣味,不,干脆直说阶级吧,变了吗?我很伤感,他们不但没有脱胎换骨,而且变本加厉了。我更伤感的是,一群为我皓首穷经的专家中间,到底有没有混进骨子里梁实秋,表面上当代鲁迅的人?那些

---

(1) 作者朱朱,作为组诗《写给来世的散文》之一,刊于《花城》2016年第4期。

擅长语境分析的学者，到底有没有真正置身于当代的焦灼（胶着）状态，而不是空洞地宣称学习鲁迅的批判，那样几乎毫无例外地"然而并无用"。

我还伤感于，如过江之鲫般从思想和文学角度切入的研究者，有没有耐心省察，我从《呐喊》到《故事新编》到《彷徨》（中间或穿插或延展着《野草》和《朝花夕拾》的两翼），尔后越来越难以摆脱以杂文的样式说话，到底意味着什么？我以分段（分裂）的方式和各路人马、各色事态交锋，确实是有意地推倒"文学"提供给我的有限的美学屏障（《呐喊》有文学结构和技巧的完整性；《故事新编》的想象甚至提供给我写作的快乐；《野草》找到了美学上幽暗的尖端的质素，这接应也安抚了我的尖锐；《朝花夕拾》则有一个人向着纯洁无瑕的"童年"回归的温暖，真切且令我感动）。我迎着时势而上，时势压迫我把完整变成片段，把奇崛变成唐突，把幽深变成尖亮，把温暖变成冷漠，此中我和文学的冲突，到了只为有效说出而不是有趣说出的程度。当然，我对文学把抒情残酷地重制成片段和反讽，有人以为可惜，有人为之欢呼。我想提醒的是，晚年我倡导木刻，引进珂勒惠支不只因为她的"左"，更内在的目的是，在去文饰的前提下如何体现镌刻的力度（木刻画谓之去纹饰可乎？而且，我只青睐黑白），这似乎可以从木刻中找到某种参照或者支持。

这当然是一种孤独，一种孤绝的念想和行动。今人如何把木刻般的鲜明性，而且是凸版的特征，作为认识、作为背景放入到重重话语缠绕的繁文缛节中？朱朱的诗用反问句式而非"人们可以学鲁迅""人们应该学鲁迅"的祈使句，他大约洞察到了时过境迁八十年的惰性如磐石般顽固，而我如履薄冰地努力写过、"刻"过，他道白着今人如我那般之刻写不再成为可能——朱朱比我伤感。

我的伤感不只在于娱乐化的，我还得为我的二弟伤感。朱朱说，"我的二弟在远方的琉璃厂怀古"。确然，不只我的二弟，这些年有股乌烟瘴气的国学热我在大老远就闻到了，企图靠某种幻觉的完整性自摸出一套可人的怀古方案。唉，众所周知，我曾和二弟闹得不愉快，多年来我基本保持着沉默，因此，为了不被人误解我趁机上纲上线地评判他，还是不要把他的"怀古"和似是而非的品格、性情联系起来吧。我只说一点，倒是他的"怀古"本身，那种"古"的氛围，"古"作为一种不太为人反思的类型，多少鼓励了他的无所顾忌，鼓动了无判断状态下的附逆。当然，"怀古"本身也可能成为附逆之后的托词。自《域外小说集》前后就"打仗亲兄弟"的二弟，被朱朱折射到今天情势中的"怀古"，确实让我伤感。

读到诗的第五节时，我又几乎高兴了起来，闰土出现了。不过我仔细咂摸了一下，觉得不会那么轻易让我摆脱伤感，因为，朱朱除了说闰土"习惯了永生般的独处"，还说我"为什么一想起他，就会觉得／这么多年我始终住在自己的隔壁？"从我的方面，这得分两头说。如果可以从开始之处重新选择，或许，多一个闰土乃至如第四节说的当个"账房先生"并无妨，有时在不知不觉中我恐怕也闪过"如果重新来过"的念头；可我实际没有那么做，也不可能那么做，因为，我是个回不了头的人。我把自己的文字切成断片，难以也不想磨平那些急就章的棱角——当20世纪20年代前几年的美学屏障再也不能袭用之后，我得相机地重制文字的形制和态度，为了在混乱中，在难解难分的各色目光中形成仍属于我自己的判断，我仍然在"肩着黑暗的闸门"，可是，闸门后半句的"放他们到光明中去"，当我于晚年再度想起时已百感交集。有一点可以确定，我没有了20世纪20年代的自信。

这份小小的辩解包含的申说是，我不在乎是否斗士，是否投枪匕首，我只艰难地信守着诚实甚至有些迫切地说出我自己，且始终在说。这也因为今天看到一篇重整材料的文章，有人翻出了萧乾、施蛰存在我身殁不久的"假设"，如果我活着会咋样。这是老问题啦，不用假设，我曾经的未曾谋面的那位老朋友也说过："如果鲁迅活着，要么不写，要么在牢房里。"

1. 萧乾——《除根》：
鲁迅如果今日仍活着，大约也是要死的，且大半不是病死。原因是鲁迅正直，有个性。这种人，中国今日不要；不要还不够，并且要除根……

2. 施蛰存——《也必然已经死了》：

《文艺春秋》编者出了这个题目(《要是鲁迅先生还活着……》)，要我做一个假设的答案。我说，这个问题并不聪明。这个时候，鲁迅还会活着？这是不可能的。也许鲁迅会活到抗战胜利。但今天，鲁迅也必然已经死了。因为，闻一多先生也居然死了，鲁迅怎么能幸存于闻一多先生死后，

载《文艺春秋》第三卷第四期，上海永祥印书馆，1946年

我猜这位朋友还是希望我认真表个态。我的伤感当然不是怯懦，那不是我，不是《摩罗诗力说》以来经过了不断自我塑造的我。勇敢至少是有一点的，不然，我本可以规矩地待在教育部，把《中国小说史略》之类的活计干下去，很安全，不闹心，收入也不错。顺便多抄一些碑，多临一些帖，把自己的字修炼成同时代人中的独孤求败也未可知。我的伤感是，看到施蛰存、梁实秋曾蜷缩其间的气候，"外面是无风、和煦的春天"，而今天更是暖洋洋的，有过之而无不及；看到过去毕竟不太成气候的"在琉璃厂怀古"的二弟，今天满街都是甚嚣尘上的二弟们。我伤感地觉得，他们今天纪念我其实早已没了抓手。

哦，朱朱的诗中还写道，"……宁愿捐出一笔钱，将殉难者／铸成一座雕像，远远地绕道而行"。写得真心不错，适逢新诗诞生一百周年，这种比一些装模作样的文章，比如，考证我的稿费收入的论文，更深刻地揭示了我，理解了我的诗，至少理解了我珍贵的、持久的伤感的诗，一定会结出一些硕果。虽然矛盾如我，又禁不住要"劝他们告别文学旅途"了。■

寻找话语的森林　朱朱研究集

第三辑

流明

寻找话语的森林　朱朱研究集

在朱朱新近的诗《时光的支流》里，我们再次邂逅了一位在他诗中旅行的少女：她是《排水》中手牵手蹚过小溪的女孩，《悲伤》里的洛丽塔和癫狂的城市灯柱，或是在《新泽西的月亮》上生活优渥的美国中产家庭主妇……这些在迁徙中不断变化的形象如同垂直雨幕中的归燕，每根淋湿的羽毛都携带了"有关时光的秘密"；但真正吸引我的，并非这位似乎从巴尔蒂斯画中出走后变老的卡佳，而是那间他亲戚家的小阁楼："墙头悬挂着／嘉宝的头像，衣服和书堆得同样凌乱"——如同一架望远镜的调节钮，这个平淡无奇的句子瞬间把一些过去生活的场景推到了我眼前。

隔了二十多年看去，小阁楼墙头悬挂的嘉宝如今早已换成这位诗人年轻时代的素描：消瘦，沉默寡言，神情矜持，又多少流露出一丝紧张和冷淡。在这帧潦草的素描背面，落着一行刚刚添加的附注："现在你的生活如同一条转过了岬角的河流／航道变阔，裹挟更多的泥沙与船"——相形船到江心的舒缓和空阔感，我更偏爱"岬角"这个词，它的冷峻和紧张感，以及一份类似灯塔看守人的孤独的自适。至少，它让我想起了朱朱在《夏特勒》中的自白："我曾经是那样的礁石，耽搁在那里，一点也不好笑。"

岬角※ 　　　　　　　　　　　　　　　　　　　　　　　刘立杆

※ 原载《飞地》总第 8 期。

小阁楼之夏

我和朱朱第一次见面是在 1992 年夏天，在南京城东三条巷，他在亲戚家临时寄宿的小阁楼上。那间小阁楼低矮、狭小，仅容一张钢丝床和一张旧写字桌，半敞的门外是一个同样局促的晒台——巧合的是，五年后我就搬进了街对面的公寓楼。在俯瞰的视角下，法桐树荫里的那间阁楼连同临街的那排房屋已荡然无存，盖起了一间幼儿园和一家发型培训学校。

在这次见面半年前，我就已经听说这位刚来南京的年轻诗人——他的不苟言笑，敏感，他的拘谨和矜持。我在南京的朋友里，只有留校读硕士并且在写小说的李冯和他保持了较为频密的联系。对此，李冯的解释是，朱朱"很怪，很有趣"。这个敷衍的解释听起来，就好像他在短篇《过江》里不惜笔墨大段引述朱朱的随笔——《石象》（我后来才从一本打印的小册子里读到）中即兴的"姆姆姆"小调，显然暗合了那位古典文学硕士对冯·尼古特的喜爱。这年夏天，李冯毕业回南宁教书，我恰好从苏州重返南京。他的含糊其词连同小说中的引文就像章回小说的入话诗，勾起了我对朱朱更多的好奇。

此时，在"夏日南京的屋顶"下，一架老旧的台式电扇像喷火的窑炉不断布散着酷热。二十年后，我再次辨认出了这台电扇："带着关节的疼痛／和嗡嗡的电流声，摇摆在桌边。"（《两个记忆》）我们坐在两张小板凳上，抽着烟，汗流浃背。陌生人初次见面的拘谨，加上主人内向的性格，使我们断续的交谈变得异常艰难。而当我提议脱下汗湿的圆领衫打赤膊时，朱朱竟然面露难色，犹豫了近半个小时。

这次短暂的见面，如今只剩下一座不存在的阁楼和这个打赤膊的细节——也许对朱朱，这不过是当他试图融入本地生活时，遭遇的无数次尴尬中的一次。从上海到南京，他似乎不得不从一种优雅、暧昧、克制的时态，转向飘荡着市井气的、粗陋的、一只塑料拖鞋式的拖沓步调。作为一个在这里厮混了四年、早已满口南京粗话的苏州人，我甚至有些幸灾乐祸地乐见他的尴尬。

直到在 20 世纪 90 年代初，南京依然保持了过去很多年惯有的缓慢节奏。在城中骑自行车半小时，就可以抵达明代城墙围合的老城内任意地点。这种城市格局也决定了,他在上海习惯的疏淡、有距离的人际往来,在这里完全行不通。南京对当时的朱朱,就像他那份在司法局的沉闷工作,唯有说不出的别扭和不适:"半仆从的一天／黄昏时你思考如何将你还给自己。"(《公务员》)——写下这首诗时已是1998年,以一种他特有的内敛和缓慢释放的方式,一份混杂了自省和谨慎的自我确认。但那个炎热的夏天,他并不知道为这份迟延的再确认,还需要在孤独中等待数年。

自我沉溺

在这座陌生的城市里,朱朱的拘谨和不适还有着另一层意味。他早期诗中的矫饰成分和唯美倾向,对幻觉和想象的倚重,相形本地的诗歌氛围和写作观念显得如此突兀,不合时宜。这种不合时宜逐渐在他周围形成了一种淡淡的敌意。同样地,当他不情愿地出门,在城中寻觅可能的朋友,每个人也很容易从他的谨慎里看出某种怀疑和戒备的成分。他似乎有意画出一道界线,以维持审美的自适,并保证自己不至落入观念盲区或风格的旋涡。

数年后,在一篇题为《遮阳篷》的诗歌笔记中,他清晰地表述了对风格的疑虑。尽管文中延续了他的习惯做法,谨慎地回避了过于明确的指向。但在很多人看来,这位"空降"本地的年轻人脸上天然地刻着"风格"的黥记,甚至这个戳印还代表了游离于某种诗学观念之外的风格总和。

在"小阁楼"时期,朱朱的冷淡和矜持,内省和充满幻觉的沉思,既使他的诗免疫于喧哗众声,保证了一个诗人在青年时代可贵的精神自治,也使他完全隔绝于这座城市。这种与自我沉溺相随的疏离感似乎形成了一个有趣的悖论,即他诗歌的声音越清晰,现实中的面孔就越显得暧昧和奇怪。此时的朱朱,远非《法律课》中描述的那个"沉着的自我放逐者",更像身披一副由自负和焦虑淬炼而成的铠甲。这个自相矛盾的主题似乎不断纠缠着他,在不同的文体中互为补白或回声:"这个人生长着,渴望和拒绝着"——这个短句沿着随笔《晕眩》

的抛物线飞行着,当我们在短诗《蚂蚁》的末尾重新拾捡起来,已经固化成一条大自然里的边界:"在夏日午后的沉沉睡意中翻过一座山丘,／遗弃了同类。"

到南京没几年,朱朱就辞去司法局的工作,去河海大学教起了法律。这个变动多少有些出人意料。因为此前他留给人的印象,分明是一个在现实层面近乎无能的人——实际情形也是如此,很多年后,在他的散文《秘密游戏》和组诗《七岁》中,我才惊诧地看见了几乎和自己一样的童年经历和回忆:邮包似的辗转于平原上数个家,乡村教师宿舍和小镇时光,从乡村到小镇直至县城的不断迁徙;唯一不同的是,由于很小远离同为乡村教师的母亲,我因祖父母的宠溺变得格外顽劣,他则始终处于严格的家庭管束下:"我看见父亲骑着自行车过来了,我闪避到一棵树下,是的,我把自己藏起来了;我宁愿他是一个陌生人。我向家中走去,但犹豫不决——还有一条路就是走到街上去,去那家租书的小店,虽然我还没有去过,我接受了当时流行在学校里的一条分界线般的规律,凡是去过那里的孩子,立即就变成了一个坏孩子。"

我觉得,正是少年时代这种隐晦、迂回的反抗,做一个隐形人的渴望,决定了他此后观看事物的方式,也使他的叛逆期和同龄人相比,内敛得似乎可以忽略。至少,当我们陶醉于"打死父亲"的兴奋,或热衷于对权力世界做各种恶作剧式的挑衅,他已经尝试在可控范围内建立自己的规则。这种内敛和早熟决定了他在那个年纪谈及家人时异乎寻常的语调,并且多少是弗洛伊德式的:"我的母亲始终意味着另一座世界,积年的疲劳从没有减弱她的天真、美丽和脸上迷惘的神情。"

很少有人会用"天真""迷惘的神情"之类的词语来谈论母亲,这完全是西方式的表达,其中的情感潜流因为修辞的抑制稍显别扭,却不可否认其真挚和陌生经验的震惊。这类从不吝啬的赞美表明,女性作为他诗歌的主题和原型,也构成了隐藏于现实粗糙表层下的"另一座世界"。他对童年的回眺从未中断,直到后来在《皮箱》中陡然敞亮起来:"成年了,骄傲就像越过岩壑的潮水／淌向平原;被一份在颠簸中不断减轻的重量／压迫着,压迫着,这压迫／甚至让我惬意于／温暖的血液。"

小阁楼的生活转瞬即逝。在父母资助下，朱朱很快在长江路上买下了一间旧屋。那所多少有些寒酸的小房子位于邓府巷的一个大杂院内，正对院子的小窗终日下着窗帘，关上门后，采光就只剩下屋顶的天窗——给人的感觉又暗又潮湿，就像置身于一艘轮船的底舱。我去过两次邓府巷，两次印象都有些奇特。

第一次他不在家，我顺便拐到附近的省立美术馆打发时间，结果他和女友恰好在那里参观一个糟糕的画展。其实，我完全想不起来那是个怎样的展览了，他们倚着楼梯的姿态，显然要比印象里的那个画展有趣得多：朱朱穿着一件暗红色丝绸衬衫，手抄裤兜，眼睛警觉地斜乜着；旁边那位娴雅的女人，后来成为他妻子的王静则更为慵懒，甚至有些漫不经心——她轻绾的发髻和墨绿色曳地长裙，使我很快将其和朱朱随笔中"喝茶的马蒂斯夫人"对上了号。

也许，我的朋友会更正说，他并没有这样一件红衬衫——我坚持认为，这件鲜艳的衬衫对于一只求偶中的大公鸡再合适不过了。在这方面我们都有相似的虚荣或偏见，即我们都不相信那些夹着公文包，黑皮鞋白袜子，看上去形同大队支书或保险推销员的诗人，会在诗歌上有多少见地。至少在着装方面，朱朱始终颇为自得：剪裁合体的外套，黑色的亚麻或毛料的长裤，除了他还没有蓄起后来招牌式的长发，除了当时他还不熟悉城中那些卖"老鼠货"的服装店、纽约郊外的奥特莱斯或伦敦邦德街，他那个类似雅痞的形象从没变过。我的一位女友曾开玩笑地表示，朱朱"天生是一个衣服架子"。就像对美国诗歌兴味索然一样，他并不怎么热衷工装外套和牛仔裤。

记忆在这里出现了小小的混乱。因为我分明记得，在此之前和朱朱在市政府大院的一次偶遇。当他委婉地透露来自总机接线员的好感，恰逢那位容貌呆板的姑娘从岔路上经过——而无论她的瞥视还是下意识挺起的平胸，都与他多情的描述大相径庭。这让我预感，他在本地姑娘中的前景同样未见多么乐观，但美术馆的那一幕说明，也许所有人都低估了这位年轻诗人的磁场。至少，相对于所谓男子气概，他身上那种梦幻、含蓄而阴柔的气息对女孩们有着同样致命的吸引力。

在南京的头几年，朱朱拘谨的形象和现实处境之间似乎始终存在一个落差，让人不免怀疑自己的判断力或直觉出了问题。在他身上似乎隐藏着某种谜一样的悖论：理性思维和对感官的耽迷，暧昧和性格中的倔强，谨慎克制和他的原则性——彼此之间既缺乏必要的逻辑关联，也使他的姿态愈加复杂。假使有过那么一两次，他毫不设防地袒露了什么，那么出于矜持和谨慎，他显然隐藏了更多。

对邓府巷的第二次拜访同样是下午。房间里陈设简单，略显凌乱。我们盘腿坐在一块色泽黯淡的小地毯上，周围是堆摞的书，乱糟糟的衣服和什物。朱朱告诉我，他正在筹办一本名为《联系》的刊物。那本打印诗刊的命运相形他每年精心编印的诗歌小册子要短暂得多，如果没记错的话，它大概编到第二期就结束了。现在看来《联系》就像一个谶语，一个隐约的征兆，提前预告了此后数年，他与外界切断联系的沉寂。

但这次见面的奇特并不在此。告别时，像往常一样，朱朱礼貌地把我送到路口，仿佛在长时间沉默后有了一个决定，他突然抬过头，严肃地说道："我们要建立自己的城市。"在傍晚时分、匆促的气氛里，这个呓语般的抒情短句就像目睹一次梦游，令人感到错愕、尴尬，又不敢惊扰。多年后，直到在《眩晕》自序的末尾再次读到这个记忆犹新的句子，我才恍然：这并非一段滑稽的间奏，而是回声的回声——此时，无论从哪方面看，他那座想象和幻觉的城市仍在上空盘旋不去，等待着安放它的基座。

文学对弈

朱朱搬到长江路邓府巷没多久，我也从南京东郊的孝陵卫住到了汉口路，和他仅隔两个街区。汉口路那所房子位于一座破旧的筒子楼顶层，由于地处闹市，很快成为朋友聚会的场所，几乎每天晚上都有人在街边冲我的窗户大呼小叫；由于楼内没有卫生间，甚至下楼去趟公厕，也时常与提前热身的朋友不期而遇。这种甜蜜的搅扰，精力和时间的透支，直到附近第一家酒吧开张才逐渐缓解——那间"半坡村"酒吧，后来也成为南京文艺圈的据点。

这种闹哄哄的气氛里，朱朱的来访多少有些奇特。他常常夜里骑车过来，然后一声不吭地坐上几个小时。在日光灯管嗡嗡的电流声里，我们俩面对面坐着，却很少说话——他的敏感和拘谨，单独相处时愈加令人费解的疏离感，平均十分钟一个短句的习惯性沉默，使那段时间我们的会面每一次都像第一次那样艰难。因为尴尬和困窘，我不停地瞥视房门，盼望漆黑的楼道天降救兵——令人绝望的是，他似乎每次都凭直觉巧妙避开了这里惯常的嘈杂。

这种尴尬还在于，作为同龄人，我们的经历和写作旨趣如此不同。朱朱酷爱法国文学，而我更熟悉苏俄作家；他大学时代从马拉美、瓦雷里及里尔克、塞菲里斯诗中汲取的养分，也迥异于当时美国现代诗歌和"自白派"对我的影响。我们既不能直接地谈论写作，也不便贸然将闲聊转入私生活领域。此外，我们还需要回避某些更加敏感又乏味的主题。因为在屋子外的巨大阴影里，我们似乎从一开始就被不由分说地扔进了不同的写作阵营，不同的战壕——明显地，那套奇怪的战时规则使人们更信赖口号和行军，而非个人孤独的掘进。

不得不说，这可能也是20世纪80年代诗歌遗产附赠的债务之一。尽管出于友善，人们多少夸大了那份少有继承人的遗产。此外，我还隐约感觉，如果说诗人们的见面有对弈的意味，那么朱朱显然有自己的一套规则。在野心、热情和个人才能画出的棋盘上，他的自负不容一粒算盘珠的轻侮。

这种对弈似乎无处不在。在参观完我的书房后，他傲慢地轻哼道，他的藏书至少是我的一倍。如果换个时间，天晓得这种书呆子式的自矜在这间屋子里会招致多少奚落——和这位信奉书斋苦修的诗人相比，我那拨同样年轻、野心勃勃的朋友似乎更热衷于炫耀身上天才的光环。而当我不无狐疑地回想他的小阁楼，邓府巷局促的单间，我相信这只是类似总机接线员的另一种表达。直到后来，我才见识了他守财奴似的藏书：那些至今我敬而远之的密宗大师日记和佛教典籍，冷门的方志、各种人物小传、神话传说、考古和游记，它们就像一笔秘密的财宝，一直被辗转寄存在城中各处。

当艰涩的交谈无奈地转到阅读，令人诧异的一幕发生了。不知循着哪条幽暗的小径，我们迥异的诗歌之旅开始了频繁交叉：史蒂文斯、叶芝、布罗茨基、曼德尔斯塔姆、普拉斯、茨维塔亚娃、阿波利奈尔，乃至一些冷僻的欧美小说家和批评家……或许对今天的年轻诗人来说,那些烂熟的名字甚至不足以构成谈资。但像觅食的小鸡到处点啄,在那个匮乏的年代似乎是很多人的共同记忆。除了弗罗斯特和洛尔迦,让我想想,可能还有北欧现代诗,艾米莉·狄金森,惠特曼,俄罗斯"轻诗派",勃莱,总之在这间屋子里此前很少有人和我分享这些被视为"二手"的阅读经验。

记得那时,我开始暗中模仿阿什伯利。凭借对运动派绘画和纽约实验音乐的有限了解,我一度自得地认为,他是我一个人的诗人。直到一年后,朱朱搬进中山门的合租公寓,我才第一次看见这位傲慢的美国人:他的照片早已镶入镜框,挂在小餐厅的墙上。那个镜框就像一座神殿,紧挨着博尔赫斯像和一幅朱朱和王静钟爱的比亚兹莱的插图。出于震惊,我有些讪讪地评论道:"长得有点像我姑父。"

我们从一本翻得快散页的《史蒂文斯诗集》开始的握手,越过米沃什《拆散的笔记簿》,此后不断在希尼、毕肖普、休斯,及至扎加耶夫斯基的诗歌上重演。朱朱有着更加严谨和系统的阅读和写作训练。一旦谈起诗歌,他惯常的谨慎和缄默也在无形之中增加了说服力。而当时,他已经流露出对历史、知识考古乃至艺术批评的持久兴趣。在掉书袋方面,他无疑是词语和思想碎片的一流收藏家。和天底下的守财奴一样,他对细节有惊人的记忆力。每当他随口引用阿波利奈尔的画评或周邦彦的婉约词,我总怀疑他出门前做足了功课,蹬着车一路默诵而来。

此外,我们对绘画乃至当代艺术也有同样的爱好。尽管意象或图像性元素在他诗中的形迹并不显要,但从他诗中围绕核心隐喻的推进方式,依然能看出潜在的影响——至于音乐,尤其古典乐,当然了,我们基本都属于"乐盲";不过就因为此,我偶尔会心虚地嘲笑他说,作为朋克迷和民谣爱好者,我可以让他一个炮。

我已经想不起来当时我们都谈了些什么,当我徒劳地扫视书架,一本精装的《丽达与天鹅》唤起了一个很小的细节:我随口抱怨叶芝过于甜腻的嗓音,朱朱则表示对《黑塔》和《马戏团动物的逃亡》十分推崇——自此,我才逐渐注意到叶芝诗风的蜕变和他晚期诗的冷峻和老辣,甚至他诗中那位昔日"热衷于社会改良"的家庭主妇,后来也改头换面，不约而同地出现在我们新近的诗中。他写道："当年那个狂野的女孩，爱／自由胜过梅里美笔下的卡门，走在／游行的队列中，就像德拉克洛瓦画中的女神。"（《月亮上的新泽西》）

无论如何，朱朱使这座城市的诗歌景观有了更大的纵深，更加微妙和丰富的呈现。在写作上，他和我那些朋友们似乎构成了截然不同又泾渭分明的两极——固执，原则，克制，给人压力并臻于极致。这种对峙就像飞行座舱里的陀螺仪表，至今对我意义非凡——尤其是，当时我摇摆的写作正在尝试挣脱某种风格的辖制，而他的出现恰好构成了一面自我观察的幽暗之镜。

不同于现在相处的随意散漫，那些夤夜长谈，沉默的对弈，阅读中的发现，秘密的分享和相互激励，因为他的沉默拘谨，似乎增添了一种密谋的气氛和紧张感。每当我把他送到漆黑的街边，总能感觉到一丝淡淡的疲惫和呼吸清冷空气的愉快，似乎有很多看似庞大的概念被撬动了，很多过去忽视的角落需要重新打量。通过交换后的视角，我开始留意事物的褶皱之美——其中复杂的回光和波纹也隐约标示了一块更加开阔的陌生水域。

但此后很长一段时间，我和朱朱的往来在现实层面仍然是单向的。即他和我的朋友们，包括同龄的朱文、吴晨骏、毛焰、楚尘等，由于气息和趣味的差异，尽管彼此友善却并无过多私交。而他则不断带来新的面孔，从最初的叶辉、韩雪，到后来的宋琳、陈东东、潘维、唐丹鸿、凌越、蔡天新、杨键、庞培和代薇等。如果说当时我在这座城市交游甚广，如鱼得水，那么他就像一个谨慎的潜伏者，和城墙以外的世界保持着固定的通话频率。

我还记得在中山门城墙上，第一次见到叶辉的情形。在此之前，我对他的印象仅来自朱朱在《现在是枯水期》中的速写。当这个看似游手好闲的家伙抄着裤兜，仿佛掂着三枚不存在的铜钱，慢悠悠晃着腿，说到某位诗人的近况时，我愚蠢的带有恶作剧意味的挑衅再次发作了。我记得自己冷冷地回应道："哦，他的钥匙找到了没有？"明显地，这个性情温和、诙谐的家伙被我毫无征兆的讥讽弄得有些不知所措，而我猜测，他一定在暗中把打卦的铜钱攥得更紧了。直到告别时，叶辉才回过神来，弓着腰，指着自己油亮的谢顶。"再过几年，"他半开玩笑地报复道，"再过几年你就和我一样了。"——直到我回家翻开他的《在糖果店》，才明白遇到的是什么段位的诗人。见鬼的是，被这位"江湖术士"不幸言中，不消几年我果真有了一副同样的秃脑门。

如果说粗嘎的南京话和漫画式的夸张，是我应对无聊或压力的护面罩或反击之矛，那么实际上，看似礼貌含蓄的朱朱对人事更加理想化，也更为挑剔和苛刻，而他试图建造的城市及其规则显然过于自我了。那种冷淡、矜持的天性，自我保护，过度的敏感，和骄傲伴生的自恋，很容易招致外人误解，而我确实曾在不同的场合听人议论他"难以相处"。还有一些人试图在酒桌上出他洋相，但朱朱的酒量显然出乎他们的意料；他不动声色，从不戳穿这些小伎俩，并总能在酒到微醺前及时脱身。

除非被逼到墙角，朱朱很少在背后评点他人。即便勉强给出一个说法，也必定是含混和矛盾的——无论谁，就算极为熟悉的朋友，也很难通过他那种讥讽的语调、复杂的隐喻、突然的沉默或厌倦，来猜测他在人际交往上的亲疏远近。在我印象里，即便对某人讨厌之极，他也至多拂袖而去，很少恶言相向。骄傲和虚荣使他免于这方面的抱怨或纠缠，又或者，他更愿意我们像过去一样，单独待在某个房间里，与自己坐在对弈的棋盘两端。

确实，我们在房间以外的世界从无交集，即使那几年同为《今天》作者，我们也循着各自的联系图，他通过宋琳，而我联系张枣。同样地，正如我从没有出现在他主编的《联系》上，他也没有现身于我参与编辑的《他们》中——只有一次，我问他索要杨键和唐丹鸿的地址，打算向他们约稿时，试探性地发出了相同的邀请。明显迫于友情的压力，他勉强交出一篇不足千字的短文。

令人失望的是，他的谨慎很快被证明是必要的：他因此一度被视为"他们"的一员——直到多年后，我才通过一篇访谈得悉他所承受的压力——至于他的辩护，对于那份判决显然过于隐晦和微弱了，仿佛多解释一句都会有损骄傲，或引起我的不快。而我确实有些生气，不仅因为按照那份可笑的判决，我被归入了不道德的、低劣的一方，我还觉得在此问题上，他连自辩都有些多余。

阴翳之城

在一篇访谈中，朱朱曾夸耀自己的语言天赋："当我还是一个孩子的时候，我在一本课本里轻易就能挑选出一些音节轻盈、色泽饱满、形状在手中举起如日光中的雪花和水晶球的词语。"无疑，这是一份收藏家兼鉴赏家的自供，也许还是充满狡黠的——这使我想起，他读我的诗时同样乐此不疲地重复类似把戏。

作为报复，我很乐意找出二十年前他编印的那些诗歌小册子——其中回荡着一些如今肯定让他懊悔不迭的造作："语言，语言的尾巴／长满孔雀响亮的啼叫。"（《沙滩》）当年他似乎有意控制声带和气流，以便当声音从细窄的喉管冲出时，保持形式上的完美。但这种过于雅驯的装饰音，水晶球里的雪花，就像因反复打磨而过于光滑的墙壁，也在一定程度上削弱了诗的回声。

水晶球无疑代表了一个自我沉溺的天地，那个世界既轻盈、纯净，又相当奇特。这是一个囿于经验和趣味，我过去从未留意的感官王国，比如，朱朱滔滔不绝谈论的奥斯卡·王尔德，谷崎润一郎的《阴翳礼赞》，弗朗索瓦·维庸、萨德，乃至情色、女性、颓废和衰老等人性主题，纯感官的琐碎细节。这些阴郁、迷人的细节不仅编织了事物的阴影和褶皱，也使想象成了日常生活中一个小小的、神秘的奇迹，而其中的自省、缄默和含蓄同样可以从他推崇备至的《阴翳礼赞》中找到微弱的回音："美，不存在于物体之中，而存在于物与物交错的阴翳、波纹和明暗之间。"

而不管怎么说，如果在邓府巷那间小屋里，朱朱对诗歌的思考始终执着于"忠诚于自己的感受"，那么他同样需要以现实重力为契机，转化个人经验，扩展自身并完成一次必要的修正。在《更高的目标》中，他再次确认了水晶球的轮廓："不，我不愿讲述一个传奇，／它枯燥像一部现代影片，女教师们，／请教我如何写水晶的诗，／诗是诗的主题，／写一种神经质的魔术，它撑起你们圣诗上的穹窿。"——在我看来，更值得注意的并非那个延续了史蒂文斯音调的"诗是诗的主题"，而是"神经质的魔术"和"穹窿"，它们代表了诗对事物和审美传统的一次重新测量。

写下这首诗的时候，朱朱已经从河海大学辞职，搬进了中山门内的合租公寓。一份国外诗歌节的邀请和一枚不愿签署的单位公章，像一根导火索，很快结束了他短暂的法律教师生涯。现实似乎用最直接的方式回应了一场以"不，我不愿"开始的谈话。何况这位散漫的诗人教起书来，未免过于敷衍和随意了——两年后，他的一个学生恰好成了我的同事。当我好奇地问起朱朱，她立即抱怨说："哎呀，别提了，我的经济法什么都没学到。他的课只上半小时，就开始跟我们读杜拉斯。"当然，我同意无论经济法还是杜拉斯，对那位漂亮姑娘都没什么意义。

那年初夏的一天上午，我突然接到朱朱电话，声音断断续续，明显有些气急败坏：前一天，当他半夜骑车回中山门，恰好赶上了城东因为拓路而连夜砍伐行道树。当晚王静悄悄告诉我，朱朱哭了，就像他第一次看见纳木错湖那样。我觉得他的眼泪固然可爱，却多少有些夸张——从美学角度看，这个轻度的心理创伤就相当于一次古典浪漫主义的"麦粒肿"，我开玩笑地揶揄道，这证明当代诗更需要波德莱尔和惠特曼，而非王维或谢灵运。"但是王维，"我的朋友沉思了片刻，点点头说，"真的太好了。"

不管怎么揶揄或调侃，这个偶然的微不足道的日常事件对朱朱来说，足以构成一次野蛮的入侵，一次毁灭。因为那些被砍伐的法国梧桐和雪松不仅搭起了"空中的拱廊"，也是他那座城市的"屋顶"。这无疑是他在南京遭遇的第一次重大的情感挫伤，直到十多年后，他在《一座分成两半的城市》中才恢复平静，克制地复述了那一幕："砍倒的树躺满了沿途路面，枝叶如同死者的须发和衣衫在风中抖动，我俯身仔细地观看那些树，好像是出自本能地摸一摸它们，我的手碰到一些毛茸茸的小梧桐果，它们禁不住捻动就开裂在掌心，露出了里边一圈嫩黄的、密匝排列的花絮，就像来不及释放的金色射线一般。"

对我这样和风景乃至大自然基本绝缘的人，大概很难对他《城边守望》的描述产生感应："我躺在湖边的开阔地上时，对秋日天空的凝视终于让幸福感充溢了整个身心，那几乎是一次皈依。"在他眼里，南京东郊那片由水田、池塘、山林、农舍、陵墓、天文台和植物园组成的风景，就像"记忆和神话的片断"，不仅提供了一个精神场所，也使人可以凭想象缀连起所有消逝的时光。

这种追忆和冥想一点点勾勒出他那座城市的轮廓："我逃向了那另一半的南京,我不要实体,只要倒影,不要现在,只要记忆,不要像透纳般将自己绑缚在高高的桅杆上,体验大海上的风暴,而是奥德修斯般堵上耳朵绕避。"虽然在我看来,这座城市还有另一种切割法,正如城中那些颓塌的宫阙下叠压着数个朝代的遗址:在一个横切面上,它一半是现实,另一半是历史与倒影。

从中山门到后来的天堂村、现在紫金山北麓的仙林,此后他的家就始终绕着南京东郊打转转。他那种迷恋就像小狗撒尿一样,至少制造了某种喜剧性效果:每逢我路过那一带,就隐约觉得是在他的后院里转悠。

我觉得,中山门内那间小公寓多少代表了朱朱对南京及个人生活的迟到的确认,而这种确认也构成了一个时空的驿站,一个幻觉城市的基座。正如每当跟人说到中山门,他总忘不了补上一句,旁边就是王安石的半山园。那些年,他如此热衷于搜罗南京的"片断":一本《南京旧影》,孔尚任的《桃花扇》,李煜的词,《板桥杂记》,克洛岱尔笔下的故都;甚至,城中那些旧地名也时常让他啧啧有声,叨叨个没完:估衣廊,桃叶渡,乌衣巷……以至于当我在同事书架上发现一本《南京地名源》,马上顺走转送给了他。

从中山门开始,我和朱朱、王静,以及他们同居的公寓变得愈加熟稔起来。除了合租者临时堆放什物的小房间,那所底层公寓的小客厅、厨卫和卧室,连同一个狭小的院子,全归他们使用——这是第一次,他在南京有了一个完整的家的概念。在新生活的气氛里,王静竭尽所能,使那个塞满房东廉价家具的小客厅变得舒适。客厅的中心是墙边一张铺着桌布的折叠方桌,不仅作为餐桌,平时也用来写作和待客。桌上常年搁着一个绿色的玻璃小烟缸——和修车工人或出租司机一样,那时我们都抽红梅或白沙烟,而王静会用马克杯慢悠悠地沏来绿茶。我感觉由于女主人的缘故,我们的谈话似乎变得更惬意,也更慢了。

王静无疑是我见过的最慢条斯理的女人。她对一切和艺术有关的事物都充满好奇和热情,对朱朱也非常耐心,甚至当她语带责备时,拖长的音调也会使生气的口吻变得温和起来。同样地，那种自带的优雅也使她处理家务琐事时显得异常笨拙。我至今还记得，他们后来搬到天堂村的第一次请客。我们饥肠辘辘地等她在厨房忙活，一个小时过去了，连一道凉拌菜都没有上桌，最后所有人都忍无可忍，跑进厨房各取所需。我对朱朱那首《厨房之歌》印象很深，某种程度上它隐晦地表示了与生活的和解；当然，那句"我们只管在饥饿的间歇里等待"也相当传神。

在日常琐事上，朱朱的表现似乎更糟。一扇钢窗的开合结构就能让他迷惑半天，更别说对付漏水的龙头或换灯泡之类的高难动作。常人轻易解决的小问题就能使他陷入忧虑之中，而这种忧虑又会让自告奋勇的王静更加紧张——坦白地说，旁观这一幕是非常有趣的经历。

不管怎么说，由于爱情，呼吸的自由度，惬意的生活小气候和长途旅行，朱朱比过去放松了许多。那几年，家庭聚会逐渐取代了我们过去谨慎的文学对弈，聊天似乎成了四人牌局的余兴节目。在玩牌方面朱朱可谓老手，王静则像他的反面，一个无精打采的陪练——仿佛就为了掩饰这一点，她习惯在手上只剩最后两张牌时陷入沉思，随后在我们的不断催促下变得更加茫然，直至打出错误的那一张。

除了打牌，朱朱还非常喜欢足球和台球，并保持了一贯的好胜心。他乐意和高手过招，不知疲倦，因此每样都玩得很精，每种消遣都有一群固定的同好。要不是遭遇了不小的挫折，我猜他也会是象棋迷——无疑，他放弃"几乎每天必下的象棋"是十分明智的。作为旁观者，我目睹了他在天堂村餐桌上的惨败。那一次，他对来访的蔡天新发出挑战，连续三盘，我们天才的数学博士始终漫不经心地翻阅晚报，顺便把对面苦思冥想的朱朱下了个稀里哗啦。

游泳是他在运动方面的最大短板。有一年陈东东和唐丹鸿路过南京，晚饭后提议去游泳。当时天已经很凉了，公共游泳馆已经关闭。我们打听半天，最后去了广州路口的一家宾馆。到了之后才发现，那里的温水泳池又浅又窄，比澡堂大不了多少。就跟在小阁楼的第一次见面一样，朱朱迟疑半天才换上泳裤。当我们好不容易说服他走进浅水区，他却只是一脸为难地站在那里，被动地撩水，试图把赤裸的上身弄湿。

日常与幻觉

1998年前后，朱朱在中山门外天堂村买下了一间小公寓。公寓装修来自父母从老家派出的工程队。这支远征军最大的战果，体现在男主人沾沾自喜的樱桃木地板上：由于没有留出足够的伸缩缝，不少地方很快弯翘起拱。而朱朱兴致不减，转而展示另一项更重要的斩获：一间独立的书房。

我记得他那个私享的禁脔，包括整面墙的书橱，一张书桌和一张小憩的沙发。考虑他辞职后的拮据，这些家具总的来说乏善可陈，除了墙上一扇远眺的小窗，它恰好正对他心目中"世界上最美丽的东郊"。假如说这是朱朱和这座城市的蜜月期，那么唯一不缺的，还是窗外那些刺耳的噪声："推土机轮流轰鸣／挤进来两座塔式公寓／推搡着城门／重组城东的天际线。"

变幻的窗景里，闪亮的湖泊和雾气缭绕的山峦很快就变得支离破碎，而朱朱停止抱怨，接受了无奈的改变："我厌倦这等嘈杂、疯狂的景象，尽管我知道，我必然地属于这个年代。"这也是他习惯的方式：如果现实坚不可摧，那么就选择无视，或干脆用讽喻来消解它。这个把戏他玩得炉火纯青。比如半年前，因为外地一本地下诗刊的缘故，有关部门带着搜查令拜访了他中山门的公寓。整个过程在描述中变得非常滑稽，充满戏剧性。搜查结束后，朱朱愤愤地问道："为什么那些画政治波普的艺术家可以做展览，你们偏偏和诗人过不去？"——他肯定没想到，自己十年后就将成为其中一些艺术家的座上宾——来访者的回答礼貌而具决定性："因为我们看不懂诗。"

差不多同时，我搬到了城东三条巷，客厅阳台正对那间消失的小阁楼。这让我觉得，这座不断扩张的城市对于生活在其中的每个人，不过是有限的几个地点。我和朱朱的见面更加频繁，也不再局限于以往的家庭交往。我们时常盘桓于航空学院的球场，城墙上的茶座，地下音乐酒吧，还有——石象路上的晕眩（他在散文里戏称为"和亡灵一起"散步），我的英国女友带来的阿姆斯特丹的大麻。有时，赶上好天气，朱朱会拉我去前湖边的农家小餐馆吃晚饭。那片暮色浸染的风景曾被不少本地画家赞誉为南京的"巴比松"，这使我们惬意的露天小酌多了一点奢侈的意味。

我还记得前湖的城墙渗水倒塌后，和他相约去拣城墙砖的狼狈。我们肯定是世界上最笨的小偷，因为我们特意挑了一个傍晚过去，恰好赶上隔天下过一场暴雨。那天傍晚我们蹬着自行车东转西绕的，不知怎的拐上了一条狭窄的土路，大半个车轮都陷入泥泞之中。等我们气喘吁吁，好不容易拽着车把来到城墙下，天上又开始飘雨——而我们绝望地发现，那些城砖不仅重得出奇，也根本无法装进带去的背包。

无论从哪种角度看，那都是我们生命中的好时光：精力充沛，充满野心和活力，前方还有大片开阔而幽暗的水域等着去探险——尽管当时我们并不这么认为。而对朱朱来说，经过数年沉寂之后，这段稳定的生活还意味着更多。

关于他那段沉寂期，如今只能从他的访谈里找到蛛丝马迹："我尤其惧怕在自我怀疑的时刻，不知不觉陷入他人的影响之中，我宁愿幽闭自身，减少乃至断绝和他人的交往"，而实际情形比他语焉不详的表述复杂得多，其中似乎不乏警示和危机的意味。这种危机不仅源自现实冲突，也有关一个年轻诗人试图独立发声时面临的阻力，以及背后复杂的心理状态——很像当年他某个诗歌小册子的标题："我梦见一头狮子的相互撕咬。"

有关于此的记忆我仅仅保留了数个模糊的场景，其中一个似乎是某个冬天的下午，在我家中，那一次他似乎比往常更加沉默，却一直待到半夜才离开。那时我已经非常习惯他毫无铺垫的独白，也学会了控制好奇心，不做过多无谓的猜测。后来，他曾数次提及那天傍晚突然飘起的雪花，我们惊愕地望着窗外，停止了交谈，而我完全不记得了。

另一个场景同样是在深夜。当他在街口慢腾腾跨上自行车，纯粹是耐不过沉默，我随口问起一些他经常谈及的朋友近况。他似乎愣怔了一下，有些迟疑地看着远处。"没关系，"他飞快地说，"我可以更孤独。"和以往一样，他脸上浮现的厌倦神情表明，如果继续这个话题，即便不是冒失的，也是相当无趣的。我只是隐约感觉，他那些固定的联系频段突然从电台上消失了。通常的说法是，《一个中年诗人的画像》使他和外界的某些分歧摆上了桌面，但除了有关"中年写作"的讽喻性音调外,那首诗,坦白地说,我什么都没读出来。

很快,朱朱避而不谈的冲突因为1997年的刘丽安诗歌奖变得明朗起来。那是第三届,我们同时被提名获奖。他在第一时间跟我表示,他会拒绝。即便不谈我们那个年纪非常渴望的荣誉,那笔奖金当时也不算一个小数,多少可以缓解生活的拮据。此外他的拒绝也形成了某种道德上的压力,而他的解释仍然十分简短和突兀。"事情,"他的手在鼻子前轻挥了一下,像是驱赶什么厌恶之物,"不是这样的。"

由于敏感,自尊,对羽毛的爱惜,以及挑剔和洁癖,这份迟到的褒扬对朱朱似乎多了一丝嘲弄的意味。撇开人事的纠葛、诗学分歧,他的拒绝看起来多少有些不近人情。而有时,他确实会给人以冷淡、生硬和自恋的印象。但假使联系到原则、独立性乃至艺术忠诚,你又会觉得对于一张融洽又虚假的圆桌,或许某些时候我们都过于乖巧和合群了。

不管怎么说,拒绝也使他获得了一个机会,如同密闭山洞里的苦修僧,彻底抛开乃至遗忘外部世界,以内视的方式面对自己,完成了一次"超尘世的凝视"。我相信,这也是每个人一生中必然进入的陌生水域,只能凭借忍耐、自信和勇气,去搜寻茫茫海面的微弱闪光。尽管有时"责任的忧伤"会使搜寻变得异常紧张和焦灼。当自印的诗歌小册子从邮局寄出后,他那么迫不及待地想接收到雷达上的回波:"通话完毕,话筒像一把凶器似的从膝盖滑落,我会因为兴奋或沮丧在那一刻变得极其虚弱。"

他这个多少有些孩子气的习惯一直保持到现在。每当电子邮箱里出现他的新作,我总会故意保持沉默,并怀着一丝恶作剧的快意,想象他在家中如何"战战兢兢",坐卧不宁——由于自感内疚,我还会想象自己的回应因为延迟变得更加甜美,像一罐蜜在空气里变稠。

倘使我们把这种孤绝的状态视为神秘的隐修传统,那么其过程同样离不开时空坐标的确认。但搜寻的意义还不止于此,它还关联到某种精神维度——其中最明显,也被谈论最多的,是朱朱对江南的迷恋。"南方,那个在窗口与帷幔外边无穷延伸的南方——大到如同我们的记忆那样稀薄,我们的经历显得那样虚无,而我们的想象又像坠地的蜂巢,遍布洞孔和裂缝。"(《山鸡》)。

倘使仅仅纠缠于地理和个人经验，这个有关南方的概念就类似棋谱中常见的骗招，一个俄罗斯套娃式的把戏，不过把他的东郊放大一千倍而已。甚至这种合法的放大，也可能损害清晰度和现实感：时空被缩减为数个难以缀连的碎片，仅仅东晋或明朝，想象的享乐、奢靡和颓废，张岱的《夜航船》，一串仅供追忆或凭吊的空镜头。换句话说，南方终究是"从地图上望去几乎是一个乌有的地点"，唯有在诗中，想象和追溯恰好因其虚无，使碎片成为一种类似"灵媒"的介质，并使诗人得以在历史、自然和废墟上构筑起一座别样的城市。

在我看来，似乎没有比朱朱对这一概念的定义更为清醒和恰切的了："南方，追溯性的。南方，就是人对历史的无能，就是忧郁，忧郁本身……南方，就是被古老、悠远的时光与回声所监禁。"他的江南就像一把慢慢展开的折扇，一道半遮的帷幔，其作用不在遮蔽或掩藏，而是指向不断扩展的时空。这种怀想和追忆始终处于现实天平的另一端——朱朱很擅长这种平衡术：谨慎，冷静，精确地测算，不断添加新的砝码，使现实因颤动变得模糊，并在各种迷离的变化中形成新的平衡。

假如说我们之间真的存在一张对弈的棋盘，对文学史和传统的不同视角无疑是厮杀最激烈之处。对文学正典及其规训的遵从，对知识考古的迷恋，用词的典雅绮丽，含蓄和讥诮，严谨的形式美，这一切足以证明，他生来就不是一个离经叛道者——更可能的情形是，想象和幻觉的方式决定了他迥异于常规的叛逆之路，从邓府巷口的那个傍晚就开始了分岔——如果当时明白他那句突兀的"豪言"，以我当时的鲁莽、自大和挑衅恶习，大概会这样作答："我更愿意摧毁他们的城市。"

对此，我们有过一些并不那么较真的争辩。我的疑惑仅仅是，在招魂术和想象力的篡改之间，历史和传统将以何种方式进入我们身处其中的巨变，进入一场"内在的流亡"——如果不历经一次更新或艰难的重生。这是一个太大的题目，正如"面对一块黑布的巨大尺幅"（《车灯》），朱朱"重新丈量大陆／绘下新的世界地图"（《海岛》）的抱负，不得不从一把短尺的"分段"丈量开始。多年后，在《南京的非现实》里，他给出了一个可能的途径："历史虚无化对于我们才是真正的敌人，正如在我们的美学传统之中，追忆和空观始终是亲和力的源头。"

追忆和空观形成了一道舞台的帷幕，一个历史的活结，一座包罗万象的博物馆——既巨细靡遗，又随处可见缺损、匮乏和废墟。从这个角度说，他逐渐确立的写作模型始终和一座幻觉之城遥相对应：通过对历史的巧妙回溯、梳理和重组，与经验的搏斗，来构成一个历史和人性不断循环的空间——我觉得，从他远眺的窗口，此时已经可以隐约辨认出"清河县"的轮廓。与此同时，各种谨慎又耐心的尝试就像考古探针，无声地探测着自我的边界，拓展诗歌的可能性："现在是冰，过去是炭，相煎于你的肺腑。"（《隐形人》）非常幸运的是，这种煎熬和自我折磨很快就获得了酬报，并逐渐形成了他诗歌中复杂、精确的结构。

探寻不仅加大了写作的难度，也使写作过程尤其缓慢而焦灼。一首诗在电脑里搁上数月或几年，对于他似乎是家常便饭。很难想象，朱朱愿意为一个词或一个妙喻投注多少精力和热情。他的书房里似乎堆满了炼金术士的矿石、草药、坩埚和蒸馏瓶。在此方面他对自己颇为冷酷："我焦灼于'欲有所言，却又永远找不到相应词语'的苦境之中。我始终在出错，我瑟瑟发抖。"

《皮箱》出版后，他开始大幅删减年轻时的作品，其中不少诗我认为自有特点，比如我不止一次听王静朗诵过《扬州郊外的黄昏》。那首诗的节奏和韵律在诵读时变得尤为迷人，但显然，它不得不止步于一根不断抬高的横杆。

我听过几次他的诗歌朗诵，节奏和语调拿捏得别有韵致。但印象最深的还是第一次，在2000年的"半坡村"酒吧，诗集《枯草上的盐》的小型发布会上。新书发布会在当时并不多见，那天下午去了很多人，除了一堆小说家、诗人和画家，也包括一些读者和他生活中的朋友，整个一楼挤得满满的。朱朱穿着黑色衬衣，沉默寡言，看上去既害羞又紧张——而从发布会的效果来说，他似乎更像是这次活动的吉祥物杵在那里。刘鼎为此拍摄的一个视频短片就占用了活动的大半时间。我得说，那个不长的短片相当枯燥：投影幕布上，朱朱的头像和他的书房始终在实验音乐的音效下跳接、虚化和摇晃，很快就变成了一场对耐心的考验,以至于没等王静倚着酒吧那架老旧的钢琴开始正式朗诵,不少人就溜到楼上闲聊喝酒去了。我不记得那天还读了什么,除了《扬州郊外的黄昏》,王静缓慢、优雅的嗓音似乎赋予他的诗以一种我过去未曾留意到的情感调式。

特别有趣的是,这位在机械方面相当白痴的朋友,那么热衷于词的色彩和组合,那么谨慎于一首诗的平衡和对事物的精确测量,却很迟才习惯用电脑写诗。至于他在草稿上的反复勾画和涂改,喏,就是他从楼下烟杂店买来的那种小学生常用的廉价练习簿,我得说,确实有些惨不忍睹——在此方面,我觉得我们都很笨拙。

帷幔内外

大约是在1998年暮春或夏初,南京文艺圈组建了一支足球队。那支业余球队很像那么回事,有赞助商,有全套簇新的行头,也踢过一些表演赛。朱朱欣然加入并很快成为主力,一个跑位飘忽的边锋。当年他是坚定的阿根廷拥趸,因此像"风之子"卡尼吉亚那样留起长发,踢球时就在脑后扎成一个小髻——我们后来参加南京业余杯比赛,经常能听见对方教练和替补在场边大喊:"盯死那个小辫子。"

像朱朱这样极度敏感和自矜的人,会迷恋一项非常依赖集体和纪律性的团队运动,多少有些令人费解。足球场很像一部宽银幕电影,在一个半小时的时限内剪辑并浓缩了最富戏剧性的日常生活片段:对手粗野的侵犯,斗气时的咒骂,队友的埋怨,以及看台上的起哄、喝彩或嘲弄,而朱朱毫不介意,对这一切应付自如。看起来,他非常享受直接的对抗和胜负刺激。面对挑衅他会更加得意地卖弄球技,甚至还学会了用自嘲来化解尴尬。

搬到天堂村以后,他的生活圈似乎一下子比过去扩大了许多倍:遛狗时结交的同好,周末的牌友,做陶艺或摄影的邻居,这些友好的联系一直延续到现在。甚至后来,我们那支松散的球队也因为他的缘故,吸纳了不少好手:黄金押运员,男模特,大学生,公司职员或贸易行老板——他们无一例外,全都是退役的前职业球员。

我不清楚对于他来说,缓慢的日常节奏,西藏或云南的旅行,写作与沉思,虚度时光的自由,在多大程度上可以构成一份生活礼物。但这种由衷的放松和自如感,如同房屋上梁时的欢快碎步,显然有助于一座城市的建立,并在他不同时期的诗中留下明显的痕迹。那是他的诗歌里最为平淡、轻柔的部分,或许毫不起眼,却是我作为朋友而非对弈者,尤为关注的情感脚注,比如,《厨房之歌》,或者那首《细雪》:"上午的细雪,/已经很久没有什么/这样温柔地/来到你的生活。"他"开始跑出那个模壳"(《青烟》),铠甲在消融,他的写作原则不再混同于生活的原则。他越来越喜欢与陌生人打交道,乐于寻找共同的话题,并谨慎地回避分歧。

不久,我们共同的朋友,一个学画画的江阴女孩要和他、唐丹鸿一起去西藏旅行,临行前把一条刚出生的猎犬托付给了王静——出于对西藏的热爱,他回来后为它起了一个比成都更远的名字:尼玛。尼玛的出现让我明白,人在世上还有另一种分类法,而我恰好属于生来惧怕小动物的那种——无关勇气或慈悲,那是一种毛骨悚然的本能反应,一种悲哀的基因,就像有人看到蛇,或肩膀上落下只飞蛾就会尖叫不迭。

朱朱和王静爱极了家里这位新成员。"人和动物在一起生活有多么好,迟早他们会找到一种语言。"在随笔中他坚持用"她"而不是"它",来称呼这位郊游或散步的伙伴——尼玛,这条体形硕大、性情温和的小母狗,真是让我出尽了洋相。我在他们家做客的每一分钟都变得异常紧张。而朱朱一改挑剔,表现得非常宽宏大量。他甚至教我当尼玛试图凑近表示亲昵时,把烟头悄悄挡在身前,这办法非常管用:小尼玛闻到烟味,立即厌恶地跑开了。

有一次尼玛独自外出,误食了街边的耗子药。我赶到朱朱家时,尼玛已经从诊所接回,被安顿在卧室中间的地板上,但仍处于危险中,每隔半小时就抽搐不停。朱朱彻夜未眠,情绪低落到了极点。整个下午他无心待客,垂着泪,独自待在尼玛旁边。每当它的抽搐开始,卧室里就会传来他手足失措的惊叫,而王静就丢下我们,立即匆匆跑过去。

那是我见过的朱朱最伤心的一次。我至今记得从敞开的卧室房门看见的那一幕：他和王静跪在地上，一边对尼玛低语着什么，一边竭力按住它颤抖的身体，似乎想以此来减轻它的痛苦。而抽搐在弯撬起拱的地板上不断持续，使他们悲伤又徒劳的努力看上去就像是一种奇特的祈祷仪式——那微弱的颤动在空气中传导，仿佛来自日常之爱最深处的浩瀚，使整个房间、整栋单元楼，乃至窗外绵延起伏的山峦，全都摇撼于汹涌起伏的波涛之上。

度过极其艰难的一周后，危险解除了。半年后，尼玛怀孕并一下生了七胎。朱朱和王静极其挑剔，掐着手指逐个为它们挑选好人家。他们留下了一条毛色黑亮的小公狗，取名"六子"。有很长一段时间，尼玛和六子始终是他们餐桌上兴味不减的话题。为了方便家里多出来的两位新成员，朱朱很快卖掉了天堂村公寓，在紫金山北麓的仙林买下了现在的联排别墅。六子小时候活泼好动，极为顽皮。它总有办法拨开窗销，溜出去玩耍——在对付机械方面，看起来它比朱朱要机灵得多。

当年的仙林大学城遥远又荒凉，交通和生活也极为不便，他们那所房子虽然宽敞，价格却和原先的小公寓差不多。半个多小时的出租车车程，且回程多半是漫天要价的黑车，使我们随后几年的交往逐渐稀疏起来。当时朱朱还没有考驾照，通常我们只能在他偶尔进城时，相约在酒吧见上一面。在情感方式上，他多少有些偏于传统和恋旧。我甚至觉得，孤独和家人的宠溺也多少助长了他的情感依赖。他对我们之间毫无预兆的疏远非常不满，以至于有一次，他在见面时唐突地抱怨说，我们是"见一次疏远一次"。

假如将诗歌视为一种情感方式，至少我和朱朱在某些方面极为相似，即我们都很难处理那些瞬间汹涌的情绪激流。那段时间，我同样遭遇了生活和写作的危机——只不过比他慢了一拍。其中婚姻和生活的压力自不必说，真正构成重击的，是至亲的离世。对我来说，这种惨痛如同永远失去一座城市。在写作上各种警告同样接踵而至。我在南京朋友圈里赢得的持久友谊，似乎仅仅来自日常交往，而非诗歌上的认同，即便我极为信任的少数人，态度同样飘忽不定。不管我如何再佯装粗鲁，夸张敷衍，那些看得见的分歧也已不可避免地变成了拍桌捶胸的厉喝。我惶然于生命之重和文学之轻，有一年多的时间写不出一行诗来。

回过头看，这些冲突似乎也烙印了一个年代的特征。假如说过去我和朱朱在写作上都比较信奉专业精神，并竭力维持和生活的平衡，以使两者不致互相损伤，那么置身于那场惊惶如烈焰焚心的"惨烈迁徙"，似乎每个人都不得不被迫"晃动起自己沉闷的身躯"——到了20世纪90年代末，我们周围很多朋友的生活轨迹逐渐发生了偏转：李冯写起了剧本，朱文北上筹拍电影，楚尘放弃小说转向出版。当我从诗歌暂时抽身，操持起小说，朱朱也开始了他认为恰当的调整。他的尝试包括根据卡尔维诺的《面包店盗窃案》改编的一个小剧场话剧，数个精致的短篇，以及酝酿了数年、后来尘封在电脑里的长篇小说《秦淮河传》。

或许，在每个人都热衷于谈论"挺住意味着一切"的年代，"挺住"本身就成了一个奇怪的诅咒。事实上，那也是当代诗歌经历内在巨变的时期，不仅在方式上更加个人化，也变得愈加沉寂并趋于复杂。从好的一面看，这种沉寂在无形中屏蔽了20世纪80年代的集体咆哮，形成一个喇叭状的入海口，而清醒的写作意识则构成了肉眼可辨的分界。在那个浊浪拍击的岬角上，经过最初短暂的摇晃后，一座恍若梦境的城市又对他变得具体可触起来："这就是为什么在此处你能分辨空虚和安宁。／一座熄灯的村庄通过犬吠声把它的整个轮廓／在大小森林的黑影里标明。"不仅如此，现实的边界也在这里得到了进一步廓清："我的眼角捕捉着最远的、一两点闪光。"（《在沙洲》）

十年后重新检视那个年代，最远的闪光赋予了他更为开阔的视野："它是伟大的——从未来的某一天来做回顾的话，也是残忍的——对我们而言，我们像湍流里的小船般永无宁日。"这种动荡直接将现实变成了一段神话，一部"离乱的史诗"，既意味着对亲历者天赋和耐心的挑战，也隐含了机遇："我还悲哀于你错失了一场史诗般的变迁，／一个在现实中被颠倒的时间神话：／你在这里的每一年，／是我们在故乡度过的每一天。"（《月亮上的新泽西》）

而它的残忍，则转化为《灯蛾》中对命运的省察和观照："那些我不想在第一时间带走的／东西将陪伴我，／成为爱与诅咒的化身。"自《灯蛾》开始，他逐渐摆脱以往诗中明显的自传性，或者说彻底"还赎了一种可以称为风格的预设之债"。在我看来，趋于墓穴微光的灯蛾与"地上的日全食"代表了想象的熔炼和现实的渗入,两者互为幻象,直接投射在经验底层,并为他的诗注入新的能量。

大约在2002年前后,我读到了过去二十年来,朱朱最为出色和整齐的一批诗歌新作,包括《皮箱》《鲁滨逊》《清河县》《青烟》《合葬》,以及前面提及的《灯蛾》等,它们后来全都被收入诗集《皮箱》,并为他赢得了更大的声誉。这一点都不感到奇怪,通过长期克制的工作和艰辛的锤炼,他有些幸运地搭上一趟延迟的班轮。

毫无疑问,组诗《清河县》已经被视为朱朱诗歌上一个具有"转折意义的界石",其中隐含的一个自我扩展的主题,也为他自己所珍爱:"在它之后,我的写作也许才有了实质性的进展,有了一个可触的境界。"

直到最近,我才陆续读到一些有关《清河县》的评论。坦率地说,我对那些依托诗歌史景观和批评体系的文本分析兴趣不大。在我看来,这块界石标志着,他不仅"开始抖落周身的芒刺",也将过去倚重的想象力对现实的重组,历史境遇的多重折射,巧妙地置换成对于人性的复杂性与相对性的自我理解。而看似如孤峰突起的《清河县》恰好指出了一条想象和迷思编织的清晰脉络,它们如同滚烫的熔岩,早已汹涌于一座休眠火山之下。

或许因为过于熟悉他的写作脉络,我反而更加喜爱他在诸如《鲁滨逊》那个向度上的写作,那些意外的分岔——那种现实审视就像"对自我的一次施暴",打破了微妙的平衡,并触及了一个逼出来的底线。通常,他会竭力回避这类应激反应和过于明确的指令,而显然,"忘掉任何诗的看法和修养"就像球场上报复的一肘,从来不是他习惯和放心的方式。

当我在电话中概略地说到这些,朱朱略带失望地"哦"了一声。这个有趣的"哦",当然,很像我们在生活和写作上的不同态度:他那种学究式的考究、得体和挑剔,相对我的鲁莽、直接和漫不经心——也构成了我们关系的基本模型,正如他"在不少的夜晚都会渴求着山脉那边灯火明亮的城区",他的存在对我嘈杂、喧闹的日常也构成了一个隐逸之地。那时,我似乎忙碌于一个诗歌网站的日常维护,寻乐似的参与各种无谓的口水战。当我有些兴奋地谈论网络的刺激性时,他也同样礼貌地"哦"了一声。

在所有事情上,朱朱都十分厌恶粗糙和低劣,自娱式的轻浮和狂热。当然,有时他也会像一个卡尔维诺笔下贝尔萨贝阿城的居民那样,疑惑"那个充斥着废弃物的地方,才是真正的天堂之城"。而最终,他宁愿"回到自身经常去操持的一些东西里,即使看起来脆弱、黯淡、无力得多,也别无他求"。我觉得"黯淡"和"无力"的说辞似乎过于谦逊了。至少面对现实之难,他的机敏和韧性越来越让人刮目相看——出于骄傲或某种老派的习惯,他并不愿意谈及自己的现实处境。

辞职后有近十年时间,他过着相当俭省的生活,并努力维持必要的体面和尊严。如果没有记错的话,那时他的全部经济来源包括非常有限的稿费,家人的支持,朋友偶尔介绍的零活——其中最稳定的一笔收入,来自一份书评杂志的兼职编辑,那份工作他前后做了两年。在他看来,对于赚取的自由感,辞职的代价小得可以忽略,"我没有一分钟后悔过"。

我记得小时候,祖父母对我的唯一要求就是做一个体面人,但在普通话语境里,不知怎的,"体面"一词似乎总脱不了某种虚荣或装腔作势的嫌疑。我们的公共话语似乎始终有着一个强大的乡村抒情背景,并使粗陋获得道德上的优越感。朱朱相对拮据的生活和认真维持的体面,在当时招致了不少嘲弄。他对猎犬的偏爱,他的法国情结,衣着和谈吐甚至餐桌上的格子桌布,无一不成为背后嘲弄的对象——颇为讽刺的是,当年那些指责他贵族化倾向的人,先于他过上了他们指责过的中产阶级生活。

我并不完全认同朱朱的美学和生活趣味,但恰恰在这一点上,我觉得他的坚持自有令人动容之处。美以其虚无,构成了一道人与人之间的理解力深渊,也使他的念兹在兹格外微弱、羞怯和无用——而这,不就是我们认为的诗歌的方式吗?

迁徙与洄游

2004年冬天,我在拉萨路租了一间小公寓,过得既怠懒又混乱。

有关那段生活，我写过几个差强人意的短篇，一些日记体诗及札记。相比自我观察的模糊和不确定，后来朱朱以旁观者角度写的《拉萨路》似乎要狠辣一些，那首诗就像一枚固定标本的大头针，把我黯淡的几年钉在了他的诗集《故事》里。

我记得刚搬家不久，他从仙林开车进城，决定顺道过来探望。当时他蹙着眉，在屋子里转了一圈，似乎竭力想在空荡荡的四壁和房东邋遢的旧家具中间，找出某样值得点头赞许之物——他放弃了，转而指出这里缺一台电视，而在他家里恰好有一台闲置的旧电视，说服我的理由同样不容拒绝："至少，你会需要看看足球。"

那间充满霉味的底层公寓没有网线，也没有开通电话，由于作息颠倒，我的手机似乎也成了摆设。所以大多数晚上，我就躺进小客厅的旧沙发，对着他送来的那台老式电视发呆——如果"抛脱了正常的全部辎重，来寻找一脚踏空的感觉"未免有些刻意和夸张，那么对我来说，那所房子有点像一个偷来的"别处"。平生第一次我过上了独处的生活，此后也遭遇了不少新奇和怪诞之事。我放纵于怠惰和自由中，进入了漫长的休眠期。

这也是我过去时常遇到的情形：来自现实的刺激如果过于直接和强烈，就会绷断诗的弓弦，而我不得不重新开始调整。只是这一次比较意外，调整得尤其漫长，逐渐变得像蜕壳一样危险。在拉萨路的头一年，我似乎成天在城中游荡，热衷于寻找各种友好的安慰——当女孩们走马灯似的在房间出没，过从甚密的朋友也换成了一些单身汉。

这段自我封闭似乎前后持续了三年多。在不少人眼里，我的写作也已经在虚无和中年危机的旋涡中难以为继。记得有一次，当我敷衍地说到写诗，朱朱突然叹了口气。"我觉得，"他沉吟片刻，改用一种惋惜兼责备的口吻说道，"呃，你太懒惰了。"他没有用喜爱的"颓废"，显然认为任何一种放任或自毁的生活都不配那个高等级的词。

同样的，他不再抱怨我们的疏于联系。我想，其中部分是因为他那时也结交了一群气息相近的新朋友，包括艺术家徐累，以及当时南京法语联盟中心负责人柯梅燕等，而我们间隔很长的见面变成了在各种展览、酒吧和聚会上的偶遇。在那种类似社交的气氛里，我们隔着数张椅子的闲聊也仅限于互相逗趣和说笑，此时，我们之间的文学对弈早已结束了。我仿佛置身于他在《灯蛾》中描述的那个漆黑甬道，既需要掂量诗与现实的关联，也必须在孤独和幽密的状态中，重新界定自身和周围的世界。

但在一张消失的棋盘上，他的城市继续沿着调整之后的经纬度和时空轴线，不断扩展着："地球表面的标签／或记忆深处的一道勒痕。"（《野长城》）有段时间，我并不怎么愿意读到他的新作——我不读任何人的诗，我试图清空过去的一切，潜入生活底层。我听任自己滑坠，除了听一点点民谣或朋克乐，偶尔读些历史和哲学。但他的诗总会意想不到地出现，从小型朗诵会、电子邮箱或寄赠的刊物上，很奇怪，它们并未激起我讥讽的涟漪，反倒是变成了一声拖长的呃叹。

转眼到第二年，眼看快过春节了，我的信用卡上突然多了个窟窿，但我周围的朋友似乎一个比一个穷。我不抱希望地打了一个电话，第二天晚上，我就被朱朱叫到月牙湖边一个人头攒动的饭局。刚一落座，王静就悄悄从桌子底下塞来一个厚信封。似乎注意到我的忐忑，几天后朱朱在清溪路上的一间小饭馆，又单独约我吃了一顿便饭。

那时，王静也已经从报社辞职，他们的生活压力也陡然放大了。他开始为北京一份艺术杂志撰写评论。这份差事显然要比他过去的工作加在一起，都辛苦得多。在那个陌生领域他有一个很好的起点，那时就开始为刘野和向京等撰写评论，但这也意味着，他在进入之初就不得不面对巨大的难度。

通常一篇三四千字的评论，他就会寝食不安地耗上一周甚至更久。如果联系到他的谨慎和缓慢，这份煎熬可以加倍计算。相形之下，也许我真的太惫懒了。那时我也写过一些专栏和评论，要么却于情面敷衍应付，要么视为一份临时性的小活草草收尾——既缺乏热情，也不能忍受那种在一个给定框架内行事的拘束感。而对朱朱来说，一切写作从酝酿、结构到呈现的精确方式都是诗。艺术评论就像诗歌望远镜的另一端，不可或缺的依然是发现、耐心和创造力——在此问题上，他谈论诗歌评论的一段话似乎同样适用："我欣赏的评论应该与诗歌本身有一种等值的表现力，在对其对象的深切关注里，它创造一个尽可能独立的表现世界。"

此后数年，朱朱的生活就像一只被抽打的陀螺飞转了起来。《皮箱》出版后不久,他去与海波的美术馆合作艺术展览,而王静应邀去另一家美术馆当馆长。隔了不到一年,"星星画会回顾展"的策展成功,使他在当代艺术圈赢得了更多的信任和机会。当他越来越频繁地"穿梭于道路和风尘",我们的联系从见面慢慢变成了通话,通话逐渐变成了长途。

如果说朱朱从事艺术批评的初衷,部分是因为这种谋生手段"展翅在最小的损失中",那么对艺术和批评的持久兴趣,以及此后付诸的巨大心力,也使他越来越深地进入当代艺术领域。对此,他的如下表述或许可以作为一个佐证:"'诗意'这个词实在是指向一个历史化的空洞核心,并且从来就不为诗歌所独享。现在,该是我们向其他艺术多学习一些什么的时候了。"

到2011年后,频密的策展和工作使他不得不移居北京,并租下了一间公寓房兼工作室。过去二十多年,我在南京的朋友们有超过半数去了北京,朱朱是他们中离开得最晚的一个,也是走到聚光灯前最快的一个。由于机缘巧合,他赶上了当代艺术的意外的"狂欢"。

生活的变化似乎加速了诗歌空间的拓展。他十分欣然于那种舒展,空阔,和场景的变换:"我正在爱上北方,爱它的苍茫,/爱粗壮的水塔,爱树叶/在风中发出矛戟般的撞击。"(《冬日河滩》)而当最初的新奇感消退之后,我发现,他其实是欣悦于一座似乎永远无法完工的城市,在绵延中有了更大的尺度和空间。

至少在《我想起这是纳兰容若的城市》里,我已经绝望地看见,他又开始在北京城打下了建城的木桩:"他离权力那么近,离爱情那么远,/但两者都不属于他——短促的一生/被大剧院豪华而凄清的包厢预订,/一旦他要越过围栏拥抱什么,/什么就失踪。哦,命定的旁观者,/罕见的男低音,数百年的沉寂需要他打破——/即使他远行到关山,也不是为了战斗,/而是为了将辽阔和苍凉/带回我们的诗歌。"

尽管朱朱不时邀约,过去几年我仅有一次,在北京待过一个晚上——恰好他在国外。我们偶尔通话时,他也很少谈及生活和复杂的艺术圈生态;就像过去一样,谈论这些如果不是冒失的,也是乏味的。在我的想象里,他就类似一个漫画人物:怀揣"被拨快的"闹钟,每天像陀螺似的飞旋在北京不断扩大的环线上——在那座巨型城市里，似乎我所有的朋友都是如此，无一例外。

但我确实不止一次，目睹朱朱被恭维包围的情形。在那本为他赢得CCAA中国当代艺术评论奖的《灰色的狂欢节》出版不久，我偶然读到对他工作室的一个采访——明显地，采访者对一位艺术策展人的生活好奇超过了其他：大量篇幅被用以描述客厅里新艺术时期风格的家具，价值不菲的收藏，他的出国旅行和艺术展见闻。不用说，这是一帧有关资本、传媒和艺术权力的标准快照，以及聚光灯下必然的失真和变形——如果不了解他的厌倦，"带着被鞭打之后的昏眩"（《岁暮读诗》），他批评中含蓄的警告，你一定会觉得，这张快照已经与二十多年前一位青年诗人的肖像相去甚远。

无疑，如今摆在他面前的，已是一盘更加复杂和多变的棋局。其中不仅包括动荡的感受，身份的变异，也有诗歌写作的焦虑。而我隐隐觉得，他似乎重新披上了冷淡的铠甲；在那些人声鼎沸的饭局上，他的沉默和自矜显得格外礼貌，仿佛重新画下了一道界线。总的来说，他小心翼翼地享受成名带来的一切，同时出言谨慎，保持原则，并意识到其中隐含的危险。

但独立策展人和批评家的身份，也为朱朱带来了观察现实的便利和更大的自由度。正如他在设想《皮箱》之后的写作时，引述过希尼的一句话："在他的第二阶段，他要赢得世界的通行权"，虽然，"我们的一生被判决为异乡人"（《石窟》）。从诗集《故事》开始，一种新的视野和临场感逐渐平行于以往倚重的历史回溯和梳理，个人和世界的关系在探寻中突然敞开：《华盛顿》《寄自布鲁日》《圣索沃诺岛小夜曲》，还不算最近出现我邮箱里的《佛罗伦萨》《九月，马德里》《月亮上的新泽西》和《双城记》等。

坦率地说，我对《故事》中这些以游历世界为主题的诗颇有些不以为然。也许这是因为，无论语言、文化、历史记忆或意识形态，我们都受制于某种封闭性——这种封闭性衬托了一个世界主义的幻景，也使革新和开放的观念成为巨大的诱惑，并形成了贯穿当代诗写作的复杂的心理机制。直到读到《佛罗伦萨》时，我才突然明白了朱朱或许思谋良久的意图："我戚然于这种自矜，每当外族人／赞美我们古代的艺术却不忘监督／今天的中国人只应写政治的诗——／在他们的想象中，除了流血／我们不配像从前的艺术家追随美。"

换言之，只有在一个更加开阔的参照系中，对话和"绘下新的世界地图"才构成某种可能。正如无论华盛顿、佛罗伦萨还是马德里，这些西方城市承载、反观和折射的，依然是中国的现实、历史和个人记忆，依然是他那座城市的倒影和镜像。在随笔《诗人之春》里，这种观照变得尤为直接和冷峻："我并非刻意回避政治化与现实，只是不愿意就此成为一头被贴上标签的人，恍若萨义德所言的被西方创造出来的'东方人'。""但是，致力于传达某种难以言传的美和忧伤，冥想或质疑语言的本质，揭示现实的空幻，在他们看来俨然是我们的古代之事。"

阅读这些诗还会带给我一种特殊的个人感受，这很像他在《双城记》结尾的感叹："恍惚在旅馆的旋转门中，不知道被推开的／是多年之前的未来还是多年之后的过去。"过去二十多年来，我们似乎已经在不知不觉中互相调换了位置：他变得愈加活跃和自如，而我则越来越沉默和冷淡。相形之下，我在南京过着跟过去截然不同的生活，很少聚会，很少的朋友和电话，这使他每次回来，往往都演变成一场小型灾难。去年冬天，朱朱在南京待了三个月，这是他去北京后，回来住得最久的一次。毫不夸张地说，我被他拉去饭局和酒吧的次数，超过了过去三年的总和。

对于朱朱，南京似乎已经成了一个真正的休憩之所。当台球和牌局、足球场和散漫的酒吧闲聊，重新带回了过去生活的节奏，说不出的放松感就会伴随一种瘫痪似的迷醉油然而生。而看起来，他身上唯一的变化就是爱上了白酒——那三个月里，我看见的他就喝醉了三次；现在，再没有人刻意灌酒出他洋相，但他每次都比上一次醉得厉害。最后一次我把他扶上车送回仙林，一路上他嘴里始终咕咕哝哝，说着"对不起"；直到被扔进客厅的沙发，头垂向王静端来的小盆，他依然道歉个没完。王静对我抱怨说，他在北京有无数次醉倒在酒桌上。

就在那天晚上，我再一次看到了"六子"。尼玛已离世数年，此时的六子也进入了老迈之年——它似乎只在我们进门时露了一下面，就意兴阑珊地回到房子深处，甚至懒于对我这个熟人咆哮。不知怎的，看着它迟缓的步态我突然想起一个奇怪的问题：我们都没有要孩子，而且，似乎从没有谈论过此事。

当我起身告辞，朱朱已经蜷身在沙发里，打着鼾沉沉睡去。回家的路上开始起雾，从路面微微潮湿的绕城公路看去，冬天午夜的南京静谧如一座空城。高架路左侧的隔离栏外，东郊的湖水、山脉、寺院、溪流、帝王的陵寝、天文台和植物园隐没在暗沉沉的雾霭中，只有山峦和树荫的剪影如同马群的背脊不断起伏着。他写过："我看到周围的那种晦暗变成清晰的层次，如同杂乱郁积的意识逐渐清明，事实上，只有适应黑暗，才会有繁星满天。"（《一座分成两半的城市》）我肯定看不到星光，因为这是专属于他的东郊，他在自然和历史的庇护下的城市，也是他不断出发和折返的岬角。

看着车窗外的沉沉夜色，我突然想到，现在距离我们在小阁楼的第一面，已经过去了二十二年。在餐桌上，朱朱给我看过他手机里的一张照片。照片上是他和王静在北京收养不久的一只小猫，名叫"墨墨"。那只被遗弃的流浪猫患有一种先天绝症：无法分解蛋白质。食物于它既是生存的必需，又无异于毒药——这就像一个双重的悖论：因为此刻当我写到这里，"墨墨"已经离世。除了那张照片，它似乎从没有存在过。

不同于尼玛重病的那次，朱朱后来追忆"墨墨"的语调忧伤而平静：在遥远的佛蒙特州，他遇见的一位美国女诗人误听了中文，以为它的名字就叫 *Moment*（"瞬间"），也许她并没有听错。在他的《夏特勒》中，我读到这样一段："从我的身体里升起抗拒的愿望，关于一个人必须按照无限可分的法则，做出一次又一次相应的选择，唯有如此他才能够到达一座站台，被载向目的地。"也许，我们每个人究其一生就是学会从容面对记忆和痛苦，并努力获得一种平静——以及在这种平静背后的神秘、启示和力量。

2014 年 7 月

寻找话语的森林　朱朱研究集

第四辑

挑灯

寻找话语的森林　朱朱研究集

木朵：2000年9月，你在南京召开了新书发布会（诗集《枯草上的盐》和散文集《晕眩》），提到"当代诗歌的前景是悲观的，诗歌正处于零下三十摄氏度的境况"，以及"诗歌到评论这一步就已死亡"（诗歌应该在"诗人—评论—出版—读者"这个循环中生存）；而且你被称为"南京硕果仅存的诗人"。现在离那阵子快三年了，你的观点有改变吗？"南京"作为你一种身份的前缀，它有哪些趣味？

朱朱：诗人们自身的努力从未停止，我看到众多写作者的灯盏亮起在整个版图上，其中有熟悉的也有陌生的，明亮的或者微弱的，有些区域密集，有些区域稀疏。对于当代诗歌，近年来我才开始保持了一定的阅读量，其中我把目光集中在几个人的身上，尤其在关注写作的形态学方面，我学会了做一个兼职的、兴趣和乐趣都有所增长的侦探——哦，他在实质上取得了进展，或者，他已经难以为继了，而原因也许在于……整个来说，比我略微年长一些的诗人与更年轻的作者更值得关注。当然，也有例外，这里我就想起了王小妮，在我看来，她仍然是中国最好的诗人之一，类似于《今天我能够看得最远》那样的短诗让我感到惊叹。

《枯草上的盐》使我和过去的写作有了一次近乎生理上的割断。一个迫切的问题随之显现，可能正如希尼说到的，"在他的第二阶

"杜鹃的啼哭已经够久了"　　　　　　　　　　　　　　　朱朱　木朵
——朱朱访谈录※

※ 原载《诗探索》2004年第2辑。

段,他要赢得世界的通行权",简化这个问题或者说转变的第一个步骤,对我来说就是一个反过来把握自己的能力,从前我有对自我中心的强烈意识,抑或正如博尔赫斯在《我的回忆》里风趣地总结过的,"的确,像所有的青年一样,我试图成为一个最最不幸的人",那种意识既来自年龄与性格,同时为了还赎一种可以称为风格的预设之债,我甚至不惜彻底地封闭。这种状态在《厨房之歌》的写作前后有所了结,我开始抖落周身的芒刺,变得细心而贪婪地收集哪怕一点点的意见碎片,期求着外部的反应,同时陷入了一段茫然。我迷思的瓶子里盛得最多的一种萤火虫就叫"直接",是的,所有人都向我赠送这个词——那真是一种着了魔咒的感觉。这两个音节每天嗡响在头脑里,我在这道经久不息的声浪里罚站到今天,并且慢慢地醒悟到一点东西。

  关于评论恐怕的确需要耐心。我欣赏的评论应该与诗歌本身有一种等值的表现力,在对其对象的深切关注里,它创造一个尽可能独立的表现世界,这就是我欣赏普鲁斯特的《驳圣伯夫》的原因,也是我一度被乔治·布莱、加斯东·巴什拉尔,尤其是让-彼埃尔·里夏尔所吸引的原因,里夏尔批评的特征之一,是它极为讨厌用确属精神的经验取代感性的经验,在他那里,"感觉之后仍然是感觉。只有感觉,并无其他"。另外,他说过一句深刻影响到我的话:"我认为观念不如顽念重要。"如果把目光逗留在法国,依照我的偏好往下搜寻,我们会遭遇写作了《明室》的罗兰·巴特和评论了勒内·玛格里特(《这不是一支烟斗》)的福柯等,尽管这些评论已经是非文学范畴的。反过来观照我们自身,评论似乎还在忙于谩骂、档案归类、分封和争抢领地的事情,甚至一个基本的论辩态度还没有被建立起来;以个人的内心体验为本真性依据,通过也许是一个细微的角度去对诗歌史和我们的诗歌写作做出有力而意外的揭示的批评,仍然是难以一见的。至于能够将批评写得像一部侦探小说般吸引我们,就目前看来,仍然是一个奢望。不过,我无疑是太苛求了,正如南非女作家戈迪默在她的一篇文章里所说的:"全世界也许就这么一两位批评家。"

  在整个历史里,南京是一件易燃品,所有设立在这里的王朝都很短暂,战火与毁灭性的打击接踵而来。"失败"正可以说是这座城市的城徽。在2001年秋天到2002年这段时间里我完成了一本书——《空城记》,其中包含了一些我对这座城市精神传统的探询。不知道你是否同意,一个人在他热爱的地区生活,很可能招致一笔巨债。我是这样来减轻自身的心理压力的,许诺说有一天我将写作一首长诗,题为《失败》,来向南京致敬。

木朵:育邦的《向内的和向外的》一文,是这样来评价你的:"朱朱是一个纯粹的诗人,他基本上不写小说,他的诗在冷峻中蕴藏着不可言及的孤独和悸动。"这里存在三个进入的角度("纯粹""不写小说""冷峻")。而蔡天新在《一头狮子的相互撕咬》中认为"诗人朱朱的内心存在着某种冲突,犹如一头狮子的两个侧面:慵倦和敏捷"。评论者总是通过不同的羊肠小道来探究你的奥秘,试图形成自圆其说的效果。这些已经被揭露的,与那些隐匿的,孰重孰轻?

朱朱:"纯粹""冷峻""慵倦""敏捷",等等,都是美妙的形容词,然而每一个形容词的内部都具有等级,当我试着将自己与心仪的诗人做一番比较时,清楚地意识到这个事实。我非常感谢他人正式给予的关注和评价,细想起来,直到现在更触动我的是一些片言只语,如同有人把客厅里听来的事情写成了小说,我的耳朵也会捕捉一点什么,以便不断地熔铸我的诗歌意识——须知在整个生长环境里,我都是一个偷学者,从母亲忘记上锁的书橱里,从过眼的杂志上,甚至还包括从一篇文章的注释里找到下次阅读的目标,等等,我就是这样完成自我的现代化的;想一想此事会觉得既骄傲又沮丧。

木朵:在你的《下午不能被说出》中,明示了一些价值取向,尤其是"听漏向黑暗的沙……"成为读者窥探你的一句谶语。在写作的过程中,我们会遭遇各种幻觉,但是只有"清晰的幻觉"才可能帮助我们完成满意的叙述。你的写作充满了道德关怀吗?你期待在作品中有一种价值体系吗?"幻觉"在诗歌写作中,会发挥哪些作用呢?

朱朱:也许该纠正一个词,并非"满意的叙述"而是"满意的表达"。诗的写作本身,即获得满意的表达的那个过程本身,就已经充满了道德关怀。我们不妨设想一下,它首先涉及的是奢侈与节俭之道,正如一位诗人的妻子有一天在厨房里感叹的,"写诗是一个大到无边的奢侈",但另一面,它在对词语的使用上又是最节俭的,几乎带有苦行主义的精神——一旦意识到你拥有着这样悖谬的事实,你又怎么能不为之战栗呢?写作也注定涉及价值与价值体系之争。我期待自己作品的价值,正如一些持久闪光的、予人安慰的物,而非那种抽象、近于绝对的尺度,那种真理的棍棒,攥于一己之手,而施加于世界与他人——我怀疑此种尺度的存立,而这就是我们可以称为价值体系的东西,就是幻觉。当然我理解你所说的"幻觉"指的是另外的东西,你指的恰好就是——真实。

木朵:来比较你的两个作品,一个是《瘟疫》,另一个是《鲁滨逊》。前者用了很多长句,纠缠于某种语法之中,比如,"他悲哀于走出这座门有人会向他投石块""一旦他想起明天会有另外一千或一万个需要不同的理由/胜过需要相同的药单的人"。到了这些句子中,那个敏捷的诗人又浮现了:"像窗台旁的哑铃/42℃的天竺葵/或节度使夫人坐过的马桶/摇晃而慢慢中止的安乐椅。"——在后者,你似乎发生了一些变化,通过"我"这种第一人称,并且借用一种诙谐口吻,完成了一次"漂流记",长句已经分拆了,那种穿梭在词句之间的机巧(讥诮)以及场景的罗列,却是一脉相传的。你如何看待自己写作中的变化?在变化来临以前,你会做些什么预备?《鲁滨逊》是否意味着一种高度的完成?

朱朱:《鲁滨逊》好像我对自我的一次施暴,要求他忘掉任何诗的看法和修养,一路走下去而不回头,一个渺小的奥尔菲斯因而领出了他地狱里的妻子。这首诗在主题上贯彻了明确的指令,实现了它理应完成的现实审视,我在上海一位朋友那里聆听这个原型的故事时,就已经形成明晰的意识,并且在头脑中看见了诗的形式,尤其是预感到在那样的形式里将会产生出比我的表达能力更丰富的含义,这驱使我在回到南京后,放下了正在进行的其他写作计划,很快地将它完成。

我不知道是好是坏,所以它在抽屉里还是蹲伏了一段时间。但我希望你能够明白的是,这样的写作不是我喜爱的、力图保持的方式。应该怎么来说这个问题呢?好比一个人受现实的伤害已经如此之深,他决心证明自己也有伤害现实的能力,他做了,某种意义上,他确实成功了,而对他自己来说,既然已经得到证明,就不愿再提,他希望回到自身经常去操持的一些东西里边,即使看起来脆弱、黯淡、无力得多,也别无他求。也许,直到又一次,伤害又累积得如此深重,他会再爆发一次,反击它,让它退缩回原处,就是这样。

我有些好奇地想知道,你作为同行,也是作为对我的作品相当熟悉的一位批评者,你怎样看待《灯蛾》这首诗的?因为在我自身的感受里,它意味着我近年写作中一次很不寻常的结晶。

木朵:许多诗人爱用"我"(一种代入法,或言之"借尸还魂")来构筑叙述的脉络以及在场感。你的组诗《清河县》通过一个"他"与五个"我"勾勒了一段风尘往事。说到《清河县》,就找到了朱朱的一些"桃核"。用"我"来开展叙述以及谋篇布局,是不是更加便利?另外,写王婆(《百宝箱》)时,你花费了最多的笔墨,是什么原因让你泼墨于此?而陈经济(《威信》)作为组诗的结尾,出于怎样的一种考虑?诗人在创作组诗(甚至包括诗剧)时,要面临两种考验:一是结构性,词语的质地以及语言风格,都渴望维持一种整洁度;二是叙事的发展与颠覆。你认为组诗创作有哪些规律性?

朱朱:最近我才阅读到一本小书,艾勒克·博埃默先生的《殖民与后殖民文学》,其中提出了一些值得思考的问题,譬如,也许我们在不知不觉中已经上了钩,当我们反叛了身边的现实,要记住的是我们自己永远不像我们以为的那么独立与强大,我们有可能被其他的意识系统吸附而去,而自我进一步丧失。一个小例子说,在一些英属殖民地国家里的作家,"他们描写起伦敦的雾,或许会比描写当地的天气还充满自信"——这已经意味了极其惨重的代价。

《清河县》的写作对于我确实是转折意义的界石。在古都的雨持续不断的一个下午,突然出现的冲动促使我写下了《郓哥,快跑》的第一行,这首小诗写完之前,并没有一组诗的构想。此后,它们一首一首地到来,在近半年的时间里,可以说我都生活在这组诗里,生活在一个"此曾在"的世界里面,我充实而柔韧,至今我依然留恋它的滋味,明白了生命可以超越时空,被词语运载到那么远的地方。无论诗本身的价值如何,我都的确受到一次净化。在它之后,我的写作也许才有了实质性的进展,有了一个可触的境界。

"清河县"的世界并没有消失,那些人也正走动在我的窗外,虽然他们都已经更名换姓,并且在喝着可口可乐。我尤其要将王婆这样的人称为我们民族的原型之一,迄今为止,我的感觉是,每一条街上都住着一个王婆。我记得金克木先生在一则短文里提及,有两个人,王婆和薛婆,是我国历史上最邪恶的两位老太婆。是的,的确邪恶,但她们所意味的比这多得多——文明的黑盒子,活化石,社会结构最诡异的一环,乃至于你可以说她们所居的是一个隐性的中心。我欲完成在诗中的,并非对那种邪恶感的刻意描绘,而是要还原一个完整而真实的形象。

以"我"结构全局,作为形式而言实在是文学上的一种俗套而已——我不知道是否更加便利?也许你戴上他人的面具时,反而要多出一重困难,那就是你在语调上必须成为他人,你的理解力、想象力和情感必须与之交融,而非简单地折射你自己。成为他者,无疑是我们永生的渴求之一,文学中"我"的使用即一种出自单方意愿的双向运动,在他者的面孔上激起一个属于我的涟漪,自我的意识因而得以净化。就它作为形式而言,它是一种俗套,但就具体的表达而言又蕴含着无穷的可能;关于它的某方面难度及极限式的挑战,德里达在探讨弗朗西斯·蓬热时说:"签名事件的双重约束。"而我隐约地意识到,佛法在冥冥之中昭示着什么。

《威信》置放于篇末,可以说一个不是结尾的结尾,它表明在预感到一种状态即将消失的那个我当时所能给予的反应;和此前的部分相比,它有些异常,我以为这近乎树木的纹理发生的断裂。确有一位年轻朋友谈及,《威信》是他在整组诗里最喜欢的一首诗,我以为这样的判断至少不太公平。

至于组诗的创作,并无规律可言。也许是翻译的漏失,西方作品里能持久留存于我记忆之中的组诗并不多。如果你希望了解的是一个涉及整体性的秘密,不妨在卡尔维诺关于晶体与火焰的探讨里寻找一些启示。他在介绍语言学时说:"皮亚杰主张'噪声中的秩序'即火焰的原则,而乔姆斯基则赞成'自我组成的系统'即晶体",这两种见解可以延展为两种道德的象征,两种绝对物,两种存在形式,以及两种风格和情感的类别;我想,这也可以用来说一说组诗的基本形态。关于晶体——实际上,我们可以提一提中国套盒、古代园林的移步换景,以及经由博尔赫斯之后变得熟滥的镜像游戏。在这个方面,也许皮耶·帕罗·帕索里尼对《一千零一夜》和萨德《索多玛120天》的结构进行研究时做出的结论颇合我意,然而在这里引用它显然嫌长了。我想他主要谈到了一种分裂繁殖式的累积过程,和可能产生的能量之和,而后者超越出前者之间的单纯相加。等到他自己去拍摄《索多玛120天》时,他还写过:"形式上,我要这部影片如同水晶一般,而不是像从前的影片如岩浆般交互融合、流动、混乱、过多的修饰,而且失去均衡。它完全经过完美的计算。"这最后一句,我理解为不可能的意愿;并且,帕索里尼的个案也印证了在诺顿讲演录里的思考,那就是一个作者并不始终地即此非彼,他可能在这两条路中间不断地跳来跳去。

木朵: 在一些小型聚会上,朋友们会朗读你的作品,你的作品适合朗读吗?诗歌被阅读,被朗读,被四处传扬,是一种幸福吗?不同社会背景的人,将带进新鲜的元素给诗歌的创作,比如,画家和音乐家、建筑师,乃至一个理发师,很可能会将诗歌与他们各自熟悉的"工具"结合起来,并且形成鲜明的特征。诗歌是容易被改造的对象吗?纯粹的诗歌将依凭什么元素得以彰显?

朱朱: 当年,我的妻子差点儿去了日本,她在整理行李的那些日子里,准备给我留下的礼物就是她的朗诵磁带,那是我早期的一首《扬州郊外的黄昏》。在我当时居住的小阁楼里,我听着她的嗓音伴随着磁头沙沙的转动声,像一支箭深深地扎进我的身体,疼痛和甜蜜一起膨胀着。这是一种特殊的幸福感。有过那样的经历之后,每当听见自己的诗歌被朗诵,都像旧伤再次挣裂,使我得以回到那一夜的黑暗之中。关于黑暗如果必须说些什么的话，我听过的最睿智的论述是这样的："阳光和看守者的目光比起黑暗来，可以对囚禁者进行更有效的捕捉，黑暗倒是具有某种保护的作用。"因而我们也可以这样来理解朗诵之事，它将诗歌带至阳光和看守者之处。

泰德·休斯的《生日信札》引起我兴趣的一面，就在于它向小说、戏剧、摄影、电影乃至一切领域索要诗歌的领地，它首先是一部诗集，然而又幻化出多重维度上的面貌，你可以将它作为长篇小说、一部电影、摄影簿等来进行阅读。诗歌本身有着难以比拟的纯粹性，类似于尖端科技，它的效应当然会体现到应用科学的领域。不过，我已经不认为诗歌依旧领先于其他艺术领域，"诗意"这个词实在是指向一个历史化的空洞核心，并且从来就不为诗歌所独享。现在，该是我们向其他艺术多学习一些什么的时候了。诗歌至高的乌托邦式景象被俄罗斯诗人布罗斯基以一个反问句提及过："为什么公众不能够以诗的语言来说话呢？"——也许可以说一说此人，在当今世界，布罗斯基对诗歌地位的雄辩而深刻的维护远比他的诗歌更令我倾心。经他不遗余力的阐释，他在俄语中的前辈——茨维塔亚娃、曼杰斯塔姆等人得以获得更为清晰的文学形象，在另一方面，他参与了欧美当代诗歌秩序的建立，虽然存在着政治化的权威色彩，但就他在威尼斯开列的那份名单而言，他替读者选择的现代诗清单有着一种令人欣慰的说服力。

木朵：我们经常无法绕开这对词语："浪漫主义"与"现实主义"。你是怎么来理解并且区分它们的？你的癖好将放在哪一极？这两个词语是否给具体的写作带来了"理论负担"，或者先入为主的干扰？你是如何逃脱概念或批评家的约束的？从一首诗的第一稿，到最终公开发表，其中你会经历哪些"是非"呢？

朱朱：在写作《"吻火"》那篇文章时，我才试图从整体轮廓上端详一次浪漫主义，结果正如马泰·卡林内斯库在《现代主义的五副面孔》里所说的，有各种各样的浪漫主义。至于现实主义，但愿我们在提及这一概念时所联想到的，不是类似于中国油画领域里得自苏俄绘画体系的写实手段。昔日的概念只存立在于一个写作者深感其必要性的重申之中，譬如马尔克斯宣布他是一位现实主义作家时，他的立场是拉丁美洲的现实本身比所有的想象更神奇。再如，米沃什对现实主义的理解，出现在一首就叫作《现实主义》的诗歌里，我惊讶而欣喜地看到他对荷兰绘画的崇尚；还有些什么人对此做出过赞美呢？我可以列举的就包括普鲁斯特、罗伯特·洛威尔、特朗斯特罗姆、西默斯·希尼等，每一位都写到了维米尔（荷兰画家）；在他们之间有一致的感悟吗？我想是有的。他们体认的是一个无穷远的极点，正如我在最近的一首小诗《合译》里希望表达的："词语们同源于所有语种那背后的／寂静，而那寂静是一种声音，授权给我们。"你看，也许这就是逃脱，相对于这种寂静而言，概念或批评家能够约束你的很少，并且提供给你的帮助反而会增加。

从每一首诗写作的初始到它的完成，你很难说有过哪怕一次重复的路径。我想，只是随着写作的深入，你的忍耐力增强了，也就是说，你可以多等上一段时间，以便你在意识上变得更清晰一些，你力图先透视它，至于进入真正的写作过程里，词语之间的构成关系仍然是意外的、难以把握和超出控制的。

木朵：20世纪诗歌的一前一后有某些类似性，比如在民刊的印刷和传播方面。你与哪些民刊有过"蜜月期"？它们是否具备了诗学史的意义？其实，我们还谈到了诗歌与读者的关系。在经济学里，有一个叫"教育买方"的术语，移植到诗歌传播上来，它该如何开展呢？20世纪诗歌的"一前"与"一后"具备了哪些可比较性？比如张桃洲写过类似的文章（《论新诗在40年代和90年代的对应性特征》）。

朱朱：蜡笔，钢板，打印机——你可以称为一个时代的象征物。我现在的书房里挂着一张照片，取自叶芝原版的传记，其下的注释是"The Dun Press in 1903. Lollie Yeats is at the press on the right."我格外喜爱这张照片上的氛围，三位女性忙碌在一间作坊式的小印刷厂里，日光从外边投射而入。它令我回到为青春所确立的执着追求中，另外，它的构图也多少与我最热爱的西方画家维米尔有些相仿，那是一种日常的静谧感。

我参与的第一份民刊是我一位堂弟创办的，刊名已经记不清了，他住在另一座城市里，或许出于害羞的缘故，他通过自己的母亲向我的母亲转达约稿的事情，然后我们才开始通信，我很难忘记收到那份刊物的感觉。等到我去上海一家法学院读书时，我们有那么几位朋友自己创办过一本刊物和一个诗社，其中的一位朋友毕业后不久就去世了。在1990年前后的上海，我们和其他学院的爱诗者有过一些交流，至今仍然有着联系，只是在所有这些人之中，似乎只有一两位还在写。当我来到南京，我独立编辑过一份名为《联系》的刊物，仅仅出过两期；在不久前出版的那本著作《表意和焦虑》里，陈晓明先生将它放在20世纪90年代的重要民刊里，我猜想，那只是恰好被他看到过的缘故；我倒是宁愿它被遗忘——你看，诗学史的意义并非我来判断的，正如陈先生的著作也只是一次言说罢了。除了这些以外，我最初的那些极不成熟的稿件先后出现在《南方诗志》《现代汉诗》《标准》等民刊上，其中也包括在南京本地的《他们》上出现的一次——显然今天人们已经充分了解到我的写作个性，不再因为我曾经出现在哪里而将我划归到某个小团体之中去了。其中的有些刊物，我参与了一些预先的讨论和具体事务，甚而为之承担过意想不到的后果。

李欧梵先生的一些文章精到地论述过20世纪初的某些出版状况。而张桃洲先生的文章我并没有读到，但在一次交谈之中我已大致了解到他的那些观点，那的确是一个有待展开的极有价值的论题。我们昨天还在一起，谈论的却是《南京评论》的编辑工作和下一期的改进。尽管发表作品早就不是一件困难的事情，但我们希望有一份真正自主性的刊物，去探测我们理念的极限，同时督促我们清除自身可能的怠惰与满足感，尤其是警惕其导致的创造力的日渐平庸。六七年前有一位诗人宣称说，民刊的时代已经结束了。我理解他这句话的意思是，他希望一种开始形成的次官方秩序得以被维持，而他本人则是其中的一位受益者。我厌恶这种态度。倘若有秩序的话，那也是在流动之中一次次结晶和得以再造的，我们中的每一位，即使在某种意义上获得了相对的认可，那不过意味着，你要更深地聆听到内心那种无名的需要，最大限度地展开灵魂的无穷褶子。

木朵:《皮箱》对于你也是重要的,这里流淌着时间感和"子爱"(与"父爱"形成一种坚韧的对应)。它在章节形式上,以及语言的纯粹性上,都经过了精细的雕琢。在抵达一条鱼之前,父亲"沉睡"着,"再次沉睡"着,留给儿子遐想的时段。在组诗的第四首,"收音机里传来""俄罗斯衰老的头",更加显露了儿子的心肠与光阴的流淌。父亲钓的鱼,现在却从皮箱里边"沿着我手中弯曲的钓竿／游入河心"——诗人的爱与慈悲,或者说你的爱与慈悲,对于具体的写作有多重要?

朱朱:爱是唯一可以信赖的源头,是那种不朽的轻逸。当我在愤怒和仇恨里行事时,偶尔达成的诗行会像一条沉重的鞭子反过来抽打到脸上,诗会变得难以继续,而人会陷入与现实等同的无望,不会释然,不会如同夸西莫多所说的那样,是"一根柔韧于宇宙的纤维"。为什么愤怒和仇恨,或者说其他情感就不能造就诗呢?我的理解在于,唯有爱是一种真正令人激动的节奏,一切可以作为动机,但只有爱能够引导你合上节拍,启动真正的激情和想象。感谢你从《皮箱》里读到爱,读到慈悲的"子爱"——是我们该提倡这种情感的时刻了,我们要努力使自己成为港湾,实现一次对历史的逆向拥抱,就像从前我们害怕爆竹和闪电的声响而归于母亲的膝下那样,我们今天的臂膀应该把已然苍老的母亲保护在自己的胸怀里,杜鹃的啼哭已经够久了,我们该为她的苦难发明出一种向幸福和明亮而开敞的声音。■

寻找话语的森林　朱朱研究集

诗人，是朱朱一个鲜明且广为人知的角色，在这个领域，他拥有"江南才子"的称誉；而艺术评论暨策展，对他而言，是喜好也是种生存途径，文字依然作为表达的工具，只是从言情转为论述，将旁观者的细腻观察与理智融入，既有的文字功底成为厚实基础，而从诗作到艺术评论的成功转化，也让朱朱很快地在艺术领域站稳脚步。

"进行策展的时候，我可能更多地从视觉与听觉的角度考虑，而不是用一个诗人的角度和身份来结合当代艺术这个事情。"朱朱表示，诗与当代艺术之间存在着一个转换的问题，"理解力"是当中一个重点。诗与艺术的原点同样是饱和情趣的意象，但传递情感与信息的方式实有差异，再加上展览现场的条件与考虑，都是艺术评论暨策展工作的考验。

诗是直接打动情感的，不假道于理智。艺术评论与策展的想法，有个人观点提供的视野，以及情感的催化，但基础还是美学与史学。而在中国当代艺术与文学之间，独特的时代背景与共同记忆也成为一个联系的线索。

自我启蒙的时代

20世纪70年代末至20世纪80年代初，是中国社会意识与生活

当诗与艺术相互感染
——《艺术家》专访中国当代艺术策展人朱朱 ※ ——— 朱朱 许玉铃

※ 原载于台湾《艺术家》2011年8月刊。

形态面临变革的年代，也是中国当代艺术与文学发展的关键时期。朱朱以"空气是流通的"来形容当时文艺界的状态。1969年出生的他，在这种特殊氛围中学习及交流，逐渐展露出对于绘画及诗的兴趣及天分。

他的诗集《驶向另一颗星球》、《枯草上的盐》、《青烟》(法文版，译者Chantal Chen-Andro)、《皮箱》，以及散文集《晕眩》及《空城记》，标志出他在文学创作的位置。在艺术评论的基础下，从2006年首次策划的"长江大桥"群展开始的策展工作，历经2007年"星星画会回顾展——原点"、2008年"个案：艺术批评中艺术家"、2009年"改造历史"，以及他为尹朝阳、李青及臧坤坤等人所策划的个展，亦成功地定位了朱朱身为策展人的角色。

问：从你的经历看来，你的策展工作就是从南京开始的？

朱：对。

问：但你原本是诗人，为什么会转而投入策展工作？

朱：我一直喜欢艺术。从小就喜欢画画。在20世纪80年代现代主义启蒙的时候，西方文学和哲学，以及西方现代艺术的讯息，对我们来说是同时到达的，这也是我进行自我启蒙的一部分，所以在语境上不存在着隔阂。我始终是和艺术家有所交往，处于一个共同的圈子。

20世纪80年代的中国，有一种特殊氛围，空气是流通的。音乐、文学及艺术界的人都可以聚在一起，生活还没有被社会的分工强制地上升到某一个位置上，那个时候的人受了共同氛围的影响，生活节奏也不像现在这么快。

这是我们生活的20世纪80年代整体的气氛。在那个里面的空气还是流通的，艺术与文学相互之间是流通的。可能是到了20世纪90年代以后，反而艺术家、诗人、音乐人好像才各自形成一个特定的区域，当时其实很多时候是裹在一起的。

策展资质的启发

问：20世纪80年代是你求学的阶段，当时就在南京吗？

朱：没有，我那时候在上海。其实我成长的空间性线索是很有意思的。我从小是在乡村里面，因为我爸是右派，我在这儿读小学；初中的时候就到了一个小镇，高中的时候是到了县城，大学的时候则到了上海。实际就某种空间意义上来说，我的童年和少年时代经过了所有的形态。

问：什么形态？

朱：乡村、小镇、县城、都市。

问：这种生活经历想来对诗人多有启发，然而我很好奇你从诗人到策展人的转化。策展工作相对是比较理性的思考与整合锻炼，跟诗人还是不太一样的。

朱：对。实际上，我在开始策展工作前已经开始写艺术评论，也与艺术家有所交往——有我欣赏的艺术家，有作为朋友的艺术家。艺术评论是我投入策展的前提。

而我真正执行展览策划是在2006年。当时我的朋友海波在南京开了一个美术馆（南京艺事后素现代美术馆），他也有诗人背景，我们是很好的朋友，他邀请我在那儿做了第一个展览，就是"长江大桥"。

策划这个展览时，我考虑到地缘性和当代性的结合，长江大桥是毛泽东时代的一个象征，也是南京这个地方在社会主义时期的一个象征，所以，我想当这样一个象征和当代艺术的语境产生关联时，它会引起人们的注意。于是，我选择这样一个主题作为我的第一个展览。

选择参展的作品，基本上是已有的关于长江大桥的表达，就是已经存在的，而不是为我这个展览而去创作的作品。当时我观察到当代艺术里面已经有很多艺术家进行了长江大桥主题的创作，大概有十多个人，包括邱志杰、尹朝阳等人，他们也都参加了这个展览。

大型展览的历练

问：我在资料上看到，2007年在今日美术馆有一个"星星画会回顾展——原点"，那个也是你策展的吗？

朱：对，那是我策展的，是我的第二个展览，仍然由艺事后素现代美术馆资助。其实最初线索都是跟诗歌有关，因为严力，既是星星画会的成员，也是诗人，他和海波也很熟，两人有一个心愿就是想做一个星星画会的回顾展。当时一个规划是做一次三十年的回顾。

最初，原本是希望由高名潞和我共同策划。高名潞对这个项目也很兴趣，但是主办方跟他没有谈拢，本来应该是一个联合策展，最后变成由我独挑。这个展览对我来说有很重要的意义，它让我真正面临一个大型展览的挑战，而且这个展览的挑战相对一般的群展更是复杂。

问：当时展出的都是星星画会成员的作品，寻找作品的难度极高是吗？

朱：对。这个展览的挑战之一是要寻找作品，要跟这些前辈艺术家们打交道，你要和他们进行心智的交流，有时甚至有一种较量的意味。这批艺术家是中国当代艺术最早的发起人，从资历上来说，他们是非常老的，而他们看我却是特别年轻，是一个还没什么经验的策展人。"凭什么来做这件事情？"我觉得他们有这样的想法。

这是一个执行起来非常艰苦的展览，前后准备了一年半的时间，投入了很多精力，而且艺事后素当时也是一个草创时期的美术馆，还不具备足够的专业经验，展览本身是在没有太多支持的情况下进行的。

问：我在2008年底来北京时，错过了这个回顾展。对你的策展比较有印象的是"改造历史",这也是特别大规模的展览,三个策展人吕澎、高千惠与你,当时如何筹备这个展览的?这个展览除了展览场次多、作品多,在文本整理上也是非常大的工程,你们怎么样进行的?

朱:"改造历史"这个展览很有意思。从我进入当代艺术领域开始策展工作后,每次好像都是一个挑战极限。

问:这几个展览规模都挺大。2006年是"长江大桥",2007年是"星星画会回顾展——原点",2008年是"个案:艺术批评中的艺术家",2009年是"改造历史"。

朱:除了群展,个展也有很多。我觉得这几年全是挑战极限的展览。有人说我好像是以火箭速度前进,实质进入当代艺术没有几年,但一下子被推到了很高的平台上。实际上,我面对的每个展览都很有难度,挑战性十足。"改造历史"是规模特别大的展览,可以说是中国当代艺术有史以来最大规模的一个展览,之前从来没有这么多艺术家同时参展,没有这么多的场馆被一个展览使用过。

我和吕澎之间的合作,是从挑选艺术家的环节开始的,我们做了很多工作;其后是文本,那个展览出了很多文本,其中有一本就是《中国新艺术30年》,这本书当中一个十年的部分就是我写的,实际这也是"改造历史"这个展览的主体文章,这个文本消耗我很多的精力与时间。当时我和吕澎,为了展览投入了大概有一年半的时间。

诗歌与艺术之间

问:以你的诗人背景,在文字方面肯定没有问题。但你要策划一个展览,无论是群展或个展,以诗人眼光观看,和艺术史角度的审视,之间肯定还是有一点落差,你怎么克服这个?或者说如何运用诗人的优势,作为策展特色?除了主题式的群展,像是为臧坤坤、李青这些年轻艺术家策划个展时,如何切入?

朱：我认为到了2008年做"个案：艺术批评中的艺术家"展览时，我已经相对熟悉了艺术的语境，在我进行策展的时候，我可能更多地从视觉与听觉的角度考虑，而不是用一个诗人的角度和身份来结合当代艺术这个事情，不是这样的。但是，我认为艺术的事都是相通的，诗歌某些核心的东西，同样是艺术的核心，只是它存在一个转换问题。当我作为一个诗人，或者当我写艺术评论的时候，语言文字都是一个很重要的工具，但做展览的时候，必须从视觉出发。

或许，有人认为我的文章写得好，是因为我的文学功底，我觉得这个事情要分成两个部分来看；一方面，写诗歌的人，他的文字表达能力或者文本的魅力可能会比较占优势；另一方面，更重要的是理解力，对于艺术家、对于艺术创作、对于艺术的理解，不是因为你写过诗或者做过什么就可以替代的。

问：有些策展人可能更注重的是艺术家创作的上下文，有些人更侧重与艺术家之间的互动，或将展览视为艺术理论的实践。当你为一个艺术家策划个展时，是透过作品来理解艺术家，还是透过与艺术家的互动，找出一个特别有意思的点来发展？

朱：我觉得你说的情况都有。面对不同的艺术家、不同的艺术形态，你和他产生的关系是不太一样的。像李青的特质相对来说比较明确，从一开始，我就关注他，已经追踪好几年了，我对他的艺术历程很熟悉；而臧坤坤是因为偶然在林大艺术中心群展上看到他的作品，才开始关注他，后续也有一年多的交流，然后才策划了他的个展。

我觉得一个评论家，尤其是针对具体个案说话的评论家，最好有一个持续追踪的能力，就是你和这个艺术家一直保持一个持久的交流，然后才会更好地去了解他与评价他。

当然也有例外的。比如，我在为河南的一个艺术家王亚彬写艺评时，我基本上没跟他有过任何交流，就是阅读他的作品，想象作品背后的一些事。我在评论中想象了他的生活，但是写出来以后，证实他真实的生活和我想象的生活几乎是一致的。

问：是通过他的艺术和他的一些记录想象？

朱：不是，我就是以对他作品的感觉，完成了一个想象。每个艺术家都很不一样，他需要策展人起的作用也不一样。

布展亦为一种艺术

问：你这次在伊比利亚当代艺术中心的展览"飞越对流层——新一代艺术备忘录"，锁定在20世纪70年代的艺术家，如何挑选艺术家和他们的作品呢？这个展览的策划是如何开始、如何进行的？

朱：我之前即有过为仇晓飞那一代艺术家做一次梳理的想法，正好伊比利亚当代艺术中心馆长夏季风，和我是很好的朋友，我们经常交流意见，他也想做这样一个展览，不谋而合。

后期又有上海喜马拉雅美术馆馆长沈其斌的加入。我们在讨论过程中，也征询了很多人的意见，也有人提出不同意见，但我们最终还是选择了这样的主题，不是一个绝对的标准，但是它实现了我的一个气质或者一个审美的取向。

问：布展时为什么要把参展艺术家的作品拆开来展示？这个展览空间有三个区块，怎么样区隔？是以视觉来介入，还是有其他考虑？

朱：在理想状态下，布展本身就是一门艺术。有一个很理想的说法是：艺术评论本身也是一种创造。当时就我而言，我特别希望能够让这些方案实施。在具体实现过程中，有很多客观因素考虑，就这个展览而言，打散来展示是因为和具体场馆结合起来，这些牵扯到展示空间高度、悬挂的效果等因素。此外，我还是希望有一个体现策展意识的结构性，而不是让每个人的作品以块状空间展示。

问：这个展览还有一个特点，就是在展场中，每一位艺术家都有一段话来陈述自己的想法。最初是如何规划的？

朱：我这次除了写了一则长篇评论外，在之前我给他们每个人都做了一个访谈，你看到的那些话都是从他们访谈内容中摘录的，那些是我认为相对比较能够代表他们自己的陈述。现场在隔板箭头处形成六个面，用于他们每个人，这在我策展方案中就是其中一个重点。

问：这个展览后续还会到鄂尔多斯和上海巡回展出，都是同一批作品？

朱：不是同一批作品，作品会更换。我们的计划是国内四站，北京伊比利亚、鄂尔多斯美术馆，广东也会选择一家美术馆，明年九十月应该是在喜马拉雅美术馆，这是国内四站巡展。也会在欧洲和拉美选择美术馆和合适的机构进行合作。

问：同样的主题与艺术家的组合，但作品会更换是吗？

朱：作品会变，而且每一站都会有不同主题的论谈会，巡展结束以后会出一本论坛的文献集和现在出版的画册配套。

问：听起来文本整理也一直是你策展的一个重点？

朱：对，展览有两个因素对我来说最重要，一个是现场，另一个是文本。

透过展览寻找答案

问：接下来还有什么样的策展规划？

朱：现在正在计划的是一个女性艺术家的群展。我一直想做一个女性艺术家的群展，但是我始终没有确定好主题。年初，我想到了一个主题。

问：为什么会想到女性艺术家呢？

朱：对我来说，我认为展览是我更好地理解艺术家的一种方式。我也做过摄影展，这让我深入了解更多的摄影艺术与好的摄影家；对于女性艺术家，我也想通过这样一个展览模式去了解。

我始终在想一个问题：女性主义或者女权主义是有关女性艺术家的一种标志，当然也是一个切入的角度，世界上有许多展览或多或少地都涉及这样一个主题的探讨。我就是在想，怎么能够相对机智地跳过理论的泥潭，用一个新的角度来讨论女性艺术家的话题。我已经想到了一个主题。

问：你觉得女性艺术在中国当代艺术中是一个特殊的现象吗？我之前采访几位女艺术家时，一提问女艺术家的角色，她们反应都很强烈，强调性别不是问题。但是我觉得从创作思维上，还是可以提示出差异性。

朱：女性艺术家这种过敏的反应也是女性主义或者女权主义的一部分，也许这里面就有很多有待展开的话题。我觉得这个东西很有意思。当然从本质上来讲，艺术作品、艺术创造没有两性之分，这点我肯定是同意的。自从世界上有了女性主义或者女权主义这样一种理论出现之后，我觉得它不仅改变了很多艺术创作本身一种观看和思考，它也导致了新的态度的缺陷，这种缺陷现在变得特别有意思，就是很多女性艺术家声称自己完全是性别平等，没有把自己当成女性来看待的时候，她又陷入了另一种狭隘和局限当中了。

我觉得所有这些问题，并不能在我这儿得到一个答案，但是至少我可以提一个属于我自身角度的观点，或者说至少我也希望离那个答案稍微再近一点。

问：你刚才说了，群展或大型展览，你是先有一个想法，然后透过展览来做一个实践或者现场，是从现象及理论研究延伸至展览？

朱：不同性质的展，比如说"星星画会回顾展"和"改造历史"都是属于更偏重艺术史的展览。就我目前而言，我更想做一些有创造性和想象力的展览，当然它不是只满足我个人喜好，而是说这种创造性和想象力，它可能会对中国当代艺术的航向起一些修正作用，希望通过我自己的方式，能够让它以一个更内在的方式，更加人性的方式进行。

从艺术中汲取的养分

问：除了散文及诗集，你还出版了《一幅画的诞生》，这本书的内容是艺术概念，还是创作呢？

朱：这是一本个案研究，是"个案：艺术批评中的艺术家"展览画册的增补版，其中汇集了我在2008年之前所写的所有艺术家个案的评论。

金融危机是2008年底，而我在2006年、2007年、2008年那三年，几乎所有精力都用在策展和收集当代艺术资料这方面，也就是说我的诗歌创作中断了三年。这让我非常焦虑，总觉得我根本上还是一个诗人，可能策展是一份工作，幸运的是，那是我特别喜欢的工作；但对我个人而言，真正使我价值实现的核心还在诗歌创作。那三年想象不到的忙，我也很痛苦，从艺术角度来说好像我被认可了；从另一方面来说，对我自己没有时间写诗歌这事，很痛苦。

这件事情因为金融危机而得到了一个戏剧性的转机。金融危机以后，很多事情就停滞下来了。本来在2007年、2008年初的时候，有时一个星期要搭两趟飞机，因为有很多展览希望我来做。到了金融危机之后，突然之间就停下来了。

当然这对于整个当代艺术或者世界经济都是一个不好的消息和状况，对我来说，却使我恰好在那个时候有时间坐下来写我的诗了。我觉得2008年底到2009年初冬去春来这样几个月，对我来说是另外一种疯狂，我疯狂地写诗，也许是因为前面压抑得太久，并且通过当代艺术打开了我人文的视野，我重回诗歌的时候，我觉得我的诗歌进步了，比我以前要更进步，这一点让我非常有成就感，至少是非常的高兴。

如果再有时间写诗歌的时候，我是不是还能写？跟一个艺术家一样，几年时间没有画画，他也会怀疑再拿起画笔、面对画布时，是不是还能继续？能不能更好？从那个时候开始，我觉得拥有了一种从容的心态，尽管我会把很多精力持续地投入艺术策展和评论工作中，同时我也能够把自己的诗写好，无非是作为个人而言，多牺牲掉一些别人日常娱乐的时间——你身兼两个角色，都希望能够做好，就得多付出一点精力。

问：如你刚才所说，20世纪80年代的文艺界空气是流通的，当时除了当代艺术崛起，朦胧诗派的出现也反映了那个时代的特殊背景。实际上，艺术跟文学互操作性很高，只是创作媒介不同。而你觉得当今的环境，空气还是流通的吗？

朱：我觉得现在空气重新出现了流通，但是跟当年不一样，现在很多时候可能是因为有一个潜在的利益，所以出现了重新流通。比如说也有一些诗人在做评论、做策展，或者说也有诗人和电影界合作。可能是因为诗人通过这样的方式，解决生存的问题。这些没有问题，因为那不失为一种生存方式，也是挺有意思的一个工作。

但是我想提醒我的诗歌同行们，不要把艺术策展和评论想得太简单，不要觉得诗歌是高于艺术的一种形态。且不论诗歌是不是高于艺术，我觉得首先要投入情感、投入精力、投入你的理解力，你才能够做好一些事情。从整体上来说，不管基于何种原因、何种目的，空气又流通在一起都是好事情，我觉得交融要比隔绝好，而且就我个人经验而言，当诗歌因为被边缘化而导致诗人容易陷入封闭与失落状态时，通过合适的途径切入社会性之中，也许是必要的，正如沃尔科特（Derek Walcott）说："要想改变你的语言，就必须改变你的生活。"我从当代艺术里面学到了很多东西，它们会反作用于我的文学创作，是一笔财富。∎

寻找话语的森林　朱朱研究集

附录

朱朱创作年表

寻找话语的森林　朱朱研究集

1969 年	出生于扬州市江都县（现江都市）吴桥乡的外祖父家。
1986 年	高中期间偶然读到捷克诗人塞菲尔特的诗作，从此喜爱上现代诗。
1987 年	考入上海华东政法学院经济法系。创办"冷风景"诗社。游历苏州网师园、沧浪亭、灵岩山等地。
1989 年	夏末游历北京。写作诗歌《扬州郊外的黄昏》。
1990 年	结识诗人陈东东、宋琳游历兰州、敦煌、嘉峪关一带。
1991 年	游历福州。进入南京市政府司法局工作。写作《楼梯上》等诗歌，后来汇编成小册子《小阁楼之书》。
1992 年	结识小说家李冯、诗人刘立杆等人。
1994 年	出版诗集《驶向另一颗星球》。
1995 年	执教于河海大学人文学院法律系。结识诗人唐丹鸿，游历都江堰、峨眉山、西藏。
1997 年	与唐丹鸿等人再次游历西藏，抵达珠穆朗玛峰一号营地。获法国"Val-de-Marne 国际诗歌艺术节"邀请受阻。接受汪继芳访谈。
1998 年	游历云南，结识诗人海男。写作《和一位瑞典朋友在一起的日子》等诗。
2000 年	写作组诗《清河县》。与韩丽枫一起翻译西默斯·希尼诗歌，

	后发表于《今天》杂志。出版诗集《枯草上的盐》，散文集《晕眩》。获"上海文学"年度诗歌奖。
2001 年	担任《书城》杂志特约编辑。结识艺术家尹朝阳、杨福东、向京。与柏桦同获第二届"安高（Anne Kao）诗歌大奖"。
2003 年	再次受邀法国"Val-de-Marne 国际诗歌艺术节"并且终于得以成行。游历比利时根特、布鲁日等地。
2004 年	受邀法国"诗人之春"活动，出版法文版诗集《青烟》（译者为 Chantal Chen-Andro 女士），写作《鲁滨逊》《小城之春》等诗。
2005 年	出版诗集《皮箱》，艺术随笔集《空城记》。在《东方艺术·大家》杂志开设艺术评论专栏。
2007 年	在南京艺事后素美术馆策划"长江大桥"展览。在北京今日美术馆策划"原点：'星星画会'回顾展"，并且举行"一代人"诗歌朗诵会。爱犬尼玛亡逝。
2008 年	与水墨画家徐累一起受邀美国国会图书馆艺术活动，并在马里南大学发表演讲《中国的两张面孔》。游历纽约、新泽西。在北京圣之艺术空间策划"个案——艺术批评中的艺术家"展览，并出版艺术评论集《个案》。
2009 年	6 月游历威尼斯与佛罗伦萨，拜谒但丁故居。为刘野在纽约举办的个展撰写《瞥见无限》一文。为平遥国际摄影节策划"奇境"摄影展，获当代部分最佳展览。开始写作《旧上海》《江南共和国》等诗。
2010 年	与董冰峰、黄建宏、杜庆春在深圳何香凝美术馆 OCT 当代艺术中心共同策划"从电影看：当代艺术的电影痕迹与自我建构"展览。与吕澎、高千惠在北京国家会议中心共同策划"改造历史：2000—2009 年的中国新艺术"展览。写作悼念张枣的诗歌《隐形人》等，并完成组诗《七岁》的创作。
2011 年	移居北京。在伊比利亚当代艺术中心策划"飞越对流层——新一代绘画备忘录"展览。为杨福东在古巴的个展撰写《电影的迷恋与反对》一文。出版诗集《故事》。获第

	三届中国当代艺术奖评论奖（CCAA）。
2012 年	写作《清河县》组诗第二部"小布袋"，后发表于《读诗》杂志。
2013 年	在蜂巢艺术中心策划"轻逸"展览。在今日美术馆策划"世界的壳——徐累个展"。艺术史著作《灰色的狂欢节——2000 年以来的中国当代艺术》出版。与栗宪庭在北京单向街书店进行对话。冬季回南京居住，写作《佛罗伦萨》《我想起这是纳兰容若的城市》等诗。
2014 年	在蜂巢当代艺术中心策划"幽邃之地——郝量个展"与"逍遥游——武艺个展"。受邀美国亨利·露斯基金会写作与翻译项目（Henry Luce Foundation），在佛蒙特艺术中心驻留一个月，并游历纽约一周。在台北诚品画廊策划"自我的社会学"展览。写作《读曼德施塔姆夫人回忆录》《纽约快照》等诗。爱犬六子及收养的幼猫"墨墨"亡逝。
2015 年	为刘野在德国 Hatjie Cantz 出版社出版的油画全集撰写《只有一克重》一文。在上海民生现代美术馆策划"冲积——黄宇兴（2005—2015）"展览。在蜂巢当代艺术中心策划"编辑景观：媒介化之后的个体与工作方式"。写作《瞑楼——再悼张枣》《给来世的散文》《夜访》《五大道的冬天》等诗。
2016 年	在北京当代唐人艺术中心策划"出墙——面对装置诱惑的绘画"群展。在成都当代美术馆策划"新资本论——黄予收藏展"及中国青年收藏家峰会论坛。在北京民生美术馆策划向京回顾展"唯不安者得安宁（1995—2011）"及新作展"S"（2012—2016）。《灰色的狂欢节》一书繁体字版由台湾地区典藏出版社出版。以策展人身份受邀观摩巴西圣保罗双年展及在里约热内卢举办的巴西艺术博览会。写作《我身上的海》《变焦》等诗。

图书在版编目（CIP）数据

　　寻找话语的森林：朱朱研究集／张桃洲编.－－北京：华文出版社，2019.12（重印）

　　（隐匿的汉语之光·中国当代诗人研究集／张桃洲，王东东主编）

　　ISBN 978-7-5075-5080-1

　　Ⅰ.①寻… Ⅱ.①张… Ⅲ.①朱朱－诗歌研究②朱朱－人物研究 Ⅳ.① I207.22 ② K825.6

中国版本图书馆 CIP 数据核字 (2019) 第 103182 号

寻找话语的森林：朱朱研究集

丛书主编：	张桃洲　王东东
本书编者：	张桃洲
责任编辑：	杨艳丽　王晓冰
出版发行：	华文出版社
地　　址：	北京市西城区广外大街 305 号 8 区 2 号楼
邮政编码：	100055
网　　址：	http://www.hwcbs.com.cn
电　　话：	总编室 010-58336210　编辑部 010-58336191
	发行部 010-58336202　010-58336230
经　　销：	新华书店
印　　刷：	北京建宏印刷有限公司
开　　本：	710×1000　　1/16
印　　张：	19.5
字　　数：	220 千字
版　　次：	2019 年 6 月第 1 版
印　　次：	2019 年 12 月北京第 2 次印刷
标准书号：	978-7-5075-5080-1
定　　价：	60.00 元

版权所有，侵权必究